박해완 장편소설

# 붉은 옥좌 玉座

1

# 붉은 옥좌玉座 1

**초판 1쇄 발행** 2020년 6월 5일

**지은이** 박해완
**펴낸이** 장길수
**펴낸곳** 지식과감성#
**출판등록** 제2012-000081호

**디자인** 박예은
**편집** 박예은, 이현
**교정** 김혜련
**마케팅** 고은빛

**주소** 서울시 금천구 벚꽃로298 대륭포스트타워6차 1212호
**전화** 070-4651-3730~4
**팩스** 070-4325-7006
**이메일** ksbookup@naver.com
**홈페이지** www.knsbookup.com

ISBN 979-11-6552-212-4(04810)
ISBN 979-11-6552-211-7(세트)
값 14,000원

ⓒ 박해완 2020 Printed in Korea

잘못된 책은 구입하신 곳에서 바꾸어 드립니다.
이 책의 전부 또는 일부 내용을 재사용하려면 사전에 저작권자와 펴낸곳의 동의를 받아야 합니다.

이 도서의 국립중앙도서관 출판예정도서목록(CIP)은 서지정보유통지원시스템
홈페이지(http://seoji.nl.go.kr)와 국가자료공동목록시스템(http://www.nl.go.kr/kolisnet)에서
이용하실 수 있습니다. (CIP제어번호 : CIP2020021488)

홈페이지 바로가기

# 붉은 옥좌 玉座

박해완 장편소설

1

| 1권 목차 |

**작가의 말** ⋯ 006

역란逆亂 ⋯ 008

찬탈簒奪 ⋯ 043

사사賜死 ⋯ 077

천형天刑 ⋯ 114

공신功臣 ⋯ 150

폐서인廢庶人 ⋯ 186

적장자嫡長子 ⋯ 216

## 작가의 말

한 사람의 일그러진 욕망에 기인한 쟁취는 필연적으로 불행한 결과를 초래했다. 그것은 주위의 소수에 국한되지 않았으며 밀접한 연관 없는 무수한 사람들까지 비극적 생애로 유인하는 위험한 흡입력을 수반했다. 그와 같은 일은 시대와 지역을 불문하고 역사의 숱한 기록으로 남겨져 있음을 알 수 있다. 다소 주관적인 비약일 수 있으나 그릇된 욕망의 산물이 직손直孫의 폭정과 패륜으로 귀결된 것은 아닐까 하는 추론마저 하게 되었다. 물론 지극히 운명론적 관점은 매우 관심 밖으로 밀려 있었다. 영속적인 낙인의 기록과 후대의 평가를 당대에 깨달았다면 아마도 그러한 선택은 하지 않았으리라는 생각을 지울 수는 없었다.

역사의 기록은 사실주의를 토대로 할 때 가치가 있을 것이다. 사관史官의 자의적 심리가 과도하게 이입되거나 전해 내려오면서 일부 변질이나 혹은 와전되거나 한 것은 의미 없는 허상에 불과할 뿐이다. 시대적 역사의 큰 기둥과 줄기는 왜곡이나 허구로 세워질 수 없음을 학습하고 서술하면서 더욱 공고히 인식하는 계기가 되었다. 규모가 크든 작든 서사書史는 중단되지 않으며 소멸하지 않을 것이다. 우월한 역사만이 서

사로 전해지는 것은 아니다. 인간이 존재하며 생긴 고금의 모든 일들은 반드시 기록되기 때문이다.

    장편소설 1, 2권을 전작 4년여 만에 출간하게 되었다. 실제, 중간에 1년여는 매우 느린 속도로 집필했다. 여유로움보다는 등 뒤에 달라붙어 있는 조급함이 불편하게 느껴졌다. 창작은 기저에 고통과 희열이 깔린 중단할 수 없는 관습인 것만 같다. 선택할 수 없는 존재론적 고민처럼 겪고 받아들여야 할 뿐이다. 글을 씀으로써 존재했고 존재한 것은 오직 글쓰기를 위해서였다는 사르트르의 소회를 떠올려 본다. 글을 쓰는 오랫동안 상상과 기억과 감성이 쇠잔해지지 않기를 바랄 뿐이다. 졸고拙稿를 탈고하면서 자괴감을 느낀 것은 당연했다. 반면 의도하지 않았음에도 차기작의 주제와 전개가 뇌리를 스쳐 가기도 했다. 지식과 감성 출판사에 깊은 감사를 드린다.

2020년 여름 박해완

# 역란逆亂

　　　　　　　　수하들을 거느리고 사냥을 나선 수양대군의 위세는 가히 하늘을 찌를 듯했다. 조선 천지에 수양대군을 능가할 힘을 가진 사람은 없었다. 백부인 양녕, 효령대군이 있었지만 노쇠한 종친 어른들일 뿐이었고 수양대군은 실질적인 일인자로서 외견상으로는 열두 살에 보위에 오른 단종의 맏숙부로서 최측근의 후견인이었다. 단종은 수양대군의 존재를 인정해야만 했고 그의 권세를 믿고 의지할 수밖에 없었다. 나이는 어렸으나 정황과 이치를 모르지는 않았다. 수년의 세월을 인내하리라는 다짐을 수없이 되새기고 있을 뿐이었다.

　말을 달려 다다른 곳은 무악재 인근의 무성한 숲이었다. 그곳에는 백여 명쯤은 족히 될 듯싶은 장정 무리들이 검술 무예훈련에 여념이 없었다. 그중의 우두머리 사내가 수양대군 일행 앞으로 날쌔게 달려와 머리가 땅에 닿을 정도로 허리를 숙였다. 한명회와 홍달손이 거느리는 무뢰배 일당들이었다.

　—훈련은 잘되어 가는가?

　홍달손은 예리한 눈매로 무리들의 움직임을 훑어나갔다.

　—보시다시피 훈련에 훈련을 거듭하고 있습니다요.

사내의 자신감이 허투루 여겨지지 않았다. 하지만 수양에게 보여주려는 듯 홍달손은 직접 검증을 하려 했다.

―겨루기를 보여주게?

―그리하겠습니다요!

사내가 무리 중의 두 명을 불러 승부를 겨루도록 했다. 진검이 아닌 목검이었지만 그들의 칼 놀림은 손에 땀을 쥐게 할 만큼 몹시 날카로웠고 위협적이었다. 무리 중의 고수들일 터였고 그들은 현란한 대결을 제대로 보여주고 있었다. 그중 한 명이 왼쪽 어깨를 정통으로 가격당하면서 사내는 그들의 대결을 멈추게 했다. 수양은 흡족한 표정으로 고개를 주억이며 수하 일행들과 일일이 눈을 맞추었다.

―훈련이 끝나면 술과 고기를 마음껏들 먹이게. 마음껏 말이야!

수양은 고개를 한껏 들어 올리고 호탕하게 웃어젖혔다. 사내는 허리를 숙이고 머리를 조아렸다.

사냥은 구실이었고 실상은 사병들의 무예훈련을 참관하는 게 목적이었지만 수양은 가택으로 돌아가지 않고 사냥감을 찾아 무악재를 넘었다. 보위에 오른 어린 조카의 병풍 역할이나 하며 만족하기에는 야심에 달뜬 수양의 피는 뜨거웠고 주체하기 힘들었다. 장자로 태어나지 못한 탓에 옥좌에 오르지 못하는 것을 늘 한탄스럽게 여기고 있었다. 그 자리에 올라 태조께서 개국하신 조선천지를 다스려보고 싶은 욕망을 누그러뜨릴 수는 없었다. 수양이 쏜 화살이 노루 옆구리에 꽂혔다. 몇 걸음 달아나지 못한 채 쓰러진 노루는 고통스러운 듯 사지를 떨며 가쁜 숨을 몰아쉬었다. 말단 수하 한 명이 노루의 목에 단검을 꽂아 호리병에 선혈을 받았다. 수양대군은 단숨에 그 피를 들이마셨다.

─오래 미룰 필요가 있겠습니까? 대감께서 일자를 결심만 하면 될 일이지요.

한명회는 은연히 낮은 음성으로 채근을 했다. 하지만 넓적한 바위에 좌정하고 앉아 산바람을 쐬고 있는 수양은 묵묵부답이었다.

─대군마마께서 지시만 내려주신다면 당장 오늘 밤에 끝장을 내어버릴 수도 있을 것입니다.

무예가 뛰어난 양정은 단순한 기질을 여지없이 드러내며 거칠 것이 없는 자신감을 내비쳤다.

─소인의 생각도 자준子濬과 양정의 진언과 다를 바가 없다는 말씀을 올립니다!

무장기질이 출중한 홍달손은 허리를 깊숙이 숙이며 동조했다. 냉철하면서도 머리 회전이 빠른 홍달손은 이미 내금위장까지 지낸 인물이었다.

─왜 이리 조급해들 하는 것인가! 때가 되면 움직이게 될 터인데 말이야.

수하들의 성급함이 못마땅한 듯 수양은 단호하게 고개를 가로저었다. 치밀하게 준비하고 있다 해도 만에 하나 거사가 실패로 돌아간다면 차마 상상조차 하고 싶지 않은 결과를 맞이하게 된다는 것을 의식하지 않을 수는 없었다. 어느 쪽으로 결론이 나든 그야말로 한양 도성에는 피비린 냄새가 진동하게 될 터였다. 만약 실패로 끝이 나면 자신과 수하들은 물론 직계혈족들의 목숨 또한 보전할 수 없음을 가벼이 여길 수는 없었다. 거사는 단순히 사람 몇 명을 해치우는 작업이 아니었다. 수양의 머릿속에 용상과 종묘와 사관史官의 기록이 빠르게 스쳐 지나갔다.

─승산이 이미 우리에게 기울어져 있음은 나으리께서 더 잘 아시지 않으신지요?

권력의 중심부에 빠르게 안착하고 싶은 타오르는 욕망을 감출 수는 없었다. 미관말직이라 할 수도 없는 한낱 궁지기에 불과했던 한명회의 야심은 수양과 그 빛깔이 다르지 않았다. 개경에서 경덕궁의 문지기로 하세월을 보내던 때도 권력의 큰 줄기를 붙잡고 싶었던 갈망이 남달랐던 한명회였다.

─그만들 돌아가세!

수양은 더 들으려 하지 않았다. 아직은 때가 아니라는 생각이었다. 호방한 성격에 자기과시와 신조가 강한 수양은 수하들의 들뜬 요청을 귀담아듣지 않았다. 승산이 넘친다 해도 더한층 치밀하게 대비를 해야 했다. 심정으로야 당장에라도 끝장을 내고 싶지만 때가 이르렀다는 판단이 설 때까지는 면밀하게 돌다리를 두들기며 기다려야 한다는 생각이다. 성미 급하고 과단성 있는 수양으로서도 자신의 모든 것을 걸어야 하는 운명의 결단은 신중할 수밖에 없었다.

달빛이 사랑채의 창호 문을 뚫고 들어왔다. 자시子時가 지날 때까지도 수양은 잠자리에 들지 못했다. 조부 태종처럼 큰 갈등 없이 과감하게 결단하여 걸림돌들을 단박에 제거하고 용상에 오르고 싶었다. 그 반면에 부왕인 세종과 장자인 문종 형님의 진노와 원망의 발현이 두려운 것도 사실이었다. 어린 조카의 존재감은 실로 가벼운 것이지만 그렇기에 더 조심스럽고 부담스럽기도 했다. 꿈같은 갈망일 수 있으나 조선 만인 그 누구라도 수긍하며 이해할 수 있는 방식으로 용상에 오르고 싶었다. 그렇게 그 자리를 취하고 싶었다. 하지만 중요한 것은 명분과 정통성의 확보였다. 당장 수하들을 이끌고 대전大殿으로 몰려가 대척 관계에 있는 조정 대신들을 도륙 내고 어린 임금의 용포 자락을 잡아 쥐어 끌어 내릴 수는 없는 일이었다. 그럴듯한 명분을 만들고 뜻을 같이할 수 있는 사람들을 더 많이 은밀하게 모아야 한다는 수양의 생각은 커져만 갔다.

단종의 즉위를 윤허받기 위해 명나라에 가는 사은사를 자청했던 것도 수양의 노림수였다. 존재감을 알리되 야심을 숨기기 위해서였다. 아울러 후일을 위해 명나라 황실의 상황 등을 직접 면밀하게 살펴보기 위해서였다. 홍문관 교리 신숙주를 서장관으로 추천하여 동행하고 보좌하게 한 것도 수양의 계산된 행보였다. 또 정적政敵인 황보인과 김종서의 아들들을 동행케 한 것도 치밀한 계획이었다. 그렇게 명나라에 다녀온 수양은 신숙주를 우부승지로 추천했다. 신숙주가 완전히 자기 사람이 되었다는 확신에서였다. 칼을 잘 쓰는 무장들이 필요한 것은 당연했으나 명분과 논리를 함께 만들어갈 수 있는 총명한 문신들도 절대 필요하다는 것을 절감했기 때문이었다.

아우 안평대군이나 김종서, 황보인 쪽에서 무력을 동원하여 먼저 치고 나올 리 없는 것은 다행이었다. 그럴 만한 위인들이 되지 못한다는 것을 수양은 간파하고 있었다. 물론 노쇠한 대신이라고는 하나 김종서를 가벼이 여길 수는 없었다. 문무를 겸비한 고명대신으로 선대왕들의 유훈을 목숨 걸고 지키려 할 것이 뻔한 강골의 인물이기 때문이었다. 그러함에도 뜻을 이루기 위해서는 반드시 제거가 필요한 상대였다. 그처럼 김종서에게는 명분이 있으나 자신에게는 명분이 없는 것이 수양으로서는 고민이었다. 더 큰 세력과 명분을 만들어야만 했다.

세월을 인내하며 때가 도래할 때까지 기다리겠노라 생각하면서도 어린 조카와 늙은 대신들에게 이대로 정사政事를 내내 맡겨둘 수만은 없다는 수양의 고민은 야심한 밤의 어둠만큼이나 깊어만 갔다. 태조께서 개국하신 나라를 조부인 태종이나 선왕인 세종보다도 잘 다스릴 수 있으리라는 그 자만심을 먼저 다스려야 할 정도였다. 세상 이치를 깨닫기에도 턱없이 부족한 어린 임금이 나라를 안정적으로 이끌 수 없다는 것은 수양이 자신에게 심어주는 명분이었다. 그렇게라도 자기합리화를 견지해야 일을 도모할 수 있을 테니 말이다. 자신이 경영을 잘하여 나라가 융성해진다면 역사의 평가도 호의적으로 될 수 있다는 몽상에 사로잡히기도 했다. 어쨌든 수양은 자신이 가고자 하는 길을 후회한 적이 없었다. 수양의 꿈 그러니까 권좌의 야욕은 절대 버릴 수 없는 존재의 의미였다. 형님인 병약한 문종을 보면서도 내색할 수는 없었어도 가슴이 늘 뜨겁게 달아올랐었다.

신숙주는 기별도 없이 불쑥 찾아온 수양의 속내가 궁금했다. 퇴청이 늦은 것을 알고 온 것 같았다. 주안상이 들어오고 몇 순배의 술을 권하고 마실 때까지도 수양은 말을 아꼈다. 평소의 호기롭고 직선적인 모습과는 너무 달랐다. 그래선지 신숙주의 의아심은 더 커질 수밖에 없었다.

-이보게 범옹! 우리는 같은 해에 태어났고 집현전에서는 학문을 논하였으며 사은사와 서정관으로 명나라에도 같이 다녀오지 않았는가?

그리고 이렇게 술잔에 마음을 나눌 수 있는 것을 보면 정녕 좋은 벗인 것 같기는 한데 말일세.

술기운이 불콰하게 달아오른 수양은 이런저런 인연을 상기하며 신숙주의 얼굴을 쳐다보았다.

-대군마마와 제가 벗이라니요? 그건 당치도 않은 말씀이옵니다.

수양의 말뜻을 모르지 않으면서도 신숙주는 정색하며 몸을 낮추었다.

-같은 생각으로 같은 곳을 바라볼 수 있다면 그거야말로 좋은 벗이 아니겠는가? 지금 내게는 그러한 벗들이 필요하다네.

-대군마마 곁에는 이미 많은 사람이 있지 않으신지요?

신숙주는 자신의 반응을 확인하려는 수양의 의도에 걸려들지 않았다. 도리어 수양이 대답하도록 만들었다.

-아닐 말일세. 범옹 같은 벗이 없다는 말일세!

수양은 고개를 길게 가로저었고 형형한 눈빛으로 신숙주의 시선을 좇았다. 정녕 그대는 내 벗이고 나는 그대의 벗이라는 말을 다시 한 번 쏟아놓고 싶었다. 수양은 확실하게 자신의 편이 되어줄 조정 대신들이 필요했다. 직위의 높고 낮음에 상관없이 조정의 중심기관에 포진해 있는 문신들이 절실히 필요했다. 그런 수양이 꼽고 있던 첫 번째 인물이 신숙주였다. 사은사로 명나라에 갈 때 사정관으로 임명하였고 돌아와 우부승지로 추천을 하였던 것도 수양의 선택이었다. 물론 권람이 곁에 있었으나 뜻을 함께할 다수의 문신을 끌어들여 더 큰 세력을 형성하려면 성품이 원만하고 학식과 명석한 머리를 갖춘 신숙주야말로 전면에 내세울 만한 적합한 인물이라는 판단을 했기 때문이었다. 구구절절하게 설명하며 회유하지 않아도 이미 마음에 두고 있던 신숙주가 뜻을 받아들이리라는 것을 확증 받고 싶은 것이 수양의 본심이었다.

수양이 불쑥 찾아온 연유를 확실히 깨달은 신숙주는 술에 취할 수가 없었다. 탐색 정도가 아닌 필시 선택을 확인하려 할 것만 같아서였다. 생각을 읽고는 있었으나 수양이 속내를 확연히 드러낸 적은 없었기에 오히려 정신을 곤추세우지 않을 수가 없었다. 조여 오듯 좁혀온다면 어떠한 답을 주어야 할지 갈등의 파고는 이미 춤을 추고 있었다. 수양과의 관계가 남다르다 하여도 수양의 꿈을 덥석 받아들이는 것은 무리였다. 그 꿈이 지닌 무게를 섣불리 가늠할 수는 없었다. 그저 달콤한 꿈에 취해 있는 한낱 무뢰배들의 선택과는 결코 같을 수가 없었다. 자칫 멸문지화滅門之禍가 두려웠고 사초私草의 기록이 뇌리에서 아른거리기도 했다. 집현전 학사 출신인 신숙주의 선택은 결코 가벼울 수가 없었다.

─하늘의 뜻이라면 세상도 사람도 바뀌는 것이며 그것이 맞는 이치가 아니겠는가! 아니 그러한가, 범옹?

열망의 농축이 몹시 진한 탓인지 수양의 두 눈은 붉게 충혈되어 있었다.

─……뜻이 있다면 길이 있지 않겠는지요!

기어이 맞이한 상황이었다. 일면의 두려움이 마음을 스치고 지나갔으나 신숙주는 피할 수 없는 운명을 떠올렸다. 아니 어쩌면 애써 피하고 싶지 않은 것인지도 모른다. 내면의 같은 빛깔이 서로를 끌어당기고 있는 것일 수도 있었다. 수양으로서는 고도의 술수와 회유를 전개할 필요가 없었다.

―내가 사람을 볼 줄 앎일세! 그러니 이렇게 범옹을 찾아와 술잔을 기울이는 것이 아니겠는가 말일세. 껄껄껄껄껄…….

예상이 빗나가지 않은 흡족함 때문인지 수양의 호탕한 웃음소리가 사랑방을 흔들었다.

―급히 서두를 필요야 없지 않겠습니까? 숙고하면서 때를 기다리는 것이 좋을 듯합니다.

신숙주의 본심이었다. 뜻을 같이할 수 있으나 성급한 결행은 자제하면 좋겠다는 생각이었다.

―시일도 하늘이 정해주지 않겠는가? 내 범옹의 생각을 충분히 받아들이도록 함세.

수양은 일단 신숙주의 생각을 포용하듯 받아들였다. 수양은 자신이 조선의 중심이라 여기고 있는 듯했다. 하늘의 뜻, 하늘의 정함 등을 스스럼없이 입에 올리고 있었다. 자기도취에 깊이 빠져 있음이 아닐 수 없었다. 위대하며 찬란하고 화려하며 달콤한 권좌의 욕망을 가진 수양을 가로막을 수 있는 것은 아무것도 없었다. 걸림돌은 과감하게 치우면 된다는 것이 수양의 신조였다. 손만 뻗으면 당장 움켜잡을 자신감이 넘쳐났건만 수양은 최소한의 명분과 더욱 강성한 세력을 구축하고자 했다.

집현전 학사 출신들인 신진들은 권력을 독점하다시피 하는 조정의 핵심세력인 황보인과 김종서 등을 내심 못마땅해했다. 수양은 그 틈을 노렸다. 그들을 적으로 삼을 까닭이 하등 없었다. 오히려 우군으로 끌어들이거나 최소한 중립을 지킬 수 있도록 호의적인 관계를 유지하려 했다. 사은사로 명나라에 다녀온 것도 벌써 반년이 흘러가고 있었다. 계유년 한 해도 저물어가고 있다는 생각에 수양은 심히 초조했다. 불과 석 달 전만 해도 수하들의 조급증을 외면하거나 질책하던 수양이었지만 더 미루거나 지체할 수 없다는 결론에 도달했다. 옥좌의 길목을 가로막고 있는 정적들을 제거하겠다는 결심을 확고히 굳혀가고 있었다. 김종서는 반드시 제거해야만 했다. 노쇠한 정승이라고 하나 여타 대신들과는 그 존재감이 달랐다. 학문과 지략에 무인적 기상도 갖추고 있어 문신이나 무신에 국한됨 없이 그를 따르는 대신들이 적지 않았다. 또 선대임금으로부터 어린 임금과 나라의 뒷일을 당부받은 고명대신인 것을 가벼이 여길 수는 없었다.

　수일 동안 고민을 거듭한 끝에 수양은 거사의 명분을 정했다. 그것을 능가할 수 있는 논리를 찾을 수는 없었다. 수양의 마음은 더는 지체할 수 없을 만큼 급했다. 마치 단종이 안평대군에게 당장 선위라도 할 것 같은 불길한 상상이 들기까지 했다. 실현 불가능한 것이었으나 다 된 밥에 누군가 재를 뿌리는 것은 아닐까 하는 불온하고 초조한 기분에 떨칠 수는 없었다. 어린 조카의 재위가 지속되어 가거나 더구나 자신 아닌 누군가가 용상을 차지한다는 것은 꿈속에서조차도 받아들일 수 없을 만큼 수양의 야욕은 사나웠다. 수양의 가슴속에서 용상은 이미 그의 것이 되어 있었다. 시위를 떠난 수양의 화살은 과녁을 향해 돌진해가고 있을 뿐이었다.

　수양은 노복奴僕을 보내 한명회를 불러들였다. 냉철하고 머리 회전이 빠른 한명회는 수양의 가택으로 곧장 향했다. 그는 거사의 세부적인 실행계획을 머릿속으로 이미 그려나가기 시작했다. 수양이 펼쳐놓은 판에서 한명회는 설계자의 역할을 맡았다. 수양은 눈을 감은 채로 가부좌를 틀고 앉아 한명회를 맞이했다.

-나으리의 결심을 따를 것이옵니다. 일자는 정하셨는지요?

한명회는 돌려 말하지 않았다. 내심과는 달리 달뜬 기색 하나 없는 차분함은 야심가의 면모를 유감없이 보여주고 있었다.

-모레 밤을 거사 일로 잡았네. 하늘에 운명을 맡길 것이네!

수양은 감았던 눈을 떴다. 새로운 세상을 꿈꾸는 그의 낯은 핏빛처럼 몹시 붉게 상기되어 있었다. 지독한 피비린내가 도성의 저잣거리 곳곳에 진동해야 비로소 끝이 날 수 있을 뿐이었다.

-만반의 준비가 되어 있으니 실패하지 않을 것입니다. 그리 염려치 않으셔도 될 것이옵니다!

한명회는 허언을 즐겨 하지 않았다. 수양이 간과할 수 있는 부분까지 치밀하게 대비해놓고 있었다.

-나는 먼저 김종서를 치러 갈 것이네. 자네는 도성 문을 전부 걸어 잠그고 명단에 올라있는 대신들을 모조리 척살하도록 하게. 한 치의 실수가 있어서는 안 될 일일세!

-여부가 있겠사옵니까. 명이 떨어지기만을 기다리던 거사이온데 어찌 실수가 있을 수 있겠습니까!

-일전에 말했던 대로 도성의 궁지기들을 우리 쪽으로 끌어들이는 일에 절대 소홀함이 있어서는 안 되네!

-다시 한번 빈틈없이 살펴보도록 하겠습니다!

-그날 한낮에 먼저 활 쏘는 대회를 할 것이니 준비를 마친 후에 이

곳 뒤뜰로 모두 모이도록 하게!

―그리하겠습니다. 필시 성공을 할 것이옵니다.

한명회의 차분함 속에는 자신감이 깃들어 있었다. 수양은 일말의 갈등마저도 언짢게 느껴졌다.

한명회를 돌려보낸 수양은 곧장 사직단으로 가는 길목의 기방妓房으로 갔다. 그곳에는 권람이 기다리고 있었다. 한명회와 권람을 한자리에서 대면하지 않은 이유가 있었다. 권람의 열망이 얼마만큼인지 조용히 가늠해보고 싶어서였다. 수양은 가택에서 한명회를 만난 것을 미리 말하지 않겠다고 생각했다.

―거사 준비가 끝이 났고 때가 되었으니 이제 이 수양의 세상을 열어갈 것일세. 의정부를 손에 쥐고 있는 절재節齋를 비롯한 삼정승과 대신들을 모레 밤에 모조리 척살해버릴 것이네!

수양은 은밀하면서도 단호하게 결행 의지를 피력했다.

―대군마마의 현명하신 뜻을 이 한목숨을 바쳐 기꺼이 받들 것이옵니다!

권람은 마치 기다렸다는 듯이 충심을 드러내 보였다.

―자네가 내 사람인 것이 기쁘기가 한없이 그지없음일세!

원했던 대답을 확인한 수양은 몹시 흡족해하며 호탕한 웃음을 길게 이었다.

―자준子濬이 소홀함 없이 대비하고 있겠지만 자네가 틀림없이 점검을 하여 한 치의 실수가 없도록 해야 할 것이네.

―대감께서 지켜본 대로 자준은 빈틈이 없는 사람입니다. 하지만 소

인도 명대로 할 것이오니 심히 염려치 않으셔도 되옵니다.
 수양에게 한명회를 추천한 것은 권람이었다. 만남이 길지 않았음에도 불구하고 한명회를 깊이 신뢰하여 최측근의 수하로 여기고 있으나 수양의 머릿속에 권람은 총책임자였다. 수양에게 있어 권람과 한명회와 신숙주야말로 거사의 자신감을 북돋아 주는 인물들이 아닐 수 없었다.
 -지금 조정은 온전히 삼정승의 손아귀에 들어가, 종사가 그들의 뜻대로만 흘러가고 있음은 미관말직은 물론 도성의 민인들조차 모르는 이가 없음일세. 혹 모를 일이 아닌가. 좌의정 김종서가 연치 유충한 성상을 끌어내리고 그 자신이 용상에 오르겠다고 할지 말일세!
 수양은 궤변의 논리로 거사의 정당성은 부여하려 했다. 음험한 야욕인 것은 추종하는 수하들조차 모를 리가 없었다. 다만 추구하는 목적이 다르지 않기에 생사를 걸고 야합을 도모하고 있을 따름이었다.
 -삼정승의 군림과 전횡이야말로 주상전하에 대한 불충이며 폐단 중의 폐단이라 아니할 수가 없을 지경입니다. 대군마마께서 조정의 실권을 온전히 장악해야 나라가 바로 서고 종묘사직을 보전하는 길이 될 것이옵니다.
 권람의 논리는 정당성을 확증해주고도 남았다. 극심한 갈증에 목말라 있는 수양에게 공손히 물 대접을 바치고 있는 것과 같았다.
 -정경正卿의 뜻이 내 뜻과 이리도 같다는 것을 새삼 귀에 담으니 하늘의 뜻도 우리에게 있음이 절로 느껴지고 있음일세!
 수양의 음성과 표정에는 달뜬 기분이 고스란히 배어 있었다. 기녀가 수양의 빈 술잔에 술을 따랐다. 수양은 권람의 빈 술잔에 넘칠 만큼 술을 직접 따라주었다. 기방의 낮술에 수양과 권람은 기분 좋게 취하고 있었다.

기방에서 돌아온 수양은 일찍 잠자리에 들었다가 자시子時 경에 깨어났다. 낮에 마신 술기운은 거의 사라지고 없었다. 내내 방문을 열어놓아 서늘해진 밤공기를 들이마신 탓일 수도 있었다. 밤은 유난히 고요했다. 수양은 깊은 상념에 빠져들었다. 병석에 누워 시름시름 앓던 형님 이향李珦의 모습이 떠올랐다. 문안 인사를 드릴 때면 죽음이 얼마 남지 않았음이 느껴지는 헛헛하고 축축한 눈빛으로 짧았으나 깊게 자신을 쳐다보던 문종의 용안은 인두에 데인 것처럼 지워지지 않는 잔영으로 남아 있었다. 세자 홍위弘暐를 잘 지켜 달라 근심 어린 당부를 수차 하기도 하였으나 병세가 깊어지면서는 미더운 낭패감이 녹아든 불안한 눈빛을 보여주었을 뿐이었다. 수양은 그 눈빛의 의미를 너무도 잘 알고 있었다. 그러했기에 애써 시선을 외면한 적도 수차례였다. 사실 차남으로 태어난 태생적인 한계를 원망했던 것은 그보다도 훨씬 전이었다. 표현할 수 없었으나 욕망으로 달궈진 가슴은 늘 뜨겁기만 했다.

부왕 세종의 용안도 불현듯 떠올랐다. 아들들인 대군들에게 군신유의君臣有義를 유독 강조했던 의미를 수양은 모르지 않았다. 병약한 맏형인 임금이 혹 세상을 일찍 떠나거든 왕위를 이어받은 나이 어린 조카의 용상에 혹여 흑심을 품지 말라는 가르침으로 특히 수양 자신을 향한 경고였던 것을 말이다. 상념 속에서 수양은 끝내 고개를 가로저었다. 사람이란 변할 수 있고 약속은 깨어질 수 있으며 세상은 바뀔 수 있다는 생각을 도리어 저버릴 수가 없었다. 형님인 문종은 끝내 아니겠으나 부왕인 세종과 조선을 개국한 증조부 태조임금께서는 그만 노여움을 거두고 치하를 할 수도 있으리라는 바람에 생각이 멈추었다. 나라를 잘 다스리고 견고하게 지켜내어 대를 이어 종사宗社를 이어가게 한다면 끝끝내 못마땅해하지는 않으리라는 짐작마저 들기도 했다. 자기합리화와 자기 격려가 부단히 필요한 수양으로서는 그렇게 생각할 수도 있었다.

    노회하다고는 하나 세력가인 김종서는 큰 걸림돌로 여길 수밖에 없는 반면 아우인 안평대군은 눈엣가시 정도의 대상으로 여겨졌다. 안평대군이 진즉부터 자신을 경계하며 감시하고 있다는 것과 이즈음 부쩍 가병家兵을 늘리고 있는 것까지도 수양은 익히 알고 있었다. 그런데도 수양은 민감하게 받아들이지 않았다. 호전적인 배포가 미약한 안평대군인 것을 익히 알고 있는 수양으로서는 대적의 인물로 여기고 있지 않았다. 피를 나눈 형제임에도 어차피 안평대군과는 한배를 탈 수 없는 운명인 것을 수양은 오래전에 깨달았다. 수양의 가슴 한편에는 조부인 태종의 행보와 역사가 깊이 새겨져 있었다. 야심과 욕망의 실현에 걸림돌이 된다면 혈육마저도 과감히 제거할 수 있는 기질을 본받고 싶었다. 호방한 외면 속에 깃들어 있는 냉혹한 성정이야말로 장부가 지녀야 할 면모라 착각하고 있는 셈이었다. 사사로운 정리에 얽매이지 않겠다고 수없이 다짐하며 냉혈하고 단순한 의식에 애써 사로잡히려 하는 수양의 눈과 귀는 오로지 한 방향으로 향하고 있었다. 당장 숨을 거두지 않는 한 아니 설혹 염라대왕이 꿈속에 나타나 만류를 한다 해도 멈추지 않을 것만 같았다.

    임박한 거사에 숱한 생각들이 꼬리를 물고 있어서인지 수양은 도로 잠들지 못하고 신새벽녘까지 내내 뒤척였다. 거사 일자가 하루 전이었다. 내일의 거사를 성사시키기만 한다면 용상을 차지하는 것은 기정사실이었다. 가림막의 제거를 제대로 하느냐 하지 못하느냐에 따라서 운명이 좌우된다는 것을 다시금 곱씹었다. 사실 제아무리 권좌를 탐내는 호전적인 종친 세력가라 하여도 삼정승을 포함한 다수의 조정 대신들을 살육해야 하는 그야말로 엄청난 일이었다. 수양은 방에서 나와 어둠이 채 가시지 않은 마당을 서성였다. 수많은 생각이 꼬리를 잇는 것은 지극히 당연했다. 권세에 목말라 있는 수하들의 뱃심은 믿고도 남을 일이었다. 하늘이 도와주기만 한다면 하고 수양은 생각했다. 하늘이 진노할 일을 꾀하고 결행하려 하면서도 하늘이 제 편에 서길 바라고 있는 수양이었다. 참으로 황당무계한 모순의 극치가 아닐 수 없었다. 김종서를 제거하면 되는 것이야……. 김종서를 제거하면 되는 것이지……. 어금니를 꽉 깨어 문 채로 수양은 몇 번이고 그렇게 되뇌었다.

수양의 가택 뒤뜰에 측근 수하들이 모여들었다. 수양에게 잘 보여 벼슬 한자리를 꿰차려는 자들도 있었다. 내금위 소속의 무인들인 강곤, 안경손, 홍순로, 민발, 곽연성과 무예 실력은 뛰어나나 소속도 없는 당장은 무뢰배나 다름없는 임자번, 최윤 등의 뛰어난 무인들의 모습도 보였다. 궁술대회가 열렸고 한쪽에는 거한 술상이 차려졌다. 활을 쏘며 술도 마시는 광경은 수양의 기질을 그대로 보여주기에 충분했다. 수시로 활을 쏘고 사냥을 즐기는 수양의 활 솜씨는 무예가 출중한 수하들에게 절대 밀리지 않았다.

─대군마마의 활 솜씨는 신궁에 가깝습니다. 소인들이 감히 따라갈 수가 없을 정도입니다.

홍윤성은 과녁 중앙에 연달아 화살을 꽂는 수양의 뒤에 서서 과도하게 감탄을 하며 추켜올렸다.

─그럴 리가 있겠나. 신궁들이야말로 여기들 있지 않은가?
─수양은 너털웃음을 터뜨리며 손가락으로 양정과 유수를 가리켰다.
─고대하였던 날이 이렇게 도래하였습니다. 나쁘지가 않습니다!

활쏘기를 끝낸 수양 곁으로 한명회가 바짝 다가섰다. 나쁘지 않다는 것은 거사를 실행하는 당일의 느낌을 뜻한 말이었다. 거사의 중임을 맡은 책임자로서 한 치도 긴장의 끈을 놓을 수 없는 한명회였다. 주군인 수양과 자신에게 자신감을 불어넣으려는 자기 암시였다.

─맞습니다! 주저할 게 무엇이 있겠사옵니까?

명령만 내려준다면 그 누구든지 무엇이든지 일거에 쓸어버릴 수 있다는 난폭한 결기가 홍윤성의 억양에서 고스란히 묻어나왔다.

─자! 잠시 활쏘기를 중지하고 전부 술잔을 들어보게나. 오늘 이렇게 한자리에 다들 함께 모이니 참으로 기분이 좋음일세. 아니들 그러한가?

수양의 호령에 수하들은 모두 술잔을 들어 올렸다. 돌이킬 수 없는 길을 떠나고자 하는 수양과 그 무리들의 출정의 건배주인 셈이었다.

─그렇습니다, 대군마마! 참으로 학수고대하며 기다리고 기다렸던 날이 왔습니다.

과장되게 술잔을 높이 받들어 올린 홍윤성의 우렁찬 목소리가 뒤뜰에 울려 퍼졌다.

―대취를 해서는 아니 될 것입니다. 일을 성공한 후에 몇 날이고 마시게 하면 될 것이옵니다.

―자준子濬의 말대로 적당히 목을 축이는 정도로만 마시게들. 유시酉時가 되어 움직일 것이니 그때까지야 맑은 정신으로 돌아오지 않겠는가?

수양은 한명회의 당부를 받아들이면서도 달아오른 좌중의 취흥을 깨려 하지 않았다. 수하들에게 더한 자신감을 끌어올리기 위해 술상을 준비한 것일 뿐 실상 수양의 정신은 여느 때와는 비교할 수 없을 만큼 기민해져 있는 상태였다.

한명회는 냉수를 한 대접 들이켰다. 술잔을 드는 시늉을 했을 뿐 술은 한 모금도 마시지를 않았다. 한명회의 시각은 몹시 더디게 흘러갔다. 수양 못지않게 한명회의 속도 타고 있었다. 두렵거나 자신감의 결여는 아니었다. 예상과는 달리 어떤 돌발변수로 인하여 거사가 실패로 돌아가게 되지 않을까 하는 일면의 염려마저 떨칠 수는 없었다. 궁지기 출신으로 역모를 꾀한 간신 난적이 되어 자칫 길지 않은 일생의 종지부를 찍을 것을 떠올리면 또한 초조감도 들지 않을 수는 없었다. 직계혈족들의 생사와 안위는 물론 끝내 뜻을 이루지 못한 채 역사의 뒤안길로 곧장 사라지고 말게 될 초라한 필부의 생애가 설핏설핏 떠올라서였다. 미관말직으로 세월을 보내며 살 수 없는 한명회의 야심은 크고 뜨거웠다.

―절재節齋대감의 가택을 살펴보는 것이 어떻겠는지요?

한명회는 만전을 기하면서 안이한 실수를 경계하려 했다.

―그냥 쳐들어가서 끝장을 내면 되는 것인데 그럴 일이 무어에 있겠습니까?

자못 답답하다는 듯 홍윤성은 인상을 찌푸리며 못마땅해했다.

-경계가 어떠한지 미리 살펴보는 것이 당연하니 자준子濬의 말대로 하는 것이 옳을 것이야!

수양은 고개를 크게 주억이며 한명회를 바라보았다. 시각은 신시申時를 지나고 있었다. 수양의 명령을 받은 홍달손은 날쌘 심복 한 명을 데리고 김종서의 집을 살펴보기 위해 수양의 가택을 나섰다. 그제야 긴장감이 감돌았다. 행동을 개시하면 민첩하게 움직여 각자가 맡은 역할을 한 치의 실수 없이 완수할 것을 수하들에게 지시하는 한명회의 표정은 더없이 결연했다.

두 식경이 지났을 때쯤 김종서의 가택에 정탐 갔던 홍달손이 돌아왔다.

-거사를 다음으로 미루심이 좋을 듯합니다. 가택 둘레에 수십의 가병들이 경계를 서고 있고 대문 앞에는 기병들까지도 보였습니다. 당장 움직이는 것보다는 방심의 때를 기다리는 것이 나을 듯합니다.

무예가 뛰어난 홍달손이었으나 당장은 공격의 때가 아니라는 의견을 올렸다. 무리들 속에서 작은 웅성거림이 흘러나왔다.

-그러한가?

수양의 얼굴에 당황한 기색이 역력했다. 노쇠한 정승이라고는 하나 상대는 함길도 국경에서 오랜 세월 찬바람을 맞으며 북방 육진을 개척한 당대의 명장 김종서였다. 더구나 낌새를 눈치채기라도 한 때문인지 경계를 더욱 강화하였다는 점을 가벼이 일축할 수는 없었다. 확인된 것은 아니나 거사를 꾀하고 있음이 안평대군 쪽에 이미 누설되었다는 보고를 받기도 했으니 더욱 그럴 수밖에 없었다.

-그렇지 않습니다! 소인의 생각에는 마음을 먹고 일자를 정한 오늘 밤에 반드시 결행해야 합니다. 단정코 미룰 일이 아닙니다. 희생을 감안할 수 없는 거사가 어디 있겠는지요?

　목숨을 당장 내어놓더라도 뜻을 굽히지 않을 것처럼 한명회의 주장은 결연했다.

　-거사를 미루다니요. 그것은 있을 수 없는 일이 아닙니까?

　홍윤성은 신중해야 한다는 홍달손을 몰아붙였다. 한명회는 정한 일자에 반드시 결론을 내고 싶은 생각이었고 홍윤성은 빼든 칼을 휘둘러 보지도 못한 채 칼집에 도로 집어넣고 싶지 않은 심리였다. 물론 홍달손과 생각이 같은 자들도 또한 없지는 않은 듯했다.

　수양은 어찌할지 갈등하며 선택을 망설였다. 그런 중에 안채의 여종이 몸을 조아리며 수양에게 다가와 윤씨 부인이 급히 뵙기를 원한다며 알려왔다. 수양은 심란한 기색으로 안채에 들어섰다.

　-이미 돌이킬 수 없는 지경에 이른 것을 정녕 모르십니까? 마음을 굳게 가지세요. 만약 안평대군에게 먼저 당하기라도 한다면 우리 일족들은 모조리 목숨을 잃게 될 것입니다. 그보다 두려운 것이 어디에 있습니까! 또 뒤뜰에 모여든 저들은 어쩌시고요?

　윤씨 부인은 갈등하며 주저하는 수양에게 단호한 어조와 눈빛으로 결행을 독려했다. 그리고 묵묵부답하고 있는 수양에게 손수 갑옷을 입혀주었다. 한명회의 생각처럼 일자를 미룰 것 없이 이 밤에 끝을 내야 한다는 뜻이었다. 그때까지도 수양은 아무런 말이 없었다.

　갑옷을 갖추어 입고 뒤뜰로 나간 수양은 한 가닥의 망설임마저도 남김없이 떨쳐낸 듯 원래처럼 거침이 없었다.

　―지금 내 한 몸에 종사宗社의 이해가 매었으니 운명을 하늘에 맡길 것이다. 장부가 죽으면 사직에 죽을 뿐이니 따를 자는 따르고 갈 자는 가라. 나는 강요하지 않을 것이다. 만일 고집하여 사기를 그르치는 자가 있으면 먼저 베고 나아가겠다. 빠른 우레에는 미처 귀도 가리지 못하는 것이거늘 군사는 신속한 것이 귀한 것이다. 내가 곧 간흉을 베어 없앨 것이니 누가 감히 어기겠는가?

　김종서를 반드시 제거하고야 말겠다는 자기 다짐인 동시에 배신에 대한 경고인 셈이었다. 부인이 입혀주는 갑옷을 갖추면서 수양은 추호도 갈등 없을 결심을 굳힌 것이다. 궁지기들을 포섭하여 도성의 사대문을 이미 손에 넣은 것과 다름없다 하는 측근 수하들이 천군만마처럼 든든했다. 하늘의 뜻이 자신에게 있음을 굳게 믿고 싶을 따름이었다.

　사방으로 어둠이 깃들었다. 수양은 돈의문 밖 김종서의 가택으로 향했다. 노종 임어을운과 양정, 유수, 유하 등 무예가 뛰어난 자들을 거느리고 나섰다. 한명회와 홍달손, 홍윤성 등은 사병들을 이끌고 도성 사대문과 군사시설을 장악하고 경복궁을 봉쇄하도록 했다. 의심을 피할 수 있도록 얼굴을 알아챌 수 있는 측근 수하들은 데려가지 않기로 했다. 대신에 김종서를 제거한 이후를 대비토록 했다. 김종서와 수양의 운명적인 결론이 멀지 않은 듯했다. 의심을 피하고 평범한 방문으로 여겨지도록 수양은 말을 타지 않고 관복 차림으로 사인교에 올라앉았다. 수양은 천사만감千思萬感을 느끼지 않을 수 없었다. 야심을 품은 수양에게 김종서는 반드시 통과해야 하는 관문과도 같은 존재였다. 수양의 뇌리에 관록과 위엄이 짙게 배어 있는 김종서의 모습이 떠올랐다가 사라지기를 반복했다.

좌의정 김종서의 가택에 환하게 불이 밝혀 있었다. 수양은 가던 길을 멈추게 했다. 사인교를 메는 노복奴僕 네 명 외에는 임어을운과 양정만을 데리고 김종서의 가택 안으로 들어가기로 했다. 유수, 유하 등의 수하 무리들은 마을 어귀의 우거진 수풀 속에 몸을 숨긴 채로 명령을 기다리도록 했다. 정탐을 다녀왔던 홍달손의 보고처럼 대문 앞에는 말에 올라있는 가병家兵들도 여럿 보일 만큼 사뭇 경계가 삼엄했다. 김종서의 아들 김승규의 벗들인 신사면과 윤광은의 모습도 보였다.

-대군마마께오서 저의 집에는 어인 일로 행차를 하셨는지요?

김승규는 깍듯이 예의를 갖추면서도 극도로 경계를 하고 나섰다.

-좌의정 대감께 청할 것도 있고 전해드릴 것도 있고 해서 잠시 들렀다네!

수양은 지극히 평온한 기색을 보여주며 의심의 여지를 차단하려 했다. 아들로부터 수양이 찾아왔다는 말을 전해 들은 김종서는 수일 전에 신숙주가 찾아왔던 일이 불쑥 떠올랐다. 전일 이른 아침에는 권람이 찾아왔었다. 사사로운 방문이 아닌 필시 자신의 근황을 살펴보기 위한 것이었다는 생각이 그때도 들었었다. 수양의 이름이 오르내리는 흉흉한 소문을 익히 알고 있던 터였다. 겉으로 내색할 수는 없었으나 김종서는 적잖이 긴장하지 않을 수 없었다. 불온한 기분이 정수리에서 등줄기를 흘러 타고 내려왔다.

―대군마마, 저의 집에 찾아오셨으면 안으로 들어오셔야지 어찌 그리 계십니까?

노회한 김종서는 경계심을 엿보이지 않으려 하며 집 안으로 들어갈 것을 정중히 권했다.

―해가 저물어 집 안으로 들어가기는 좀 그러합니다. 다만 잠깐이면 되니 대감께 청할 것은 청하고 바로 돌아갈 것입니다.

―그러해도 안으로 잠시 들었다 가시는 것이 좋을 듯합니다만!

―바로 돌아가려 합니다. 그보다는 오는 길에 사모뿔을 잃어버렸습니다. 하니 사모뿔을 좀 빌려주었으면 합니다?

수양은 그렇게 부탁하며 사랑채 마당으로 몇 걸음 들어섰다.

―그리하지요!

김종서는 자신의 사모뿔을 빌려주기 위해 방으로 들어갔다. 그러고는 몇 번씩이나 고개를 갸웃거렸다. 무엇엔가 홀리고 있는 듯 미묘한 기분에 사로잡히고 있어서였다. 수양은 사모뿔을 건네받아 빠진 곳에 끼웠다. 김승규와 신사면, 윤광은이 가까이에서 그러한 광경을 지켜보고 있었다. 수양은 대감께 비밀스레 청할 게 있으니 그들에게 물러가 달라 했다. 하지만 그들은 불안감에 멀리 가지 못하고 몇 걸음을 뒤로 물러날 뿐이었다.

―대감께 청을 드릴 서찰을 가져왔습니다!

수양은 품 안에서 서찰을 꺼내 김종서에게 건넸다. 서찰을 펼쳐 든 김종서는 달빛에 글자를 비춰보려 고개를 숙였다. 그 순간이었다. 수양의 눈 신호를 받은 임어을운이 번개처럼 철퇴를 휘둘러 김종서의 머리를 내리쳤다. 김종서는 비틀거리며 쓰러졌고 머리에서는 이내 낭자한 선혈이 흘러내렸다. 놀란 김승규가 몸을 날려 김종서를 감싸 안았다. 하지만 김승규는 양정이 휘두른 칼을 맞고 그 자리에서 절명하고 말았다. 사인교를 메고 온 가마꾼들은 단순한 노복들이 아닌 무예가 뛰어난 무사들이었다. 신사면과 윤광은은 물론 가택 경비를 서던 십수 명의 가병들은 수양 일파의 칼과 철퇴 앞에 제대로 대응조차 하지 못하고 모조리 쓰러지고 말았다. 치밀하게 준비된 공격 앞에 속수무책으로 당하고 만 것이다. 마을 어귀에서 잠복하고 있던 유수, 유하 등의 무리들이 김종서의 집에 들이닥쳤을 때는 숨이 끊어진 김종서, 김승규 부자와 신사면, 윤광은 그리고 가병들이 여기저기 널부러져 있었다. 계유년 음력 10월 10일 밤이었다.

　백호로 불린, 문무를 겸비한 당대의 명장이었으나 이미 노쇠한 정승이었던 김종서의 최후는 실로 허망했다. 수양의 야심을 진즉 간파하였다면 감시의 끈을 더욱 바짝 조이고 경계와 대비를 강화했어야 했다. 하지만 김종서는 설마하니 수양이 역모를 획책하고 있다고까지 믿고 있지는 않았다. 숙원대로 기어이 김종서를 죽인 수양은 경복궁을 향해 빠르게 말을 달렸다.

　뒤늦게 집에 돌아온 김승벽은 보고도 믿을 수 없을 만큼 충격적인 광경에 몸서리를 쳤다. 가까스로 정신을 차린 그는 부친과 형의 상태를 살펴보았다. 형인 김승규의 숨은 완전히 멎었으나 부친 김종서의 숨은 붙어 있음을 확인했다. 슬퍼하거나 통곡할 겨를조차 없었다. 일단 부친을 안전한 곳으로 피신시켜야 한다는 생각뿐이었다. 김승벽은 부친 김종서를 모친의 가마에 태워 은밀히 처가로 향했다. 하지만 김종서는 아들 김승벽에게 궁궐로 갈 것을 종용했다. 임금을 호위하고 수양 일파를 진압하여 사태를 수습하겠다는 일념에서였다. 김승벽은 성안으로 들어가려 진입을 시도했으나 허사였다. 돈의문뿐만 아닌 숭례문, 서소문을 돌았으나 성문은 이미 수양의 수중에 들어가 있었다. 김종서는 하는 수 없이 아들의 처갓집에 일단 몸을 숨겨야만 했다. 김승벽의 처 식구들 도움으로 상처를 치료받으며 날이 새기만을 기다렸다.

하늘은 김종서의 편에 있지 않았다. 좌의정 대감 김종서가 아들 김승벽의 처가에 숨어 있다며 누군가 밀고를 한 것이다. 의금부로 압송해 갈 줄 알았으나 우레처럼 들이닥친 수양의 수하 양정과 이홍심은 그 자리에서 김종서의 목을 베었다. 문신으로 출사하여 세종의 명을 받은 김종서는 북방에 육진을 개척하여 명나라와의 국경을 명확히 하고 들끓는 여진족을 완전히 제압하여 무장으로서도 이름을 드높인 명장이었다. 그러했던 김종서가 권좌에 눈이 먼 수양이 휘두른 야욕의 칼날에 기어이 쓰러진 것이다. 저물어가는 계유년에 무서운 피바람이 일기 시작했다.

단종은 누이 경혜공주의 집에 있었다. 수양대군이 좌의정 김종서를 척살한 것을 알고 있을 리는 없었다. 단종은 유일한 피붙이며 의지처인 누이의 궐 밖 집을 궁궐보다도 더 편히 여겼다. 수양 일파들은 도성 사대문은 물론이며 경복궁과 도성의 주요 거점들을 수월하게 장악해갔다. 수양이 김종서를 죽이고 경복궁에 들어가 처음 만난 이는 입직인 동부승지 최항이었다.

─급한 일이니 속히 전하를 뵙게 해주시게!

엄포라고 느껴질 만큼 수양의 어조는 강렬했다.

─늦은 식경이니 내일 뵈옵는 것이 좋을 듯하옵니다.

상황을 이미 파악하고 있는 최항은 공손히 수양을 돌려보내려 했다.

─그렇다면 조정 대신들의 명부와 초패를 내오시게!

─그것도 날이 밝은 내일 도승지 대감께 청하시는 것이 좋을 듯합니다만!

최항은 도승지에게 미루며 명부를 내어주기 주저했다.

─이보게 동부승지! 전하의 숙부인 내가 조정 대신들의 명부를 들여다볼 수도 없다는 말인가?

수양은 급기야 짜증을 내며 노여움 띤 눈빛으로 최항을 무섭게 노려보았다. 잠시 망설이던 최항은 결국 명부를 가져와 수양에게 넘겨주었다. 조정이 수양에게 속수무책 유린당하기 시작하는 형국이었다.

수양은 단종이 머물러 있는 시좌소時座所로 향했다. 창덕궁 서쪽 담 밖의 경혜공주 집이었다. 승하한 문종은 딸을 시집보내면서 궁궐 가까운 곳에 살도록 집을 지어주었다. 단종은 선왕이 승하한 경복궁이 적적하다 하여 창덕궁으로 이어 하려 했으나 방치되어 있던 창덕궁을 수리하던 중이어서 누이 집에서 임시로 거처하고 있던 때였다.

─전하! 김종서와 황보인 등은 나라의 정사를 제멋대로 하고 그 권력을 농단하였으며 급기야 함길도 절제사 이징옥과 평안도 관찰사 조수향 그리고 충청도 관찰사 안완경 등과 공모하여 역모를 꾀하였습니다. 사세가 급박하였던 관계로 아뢸 틈이 없어 우선 그 역모의 우두머리인 김

종서를 먼저 척살하였습니다. 하여 전하께 선참후계先斬後啓로 품고稟 告하옵나이다.

김종서를 제거한 마당에 이제 두려울 것도 거칠 것도 없는 수양은 더없이 당당했고 능청스러웠다.

-지금 무어라 하신 것입니까?

믿을 수가 없다는 듯 어리둥절해하던 단종의 용안은 금세 파랗게 질려갔다. 조부처럼 믿고 의지하던 좌의정 김종서의 죽음을 믿고 싶지 않았다. 김종서가 역모를 꾀했다는 것은 더구나 믿을 수 없었다.

-사실이옵니다!

-아닙니다! 좌상 김종서가 그럴 리가 없습니다.

-김종서는 분명 역적이옵니다! 전하께서 보령寶齡 유충하신 것을 기화로 안평대군을 내세워 왕위를 찬탈하고자 하였습니다.

-그럴 리가 없습니다. 그럴 리가 없어요…….

단종은 가까스로 절규를 참아내고 있었다. 무언가 잘못되고, 잘못되어가고 있음을 깨달으며 가까이에 낙뢰가 떨어진 것처럼 전율을 느껴야 했다.

-그건 상감께서 실상을 모르시고 하시는 말씀이옵니다!

수양의 반박에는 어린 임금의 든든한 조력자를 이미 제거한 자만심이 배어 있었다.

-상감께서 아무리 보령이 유충하신들 충신과 역적의 구별도 못 하시겠습니까?

단종의 자형인 경혜공주의 남편 정종은 참기를 애를 쓰다가 기어이 쏟아내었다.

−어허! 영양위도 참 답답하구려. 그러한 구별을 상감께서 어찌 명확히 하실 수가 있단 말이오?

수양은 못마땅하다는 듯 정종을 쏘아보며 버럭 소리를 질렀다. 이미 돌이킬 수 없는 상황인 것을 모르지 않는 정종은 더는 입을 열지 못했다. 단종은 고립무원의 상태에 점점 빠져들 수밖에 없었다. 노쇠한 고명대신들은 단종을 지켜줄 힘이 없었다. 이제 김종서는 죽어 이 세상 사람이 아니었다. 수양에 맞서 단종을 옹위할 수 있는 인물로 안평대군이 있기는 했으나 기질이나 세력으로 그는 수양의 적수가 되지 못했다. 받쳐줄 세력이 미미한 단종은 수양의 무도하고 무엄한 작태를 입 다물고 묵인할 수밖에 없었다. 왕의 위엄으로 조정을 다스리고 싶었으나 힘이 없었다. 용상에 앉아 있는 자신의 존재가 오히려 한스럽고 괴로울 따름이었다. 정적으로 여기고 있는 좌상 김종서를 숙부 수양이 죽인 것임은 백 번 알고도 남음이었다. 수양의 뜻에 따를 수밖에 없었다.

도성 사대문은 수양 일파에 의해 완전히 봉쇄되었다. 수양으로부터 조정 대신들의 명부를 넘겨받은 한명회의 머릿속에서는 이미 대신들의 생사가 갈려 있었다. 수양은 임금의 명을 빙자하여 당상관 이상의 대신들에게 즉시 입궐하라는 초패를 돌리도록 지시했다. 단종이 머물러 있는 시좌소에 들라 하는 어명을 내린 것이다. 조정의 중한 일은 모두 숙부 수양대군에게 위임하여 총치하라는 어명을 내릴 수밖에 없던 단종이었다. 야심한 밤이었으나 대신들은 사인교나 초헌에 올라타 창덕궁의 동구로 급히 향했다. 영의정 황보인이 궁궐 문 앞에 당도하자 먼저 도착해 기다리고 있던 대신들이 그를 맞이했다. 시국이 수상한 때문인지 한밤의 입궐 명령이 불안한 것은 대신들의 기색에 그대로 서려 있었다.

-좌상대감이 역모를 꾀하다 발각되어 술시戌時에 척살이 되었다 합니다. 도무지 무슨 영문인지를 알 길이 없습니다.

-이조판서 조극관은 사인교에서 내린 영의정 황보인에게 조용히 다가가 정황을 알렸다.

-좌상대감이 말이오?

-그렇습니다. 좌상대감께서 죽임을 당한 것은 확실한 것 같습니다.

-수양대군의 짓이랍니까?

-아마도 그러한 것 같습니다!

-어허! 참으로 변고가 아닐 수 없구려. 어찌 이런 일이…….

충격에 더는 말을 잇지 못하던 황보인은 입궐하는 대신들을 안내하는 의정부사인 이예장을 한쪽으로 따로 불렀다. 그러고는 자신의 가족과 후사를 보호해달라며 간곡하게 부탁을 했다. 궁궐 밖으로 다시 나올 수 없음을 직감한 때문이었다.

궁궐 문 안쪽에는 조정 대신들의 생사를 거머쥐고 있는 한명회와 홍윤성, 구치관, 함귀가 철퇴를 손에 들고 숨어 있었다. 역시 가장 먼저 불귀의 객이 된 것은 영의정 황보인이었다. 홍윤성과 구치관은 노쇠한 황보인의 머리와 가슴과 등에 수차례씩 철퇴를 휘둘렀다. 좌찬성 이양과 이조판서 조극관도 철퇴와 칼로 참살했다. 윤처공, 이명, 조번, 김대정, 하석 등의 조정 대신들도 그와 같이 차례로 도륙을 했다. 반면 우참찬 정인지와 도승지 이계전 그리고 호조참판 이순지 등 수양에게 호의

적이었거나 기울어 있던 대신들은 목숨을 보전할 수 있었다. 계유년 10월 10일 깊은 밤에 몰아친 피바람이었다. 조정을 장악하기 위한 수양의 극악무도한 거사였다. 나라가 수양의 손에 들어가고 있었다.

문종의 능인 현릉에서 비석제작을 감독하고 있던 병조판서 민신과 그의 다섯 아들도 현장에서 척살당하고 말았다. 김종서와 김승규를 비롯하여 황보인, 조극관, 이양, 민신 등은 역모죄의 누명을 뒤집어쓰고 저잣거리에 효시되었다. 또 우의정 정분과 편안도 관찰사 조수량, 충청도 관찰사 안완경 등은 유배되었다. 안평대군의 유배지는 강화도였다. 죽음으로 이어지는 부질없는 절차일 뿐이었다. 입직승지 최항이 수양의 알현을 고했다. 수양은 정인지를 뒤세우고 단종 앞으로 나아가 함께 부복하며 예를 갖추었다. 여느 때보다도 몸가짐이 공손했다.

―신이 어명을 받들어 국문을 하였은즉 황보인, 김종서 등의 역신들이 유충하옵신 전하를 폐하고 안평을 받들어 용상에 올리려 했다는 역모를 토설하였습니다. 하여 그 일파들을 가차 없이 참살하고 더러는 귀양을 보내 대난을 방지하였음을 전하께 고하옵니다!

권좌를 향한 패악한 야욕으로 삼정승을 비롯한 대신들을 참혹하게 죽이거나 귀양을 보내고도 오히려 그들을 역모로 내모는 수양의 악행은 하늘이 노하지 않을 수 없을 것 같았다.

―전하! 우참찬 정인지 아뢰옵나이다. 수양대군이 아니었다면 조정은 진즉 역괴들의 손에 넘어가고도 남았을 것이옵니다. 고명의 충성으로 성상을 보좌해야 할 대신의 무리들이 한낱 세도를 믿고 흉계를 꾸미고 있었으나 수양대군은 충심으로 전하와 사직을 지키고자 힘써 대난을

미연에 방지한 것이옵니다. 하니 수양대군의 충성과 공로를 포상하심이 지당한 것인 줄로 아뢰옵나이다.

정인지는 대놓고 수양의 패악을 칭송하였다. 조정의 실권자인 수양에게 확실한 한편인 것을 확증해 보이려는 아부로서 손색이 없을 정도였다.

―수양 숙부의 공로가 참으로 큽니다. 숙부가 있어 미리 방지했기에 이렇듯 종사를 지킬 수 있었던 것 아니겠습니까?

심장이 빠르게 뛰고 있었으나 단종은 분노와 역겨움을 일절 내색할 수 없었다.

―성은이 망극하옵니다!

수양은 기다렸다는 듯이 황송해하는 모습을 보였다.

단종은 나이는 어렸으나 대세를 통찰하고도 남았다. 어쩔 수 없는 자신의 처지가 비통했지만 받아들일 수밖에 없음을 알았다. 집현전을 통해 수양의 공로를 포양하는 교서를 만들 것을 명하라는 정인지의 주청을 단종은 받아들였다. 수양은 급기야 영의정부사, 영집현전경연 예문춘추관 서운관사 겸 판이병조사, 내외병마도통사라는 조선개국 이래 유례없는 군국의 관직들을 겸직하여 조정을 완전히 장악했다. 거사를 성공시킨 스스로에게 내린 황당하고도 무시무시한 종합벼슬의 하사였다.

우참찬 정인지는 좌의정에 수양의 사돈인 한확은 우의정에 동부승지 최항은 도승지에 올랐다. 또 병조판서에는 이계전, 이조판서에는 정창선 그리고 집현전 교리였던 신숙주는 좌찬성이 되었다. 수양은 자신을 포함한 일파 43명을 일에서 삼 등급으로 구분하여 정난공신으로 책봉하고 주요 관직을 독점했다. 그리고 집현전에는 자신을 찬양하는 교서를 지어 올리게 했다. 하늘의 이치를 거스르고 마구 유린하는 수양은 하늘이 실로 두렵지도 않은 모양이었다. 수양과 그 일파들은 자신들이 저지른 계유년의 역란逆亂을 정난靖難으로 명명했다.

정난을 평정했다는 수양의 공로를 찬양하는 집현전의 교서에 정인지는 온 정신을 몰입했다. 집현전 학사들이 받아들인 것으로 만들어 거사의 정통성을 확보하고 싶어서였다. 한시바삐 교서를 선포하여 수양의 존재감을 만천하에 알리고 싶기도 해서였다. 거사에 가담하고 추종한 자신들의 세상이 되었음을 또한 드러내고 싶은 것도 그 이유였다. 드디어 임금이 써 내리는 교서를 완성하였다며 집현전의 입직교리가 전해왔다. 어차피 수양과 그 측근들에 의해 만들어진 궤변의 문장일 뿐이었다. 집현전 학사들도 거부할 수 없는 통절한 심정을 주체할 길이 없었을 터였다. 교서는 그야말로 가증스럽기 짝이 없는 자화자찬의 극치였다.

수양 숙부는 천성이 충효롭고 기운과 날쌤이 세상에 으뜸이며 부귀여색은 거들떠보지도 아니하였다. 오로지 충심으로써 임금을 섬기나니 편할 때나 험할 때나 처음이나 나중에나 어찌 그 절조가 변함이 있으랴. 내가 아직 어리고 불행하여 지친의 자리에 있는 안평대군이 불궤한 마음을 품어 황보인, 김종서, 이양, 민신, 조극관, 윤처공, 이명민 같은 역당 무리가 한패가 되어 흉계를 꾸미니 어린 내가 의로이 서서 어찌할 수 있었으랴. 수양 숙부가 용단과 의용을 발휘하여 그 역당 무리들을 번개와 같이 대번에 쓸어버리고 말았거늘 수양 숙부가 아니었다면 내가 어찌 이처럼 할 수 있었으랴. 옛날 주공이 관채를 베어 왕실을 평안히 하였으니 이번에 수양 숙부의 토멸이 그와 같음이다. 수양 숙부는 재주와 미덕을 갖추었고 거기에 주공의 큰 공적까지 겸하였으니 나는 성왕과 같이 어려운 형국을 당하였기에 성왕이 숙부를 믿던 듯이 하였거니와 숙부도 주공이 성왕을 도왔던 듯이 나를 도우시오.

말이 임금의 교서일 뿐 수양에게 올린 정난공신들의 아부가 이며 칭송가였다. 단종은 근정전에 나아가 문무백관의 하례를 받으며 수양에게 손수 교서를 내렸다. 도승지 최항이 교서를 낭독했다. 수양은 더욱 납작 부복하여 교서를 음미했고 거개의 백관들은 지당하다는 듯 고개를 주억이기까지 했다. 허위와 패악이 진실을 덮고 있었다.

수양의 가택은 밤이 늦도록 분주함이 넘쳤다. 공신들의 웃음소리는 좀처럼 사그라질 줄을 몰랐다. 거사를 성공시킨 희열을 만끽하며 칭송과 충성 맹세가 이어졌다.

–모반을 꾀한 역신의 무리들을 모조리 척살하여 대난을 막았으니 이제 이 나라는 태평성대를 누릴 일만 남은 듯하옵니다. 이 모두가 대군마마의 공덕이 아니겠습니까?

권람은 하수들처럼 드러내놓고 의기양양하지는 않았다. 과도하지 않을 만큼 수위를 조절하여 칭송할 정도로 그는 노련했다. 수양은 흡족한 기색을 감추지 않았다.

–참으로 합당한 소회인 듯싶습니다!

정인지는 손바닥으로 무릎을 치며 맞장구를 쳐주기까지 했다.

–복잡하게 생각하고 돌려 말할 게 뭐 있습니까? 이제야말로 수양대

군 마마의 세상이 온 것 아닙니까? 수양대군 마마의 세상 말입니다.

성향이 난폭하고 생각이 단순한 홍윤성은 표현에도 거침이 없었다. 이 밤에 당장 용상을 차지해야 한다고 목소리를 높이지 않은 것이 다행일 듯싶었다. 수양은 싫지 않은 듯 너털웃음을 크게 터뜨렸다.

―군국의 장래가 나으리의 손에 달려 있습니다. 아무것도 서둘 것이 없사옵니다!

한명회는 느긋했다. 장애물들을 제거하였고 결론을 이미 손아귀에 쥐고 있으니 급하게 산을 넘을 필요가 없다는 의미였다.

―자준의 생각이 맞음일세! 당장 서두를 일이야 없지 않겠는가?

수양은 잔이 넘칠 만큼 한명회에게 술을 따라주었다. 어차피 조정 대사의 전권을 거머쥐고 있는 수양으로서는 잔망스러운 조급함에 사로잡히지 않아야 했다. 신숙주는 그리 달뜬 기색도 없이 묵묵히 술잔을 기울이고 있었다. 이미 수양의 편에 섰으나 생각이 많은 듯했다.

삼정승을 비롯한 대신 다수는 참살되거나 귀양 보내졌고 아들, 손자들은 나이가 많고 적음을 따지지 않고 전부 죽임을 당했다. 또 처첩과 딸 심지어 일부는 노모까지도 공신들에게 노비로 배분되거나 관노가 되었다. 신의와 소신과 선택의 결과일 뿐이라지만 몇 날 전까지만 해도 동료 대신들의 부인과 딸들이었음에도 하루아침에 정난공신들의 첩이나 가노로 전락되었다는 사실은 실로 비극이 아닐 수 없었다. 수양과 그를 따르는 일파들은 계유역란癸酉逆亂을 계유정난癸酉靖難이라 일컬으며 역사를 유린하고 있음에도 일말의 죄책감마저도 갖고 있지 않았다.

―대군께서는 성인의 마음 씀으로 극악한 그들과 자손까지도 귀히

여기시었음에도 그자들은 도리를 저버린 채 흉계를 품고 국사를 문란케 하였습니다. 그러니 대군이 아니시었으면 감히 누가 나서 그자들을 척결하여 이처럼 조정을 안위할 수 있었겠사옵니까?

수양을 성인으로까지 지칭하고 있는 병조판서 이계전의 아부는 자리를 함께하고 있는 동료 공신들이 듣기에도 자못 낯이 뜨거워질 정도였다. 하지만 한통속인 그들 누구도 표가 나도록 못마땅해하거나 비웃지는 않았다. 그러함에도 수양은 그리 싫지 않은 기색이었다.

—병판 대감의 말씀에 전적으로 공감을 합니다. 오로지 대군만이 하실 수 있었을 것입니다. 대군이 계시었기에 대난을 막을 수 있었으며 사직을 보존할 수 있었던 것 아니겠습니까?

도승지 최항은 다름 아닌 아부를 칭송으로 은근히 치환하고 있었다. 정난공신들은 수양을 추앙하는 데 조금도 주저하지 않았다. 행위의 결과에 대한 두려움이 클수록 정당성을 부여하고 싶은 것은 본능이었다.

수양의 가택에 모인 일파들은 선택의 한배에 올라탄 운명공동체였다. 무장인 홍달손 외에는 역란에 가담하였거나 동조한 최측근의 문신들이었다. 그야말로 수양을 떠받들고 옹위하며 수양의 시대를 함께 열어갈 수족들이라 할 수 있었다. 수양으로부터 선택을 당했든 정국의 흐름을 간파하고 자처하여 선택했든 수양을 선택한 자신들의 판단이 적중했음에 희열을 느끼며 속으로는 덩실덩실 어깨춤을 추고 있을지도 모를 일이었다. 미몽처럼 달콤한 권력의 이면에는 치명적인 독주가 기다리고 있을지 모를 이치를 애써 미리 곱씹을 자들은 없었다. 그런 밤이었다.

# 찬탈篡奪


조복을 갖춰 입은 문무백관과 종친들이 근정문 앞에 도열했다. 이어 면복을 갖춰 입은 단종이 상선의 안내를 받으며 올라가 어좌에 앉았다. 봉례랑이 사자使者로 임명된 효령대군과 호조판서 조혜를 안내하여 임금 앞으로 나아갔다. 통례通禮가 목소리를 높였다.

　국궁鞠躬, 사배四拜, 흥興, 평신平身이오.

　효령대군과 호조판서는 임금에게 네 번 절을 올린 후에 자리에 앉았다. 전교관으로 임명된 승지가 어좌 앞으로 나아갔다.

　-전교를 내려주옵소서.

　도승지 강맹경이 부복을 하고 꿇어앉았다. 별감이 용무늬가 장식된 받침대에 모셔진 교서를 받들고 내려왔다.

　-교명을 받드시오.

　교서를 받든 전교감과 별감이 사자 앞으로 다가섰다. 효려대군과 호조판서는 무릎을 꿇고 엎드렸다.

　-풍저창부사 송현수의 여식을 왕후로 삼고저 하니 경들은 납채를 행하라!

납채가 선포되었다. 송현수의 딸을 부인으로 맞고 싶다는 공개 선언이었다. 임금의 선언은 법이었고 설혹 납채 선포를 취소한다 해도 간택이 되었던 처녀는 다른 사람과 혼인을 할 수도 없었다.

-황공하옵니다!

효령대군 이보와 호조판서 조혜는 네 번 절을 올렸고 도열한 백관과 종친들도 합창하며 사배四拜를 올렸다. 봉례랑이 교서敎書를 받든 전교관을 앞세우고 사자를 인도하여 동문을 빠져나갔다. 문밖에는 교명을 모시고 갈 교서여가 대기하고 있었다. 효령대군 이보는 교서를 고이 받아 교서함에 넣어 가마에 실었다. 고적대가 앞장을 서면서 교꾼들의 발걸음도 빠르게 움직였다. 그 뒤를 정사와 부사가 따랐다. 건춘문을 빠져나온 사자 일행은 삼청계곡을 흐르는 하천의 돌다리를 건너 장생전을 끼고돌아 종부시를 지나서 청계천으로 이어진 야트막한 오르막길에서 잠깐 다리쉼을 했다. 그런 후에 내리막길 아래의 개울을 건너 이내 안국방으로 접어들었다. 고적대의 풍악이 골목길에 크게 울려 퍼졌다.

왕후로 간택이 된 풍저창부사 송현수의 집은 교서를 받들고 오는 사자 일행의 당도가 임박해지면서 더욱 분주해지고 있었다. 이미 궁궐에서 인력을 파견하여 막차를 설치했고 면포 육백 필과 쌀 삼백 석 그리고 황두 일백 석이 내려졌다. 곳간도 크지 않은 집에 삼백 석의 쌀과 콩을 보관해 둘 곳도 마땅치는 않았다. 효령대군이 교서를 읽어 내려갔고 송현수는 부복한 채로 임금의 교서를 받들었다.

송현수의 현실감은 떨어질 수밖에 없었다. 그러나 엄연한 사실이었다. 솔직히 여식이 왕후로 간택이 되었다는 기쁨 못지않게 이면의 두려움도 그것에 못지않았다. 일면의 착잡한 기분을 온전히 떨쳐낼 수는 없었다.
 −잘 해낼 수 있겠느냐?
 송현수는 운명으로 받아들일 수밖에 없다는 생각을 했다. 열네 살의 어린 여식은 대답하지 않았다. 아버지의 뜻도 내 뜻도 아니지 않느냐는 대답을 무언으로 들려주는 것 같았다. 어머니 민씨 부인 또한 아무런 말이 없었다. 자랑스럽기는 했으나 그보다는 국혼 후에 왕후로서 어린 딸이 감내해야 할 궁궐에서의 힘겨운 삶이 심히 염려되어서였다.
 −가례가 남아 있다지만 이제 왕후로 책봉되어 궁궐로 들어가면 너는 전하를 잘 보필하여 종묘사직을 지켜내야만 한다. 아비가 말하는 뜻을 알아듣겠느냐?
 애초부터 선택권은 없었으며 더구나 반려할 수도 없었다. 다만 여식에게 되도록 담담한 기색을 보여주고 싶었다.
 −아버님 말씀, 깊이 명심하겠습니다!
 열네 살이라 믿기지 않을 만큼 여식은 속이 깊고 차분했다. 송현수와 민씨 부인은 그런 여식이 대견스러웠고 안쓰럽기도 했다.
 −우리 가문의 명운도 이제 너에게 달린 것이 되었구나!
 송현수의 한숨에는 체념이 서려 있었다.
 −궁궐의 법도를 잘 배우고 익혀서 지혜롭게 처신을 할 것이옵니다. 너무 염려치 마시어요.
 여식은 곡진히 아비의 마음을 헤아렸다. 그러나 제아무리 속이 깊고 현숙하다 하여도 아직은 어린 열네 살의 여식일 뿐이었다. 그 나름으로 인식하고는 있다 해도 궁궐의 실상을 세세히 간파할 수 없을 것을 생각하면 마음은 더욱 무거워질 수밖에 없었다. 세종의 여덟 번째 적자인 영응대군의 부인이었던 대방부부인은 송현수의 누이이며 여식의 친고모였으나 실상은 아무런 힘도 위로도 될 수 없었다. 심히 병약했던 대방부부인은 이미 궁궐에서 내쳐진 후였다. 축축한 우려가 그저 기우가 되기만을 천지신명께 간절히 비는 것 외에 송현수 내외가 할 수 있는 것은 아무것도 없었다.

선왕의 삼년상이 끝나기도 전에 가례를 올리게 된 단종의 심정은 무겁고 편치 않았다. 국혼은 전적으로 수양대군의 뜻이었다. 계유정난으로 인한 부정적인 시각과 민심을 잠재우기 위해서였다. 왕의 국혼은 종사의 안정을 도모하는 일이며 승하하신 선왕의 뜻이라고도 했다. 조카인 어린 임금을 진심으로 보좌하고 왕실을 안정시키려 하는 것을 보여주고 싶은 계략이었다.

ㅡ삼년상을 끝내고 가례를 올리는 것이 자식 된 도리가 아니겠습니까?

받아들여지지 않을 것을 알고 있기에 단종은 더욱 괴로웠다.

ㅡ격식은 그리 중요한 것이 아닙니다. 왕실과 종사의 안정을 위해서는 국혼을 더는 미루어서는 아니 될 것입니다.

수양의 뜻은 완강했고 바뀔 여지가 없었다.

ㅡ백번을 생각하여도 법도에 어긋나는 일입니다!

ㅡ법도만을 따져서는 결코 나라의 안정을 꾀할 수가 없는 것이옵니다.

실권자인 수양의 생각을 거스를 수는 없었다. 임금이라 하여도 다를 것은 없었다. 숙부이며 영의정인 수양이 국혼 일자를 확정하려 하자 단종은 밤잠을 설칠 정도로 괴로워하고 있었다. 궁궐의 법도를 솔선하여 지켜야 할 임금의 신분으로 부모의 상중에 국혼을 치른다는 것은 도무지 있을 수가 없는 일이었다. 납채를 선포하고 왕후를 간택한 것도 내키지 않았다. 다만 종사의 안정을 위함이라는 명분에 수긍하여 거부하지 않고 받아들인 것이다. 왕후를 간택하였다 해도 실상 가례와 책봉은 선왕의 삼년상이 끝난 후에 하게 될 것으로 마땅히 여겼다.

단종은 자신의 처지가 몹시 서글프고 서러웠다. 선왕인 문종과 자신이 태어난 지 며칠 만에 세상을 떠난 얼굴도 모르는 생모 현덕왕후가 사무치도록 보고 싶었다. 선왕이 살아계셨다면 왕세자로서 왕실과 조정은 물론이거니와 온 민인들의 경하를 받으며 가례를 올렸을 것을 생각하면 더욱 그러했다. 그런 중에도 누이 경혜공주의 고견이 한편으로 위안이 되기는 했다. 가례를 올리고 왕후를 맞이하여 주상으로서의 위엄을 높이 받드는 것이 현명한 것이라 했다. 생각해보니 나이를 억지로 앞당길 수는 없어도 임금으로서의 위신이 설 것 같기는 했다.

미력한 자신의 권세로는 다른 목소리를 낼 수도 다른 선택을 할 수도 없음을 단종은 익히 알고 있었다. 종친과 대신들에 기대고 휘둘림당하는 모멸이 내심 너무도 싫었다. 스스로 치세를 할 수 있을 때까지 참고 견뎌야 한다는 생각을 했다. 안평숙부와 김종서, 황보인을 비롯한 대신들이 숙부 수양에게 죽임당한 것이 떠오를 때면 이내 오금이 저리고 목젖이 따갑기도 했다. 수양대군의 뜻을 거스르지 않고 현명하게 처신하는 것이 위험에 빠지지 않는 길이라고 단종은 믿고 있었다.

선왕의 삼년상이 끝나기도 전에 국혼을 치른 것이 단종의 마음 한구석에는 여전히 죄책감으로 남아 있었다. 하지만 왕후가 항시 곁에 있어 외롭지 않고 의지가 되는 것은 좋았다. 열네 살의 단종은 한 살 위의 정순왕후가 누이 같았고 때로 모성을 느끼기도 했다. 나이의 많고 적음을 떠나서 갓난아기 때부터 자신을 키워준 혜빈할머니나 유일한 혈육인 누이 경혜공주에게서 느끼는 것과는 또 다른 정情이 느껴졌다. 부부로 만난 연緣을 맺어서였다.

숙부 수양대군이 대놓고 겁박하여 강제로 용상에서 끌어내리지만 않는다면 장성하여 임금의 권위를 발휘하고 스스로 국사를 이끌 때까지 어떠한 고난의 시련들도 견뎌낼 수 있겠다고 단종은 생각했다. 정순왕후가 늘 곁에 있어준다면 말이다. 단종은 따뜻하고 속이 깊은 중전을 의지하고 사랑했다. 중전이 건네는 위로와 용기는 늘 불안하고 암담하기만 한 단종에게 종묘사직을 지키고 싶은 의욕을 치솟게 해주기에 충분했다. 그래선지 중전의 처소에서 함께 있는 밤에는 침수 드는 시각이 늦어지기 일쑤였다. 꿈속에서조차 중전과 즐거운 한때를 보내곤 했다. 때로는 선왕과 모후와 누이와 자형을 함께 꿈속에서 만날 때도 있었다. 비록 꿈속에서였으나 그때만큼은 한숨도 두려움도 없이 그저 행복하기만 했다.

한명회와 정인지 등이 심어 놓은 나인과 내관들에 의해 단종과 정순왕후의 일거수일투족은 늘 감시를 당했다. 임금이었지만 수양의 허락이 있지 않은 한 아무도 만날 수가 없었다. 누이 경혜공주를 만나는 것도 그리 수월하지 못했다. 정순왕후 역시 마찬가지였다. 친정아버지 판돈녕부사 송현수를 만나는 것도 조심스러울 정도였다.

―중전마마, 자주 찾아뵙지를 못하였습니다. 그동안도 옥체 강녕하셨는지요?

판돈녕부사 송현수는 정순왕후 앞에 부복하며 문후 인사를 올렸다. 의례적인 안부 인사였음에도 경계를 하듯 중궁전 나인들을 흘깃 쳐다보는 송현수의 눈빛에는 많은 생각과 물음들이 담겨 있었다.

―예, 덕분에 평안히 잘 지내고 있어요!

정순왕후는 되도록 평온하게 보이려 했다. 친정아버지에게 해줄 수 있는 것은 그것밖에 없었다. 중전인 자신도 판돈녕부사인 친정아버지도 아무런 힘이 없는 미력한 존재들인 줄을 진즉 알고 있기에 새삼 눈물이 나지도 않았다.

―전하께서 마마를 참으로 아끼신다고 들었습니다. 그보다 큰 은혜가 어디에 있겠사옵니까!

여식인 왕후에게 위로와 작은 힘도 되어주지 못하는 송형수의 심정은 허방을 딛는 듯이 무너져 내리고 있었다.

―어머니께서는 존체 평안하오신지요?

정순왕후는 부녀의 서러운 존재감이 도리어 부각될까 염려했다. 침묵의 한탄조차도 하고 싶지 않았다. 그저 당장이라도 뛰어가 안기고 싶은 친정어머니가 사무치게 보고 싶을 따름이었다.

―내달에는 부인과 함께 중전마마를 찾아뵙도록 할 것이옵니다.

여식의 처지를 헤아리고도 남는 송현수의 음성은 축축하게 가라앉아 있었다.

―기다리고 있을 것이니 어머니와 함께 오시어요. 어머니를 꼭 모시

고 오시어요!

다짐을 받듯 하는 정순왕후의 얼굴에서 진한 그리움이 피어올랐다. 계절이 세 번 바뀌었으나 여염집 새댁들처럼 친정 나들이를 할 수는 없었다. 그동안 궁궐에서 두 번을 만났을 뿐이었다. 마지막 만났던 것도 석 달 전이었으니 그리움이 큰 것은 말할 것이 없었다.

-그리하겠사옵니다!

중궁전을 물러 나오는 송현수의 발걸음은 돌덩이를 매단 것처럼 무거웠다. 정적들을 모조리 제거한 수양대군의 막강한 권세와 잔악한 척살 행위는 등줄기를 서늘하게 만들고도 남았다. 수양이 일으킨 정변을 지켜본 송현수로서는 크나큰 공포심을 갖지 않을 수가 없었다. 친아우인 안평대군마저도 빠져나갈 수 없는 역모의 올가미를 씌워 죽인 것을 생각하면 두려움은 더욱 커질 수밖에 없었다. 그럴 리는 없을 거라 여기면서도 수양이 곧 조카를 끌어내리고 용상에 올라앉을 것이라는 떠도는 소문이 귓속으로 파고들 때면 별의별 상상에 시달려야만 했다. 사위인 어린 주상과 여식인 어린 왕후의 앞날이 수양의 의중에 달린 것은 너무도 끔찍한 사실이기 때문이었다. 송현수는 불길한 기분을 좀처럼 떨쳐낼 수가 없었다.

고뇌의 파고에 시달려온 단종의 용안은 흡사 거친 바람길을 걸어온 것처럼 거칠고 야위어 있었다. 애간장이 모두 녹아내린 심정은 차라리 홀가분했다. 끊임없이 흔들리고 짓밟혔던 서러운 고통을 끝내기로 결단을 내린 것이다.

─……숙부에게 선위하려 하는데 중전의 생각은 어떠합니까?

해亥시가 지나서야 단종은 비로소 뜻을 밝혔다. 망설임은 컸으나 일자를 넘기고 싶지는 않았다.

─…….

짐작은 했어도 막상 단종의 뜻을 전해 들은 정순왕후는 아무런 말을 할 수가 없었다. 눈가에는 이미 눈물이 맺혀 있었다.

─아무래도 그리하는 것이 좋을 듯합니다. 모두를 위해서도 말입니다!

피눈물이 응고되어 쌓인 고통의 나날들이 단종의 결심에 비수처럼 박혀 들었다.

─……전하의 뜻이 그러하시다면 그것이 옳은 길일 것이옵니다.

정순왕후의 눈에서 기어이 굵은 눈물이 흘러 떨어졌다. 왕과 왕후의 자리를 내어주는 비통함보다도 항시 불안에 떨며 견디기 힘들었을 날들을 감내해온 지아비 단종의 참담한 고통이 참으로 애처로워서였다.

─고맙소, 중전!

단종은 떨리는 손으로 정순왕후의 두 손을 꼭 잡아주었다. 단종의 눈에서도 뜨거운 눈물이 소리 없이 흘러내렸다.

조정은 이미 수양의 손에 들어가 있었다. 정인지, 권람, 한명회 등 수양의 측근들은 직간접으로 양위의 압박을 가했다. 어지러운 시국에 연치 유충한 주상께서 나라를 다스린다는 것은 자칫 나라를 위험에 빠뜨리게 할 수도 있다는 실로 무엄한 협박이나 다름없는 궤변의 논리를 장황하게 늘어놓기 일쑤였다. 심지어 좌의정 정인지는 최후의 경고를 하듯 했다. 전하께서 자진하여 선위하지 아니하면 나라를 위하여 강압으로라도 선위하시도록 할 터이니 그리 생각하라고까지 했다. 병이 난 핑계를 들어 예궐하여 편전便殿에 들어 직접 아뢰지도 않은 무례의 극치를 보이기까지 했다. 신숙주에게 선위 압박을 대신 아뢰도록 한 것이다. 수양과 그의 측근 일파들은 임금으로서 섬기는 것이 아닌 왕실의 거추장스러운 어린 종친 정도로 여기고 있었다.

그들에게는 세상눈이 무서워 당장 용상에 오르지 못하고 있는 수양대군이 이미 자신들이 섬기고 있는 성상이었다. 차마 뒷덜미를 잡아 끌어내리지 못하고 있는 것일 뿐 하루빨리 수양이 용상에 올라 조선천지를 다스리는 감격을 맛보고 싶어했다. 그 길에 자신들이 지대한 공을 세웠음을 의기양양 뽐내며 더 큰 권력을 거머쥐고 휘두르고 싶어서였다. 반면 김종서가 세상을 떠나게 되면서 단종은 고립무원의 공간에 갇혀버린 미미한 존재에 불과하게 된 것이다. 대놓고 권좌를 노리는 수양을 제거하고 왕권을 보위해줄 수 있는 세력이 단종에게는 없었다.

우의정 한확이 어전御殿에 들어 부복했다. 한확은 예상을 하지 못한 기색이었다. 참담한 고민의 늪에 빠져 있던 단종의 용안이 몹시 수척해 보였을 따름이었다.

-전하! 옥체 강녕하시옵니까?
-우상께서 이 사람의 옥체를 염려하신단 말입니까?
한확은 진심 어린 문후였으나 단종은 침통한 심정으로 면박을 하듯 했다.
-황송하옵니다. 어인 말씀이시지요?
당황스러움을 감추지 못한 한확의 얼굴은 이내 상기되고 말았다.

─내가 우상 대감을 부른 뜻을 알지 못합니까?

─그러하옵니다. 소신은 짐작도 하지 못하겠사옵니다!

평소와는 설핏 다른 느낌이 들기는 했으나 우의정 한확은 실제 임금이 부른 뜻을 알지 못했다.

─……수양숙부에게 양위를 하려 하오! 내가 굳은 결심을 하였기에 이렇게 우상을 들라 한 것입니다.

단종의 체념에는 억누르고 있는 억울한 비통함이 고스란히 담겨 있었다.

─전하! 말씀을 거두어주시옵소서. 그것은 신하들로서 도무지 받들 수가 없는 전교傳敎이옵니다.

심히 충격을 받은 듯 우의정 한확의 음성은 크게 떨렸다.

─내 결심에 흔들림은 없을 것입니다. 그러하니 우상은 수양숙부에게 이 뜻을 전해주시오!

고통의 사슬을 숙연하게 끊어버리려는 듯 단종은 순간 눈을 감은 채로 어금니를 꽉 깨물었다. 전날에는 수양대군의 요구대로 서조모 혜빈을 청풍으로 숙부 금성대군은 삭녕으로 자형 영양위는 영월로 상궁 박씨는 청양으로 귀양을 보낼 수밖에 없었다. 거부할 수 없는 미력함에 몸서리를 치며 극심한 마음의 몸살을 앓을 수밖에 없었다. 더는 버틸 힘조차 단종에게는 남아 있지를 않았다.

─전하! 아니 되옵니다…….

우의정 한확은 목이 메었고 할 말을 찾지 못했다. 단종이 자신에게 양위의 뜻을 밝힌 이유를 한확은 제대로 알고 있지는 못했다. 정난공신이 되어 우의정에 오른 한확은 수양의 사돈이었다. 그러함에도 한확은 왕권을 받쳐줄 측근조차 없는 어린 임금이라 하여 정인지와 권람처럼 적어도 대놓고 양위를 압박하거나 무엄한 모독을 가한 적은 없었다. 수양의 사돈으로서 양위의 뜻이 숙부 수양에게 제대로 전달될 것이라 단종은 여겼다.

임금의 조서詔書를 받아든 수양은 역시 하늘의 뜻이 자신에게 있음을 생각했다. 하지만 벅차오르는 기쁨은 애써 눌렀다. 대전大殿 앞뜰에는 우의정 한확을 비롯한 조정 대신들이 명을 거두어줄 것을 목소리 높여 청하고 있었다. 수양은 그들보다 몇 걸음 앞으로 더 나아가 머리가 땅에 닿을 만큼 납작 부복했다.

-전하! 천부당만부당한 교서를 부디 거두어주시옵소서. 소신은 정녕 받아들일 수가 없사옵니다. 아니 되옵니다.

수양은 머리를 조아리며 완강한 사양의 의사를 진심처럼 보여주려 했다. 짐짓 눈물까지 흘리며 뜻이 없는 척을 했다. 단종의 표정에는 비통한 분노보다는 체념의 무상이 서려 있었다. 권력의 비정한 속성을 깨닫기에는 너무 어린 보령寶齡이기는 했다.

-승지는 옥새를 가져오도록 하라!

단종은 망설일 이유가 없었다. 어차피 끝이 나고 있었다. 임금의 단호한 어명에 승지들은 어찌할 바를 몰랐다. 심히 침통해 있던 동부승지 성삼문이 어명을 받들어 옥새를 내어왔다.

-영의정부사 수양대군은 다가와 옥새를 받으시오!

경회루 뜰로 내려온 단종은 결연한 음성으로 수양을 불렀다. 머뭇대는 척을 하던 수양의 뒤를 승지와 사관이 따랐다. 단종은 어좌에서 일어나 섰다. 익선관과 곤룡포가 참으로 미약하고 쓸쓸해 보였다.

−전하, 이러시면 아니 되옵니다. 소신은 받아들일 수가 없사옵니다!

수양은 도로 엎드린 채로 어깨까지 들썩이며 소리를 내어 울었다. 굳게 사양하는 모습을 취하는 것은 찬탈의 오욕이 일면 두려운 것에 불과한 거짓 몸부림일 뿐이었다. 그야말로 수양이 흘리는 눈물은 기쁨의 눈물이었다. 단종은 옥새를 들어 수양대군에게 건네주었다. 그 순간 동부승지 성삼문이 통곡을 하듯 울음을 터뜨렸다. 흠칫 놀란 수양은 고개를 돌려 성삼문을 노려보았다. 어찌 과인만이 세종임금의 자손이겠냐며 숙부도 왕위를 이을 자격이 있다고 말하는 대목에서 단종은 목이 잠겨 목소리를 제대로 내지 못했다. 수양은 더는 사양하는 척을 하지 못하고 옥새를 받아들었다. 그러고는 다시 엎드려 또다시 소리 내어 울었다. 단종은 승지들에게 명하여 수양을 부축해나가 속히 교서를 받도록 했다. 수양의 뒤를 문무백관들이 따랐다. 수양은 근정전 뜰로 나아가 단종으로부터 선위를 받았다.

나 소자는 어린 나이에 선왕의 대업을 이어받고 궁중 안에 깊이 거처하고 있으므로 내외의 모든 정무를 알 도리가 없으니 흉한 무리들이 소란을 일으켜 나라의 많은 사고를 유발하였다. 숙부 수양대군이 충의忠義를 분발하여 나의 몸을 도우시며 수많은 흉도를 능히 숙청하고 어려움을 건지시었다. 그러나 아직도 흉한 무리들이 다 진멸되지 않아서 변고가 이내 계속되고 있으니 이 큰 어려움을 당하여 내 과덕한 몸으로는 이를 능히 진정할 바가 아닌지라 종묘와 사직을 수호할 책임이 실상 숙부 수양대군에게 있는 것이다. 숙부는 선왕의 아우님으로서 일찍부터 덕망이 높았으며 국가에 큰 훈로가 있어 천명과 인심의 귀의歸依하는 바가 되었다. 이에 이 무거운 짐을 풀어 우리 숙부에게 부탁하여 넘기는 바이다. 그러하니 종친과 문무의 백관 그리고 대소의 신료들은 우리 숙부를 도와 조종에 보답하여 뭇사람에게 이를 선양할지어다.

　실로 부질없는 절차일 따름이었다. 그러나 형식적인 절차여도 전개될 수밖에 없었다. 일부 신료들은 숨죽여 뜨거운 눈물을 흘렸다. 수양이 그토록 고대하던 시간이 도래한 것이다. 단종의 선위는 곧 수양의 즉위식이었다. 익선관을 쓰고 곤룡포를 갖추어 입은 수양은 근엄하게 백관들의 옹위를 받았다. 정전에 올라 백관들의 하례를 받은 수양대군은 결국 조선의 임금이 되었다. 조카 단종이 스스로 우러러 선위를 하였으며 수양 자신은 거듭 굳게 사양을 하였으나 더는 어찌할 도리 없이 받아들일 수밖에 없었던 모양새를 취하고 싶어 했던 의도대로 되어가고 있었다.

　정인지와 권람, 한명회 등의 정난공신들은 짐짓 엄숙한 표정을 짓고 있었다. 내심으로는 급기야 자신들의 세상이 도래하였음에 덩실덩실 춤이라도 추고 싶은 기분일 터였다. 단종의 용안은 더없이 창백하였으나 기색은 지극히 차분했다. 마음을 비운 탓인지 겉으로는 애통함마저도 엿보이지 않았다. 견딜 수 없을 만큼 힘들고 두려웠기에 어쩌면 선왕으로부터 물려받은 왕위를 내어주는 절통을 감수한다면 자신과 왕후의 목숨을 보전할 수 있겠다는 안도를 하고 있는지도 모를 일이었다. 옹위해주는 측근 신료조차 하나 없는 어린 임금이 더는 감내할 수 없는 형국에서 옥좌를 넘겨주는 것 외에 선택할 수 있는 길은 없었다. 수양은 조카의 왕위를 찬탈하였다. 그 명백한 사실은 변할 수도 사라질 수도 없을 뿐이다. 1455년 윤 6월 11일이었다. 불행의 그림자는 단종만이 아닌 수양에게 더 짙게 드리워지고 있었다. 다만 수양은 예감하지 못했다.

상왕으로 추대가 된 단종은 의덕왕대비로 봉해진 왕후 송씨와 선위 당일 밤에 수강궁으로 거처를 옮겨야 했다. 내시 전균이 준비한 네 개의 단출한 보교에 단종과 왕후와 후궁 권씨, 후궁 김씨가 올랐다. 지척에서 단종을 모시던 내관과 궁녀 예닐곱 명이 눈물을 훔치며 가마를 뒤따랐다. 건춘문을 통해 나간 가마는 조용하고도 빠르게 움직여 어느새 수강궁 대문 앞에 다다랐다. 별궁이나 다름없는 쓸쓸하고 고적한 수강궁은 군사들의 번방 외에는 불조차 켜져 있지 않았다. 온기 없고 장마에 눅눅해진 방을 궁녀들이 서둘러 치우고 닦았다.

-이리도 홀가분하고 마음이 편한 것을 말이오!

방에 들어 왕대비와 마주 앉은 상왕 단종의 눈에 눈물이 맺혀 들었다. 현실 같지 않은 상황에 만감이 교차하는 듯했다.

-그리 편하시다니 정녕 잘하신 것이옵니다!

왕대비가 된 왕후 송씨는 소리 없이 회한의 눈물을 흘렸다. 지아비의 자기 위안에 마음이 더욱 저렸다.

-오늘 밤부터는 두 다리를 뻗고 잠을 잘 수 있으니 얼마나 좋은 일입니까?

감당하기 힘들었던 무거운 짐을 내려놓은 후련함이 단종의 표정에 깃들어 있었다.

-이제는 마땅히 침수를 편히 드실 수가 있을 것이옵니다.

임금의 자리를 내어주었으니 더는 두려워할 것이 없다는 왕대비의 위로였다. 수양이 그토록 원하던 용상을 넘겨주었기에 이제는 양위의 압박에 시달릴 것도 옥체의 안위를 염려할 것도 없으리라고 왕대비는 생각했다. 그렇기에 더 내어줄 것도 빼앗아갈 것도 없는 무용지물의 대상을 억압할 일이 없을 것이라고 여겼다.

수양은 근정전에서 대연大宴을 베풀어 문무백관들과 밤이 늦도록 연회를 즐겼다. 조카의 용상을 찬탈하여 왕위에 오른 수양대군 세조는 오히려 의리와 위엄을 지키는 임금으로 보이고 싶어했다. 또 염원하던 뜻을 이루었으니 관대한 도량을 지니고도 싶어했다. 이 밤에는 개의치 말고 누구든지 마음대로 마시고 노래하고 춤을 춘다고 하여도 허물로 여기지 않을 것이라며 흥을 돋우기도 했다. 그러고는 악사의 가락에 맞추어 몸소 무릎을 치고 노래를 부르기도 했다.

-좌상의 공을 내 잊지는 않을 것이오!

세조는 옆자리의 정인지에게 친히 술을 따라주며 고마움을 표시했다.

-전하의 하해와 같은 은혜 성은이 망극하옵니다!

정인지는 이내 감격하여 어찌할 줄을 모르고 이내 바짝 엎드렸다. 실상 단종을 대놓고 압박하며 앞장섰던 정인지야말로 보다 빨리 양위讓位를 끌어낸 일등공신이기에 세조로서는 공신 중의 충신이라 여길 만했다.

-주상전하! 참으로 즉위를 감축드리옵니다.

뜻을 이룬 성취감에 술기운이 더해진 권람은 만면에 희색이 가득했다.

-정경正卿이 아니었다면 내 어찌 이 자리에 오를 수 있었으리. 그걸 모를 리는 없지 않겠는가?

세조는 권람의 술잔에도 친히 술을 따라주며 공신들과의 의리를 다짐했다. 반면에 은연히 시선을 두고 있을 뿐 한명회는 다소 멀찍이 떨어진 자리에서 묵묵히 술잔을 기울였다. 사실 세조가 생각하는 의리의 으뜸 순위는 한명회였다. 자신의 장자방으로 한명회를 꼽는 것에 조금도 주저할 것이 없었다. 세조는 마음이 든든했다. 눈앞에 보이는 문무 대신들은 정난, 좌익공신들로서 자신이 왕위에 오르는 것에 동조하고 사력을 다해 발판이 되어준 인물들이었다. 한확, 이사철, 이계전, 신숙주, 홍달손, 최항, 권람, 홍윤성, 양정, 유수, 유하, 박종우, 박중손, 윤사로, 강맹경, 윤형, 권반, 정창손 등 많은 추종 인물들의 도움으로 용상에 오른 세조는 그들이 부담스럽기는커녕 그들의 공功을 잊을 생각도 없을뿐더러 치세를 해나가는 동안 자신을 받쳐줄 든든한 세력으로 여겼다.

수강궁으로 거처를 옮긴 상왕 단종 내외는 궁을 지키는 군사들로부터 철저히 감시를 당하며 숨죽인 나날을 보내고 있었다. 찾아올 수 있는 사람도 찾아갈 곳도 없었다. 다만 세조의 심기를 거스르는 일 없이 조용히 지낸다면 내외의 안위를 크게 염려할 것은 없다고 여기며 지내고 있을 뿐이었다. 하지만 세조 내외가 그제 아침에 문안 인사를 왔던 일을 생각하면 괴롭기 그지없었다. 상왕이란 형식적인 꼬리표를 붙이고 있는 나이 어린 조카로서 임금이 갖추는 예를 선뜻 받아들이기는 편치 않았다. 거절해야 하는 것이 자못 힘들었으나 단종 내외는 문안 인사를 끝내 받지 않았다. 면복을 갖추어 입고 백관을 거느리고 찾아왔다가 문안을 하지 못한 채 발길을 돌렸을 숙부 세조를 생각하면 실로 괴로울 수밖에 없었다. 혹 노여움이 커져 불미한 일을 당하지는 않을까 설핏 두려운 마음이 들기도 하면서 후회가 되기도 했다.

　임금인 세조의 문안 인사를 상왕 단종이 거절하였다는 소문은 궁궐 밖의 저자에까지 퍼졌다. 자진하여 숙부에게 선위했다고 하나 상왕으로 물러난 단종은 별궁인 수강궁에 유폐된 것이나 다름없었다. 단종의 처지에 일부 충심 있는 대신들은 속으로 울분과 분노를 삭이고 있었다. 거개의 민인들의 심정도 그리 다르지는 않았다. 동부승지 성삼문은 수일째 깊은 상심과 고뇌에 빠져들어 있었다. 세조가 임금으로 여겨지지도 않을뿐더러 그러한 까닭으로 인해 도무지 군신君臣의 도리를 다할 수는 없을 것 같았다. 정사政事를 보필하는 노회한 고명대신들인 황보인, 김종서 등의 전횡이 컸던 부분을 공감하여 수양대군이 일으킨 역란을 일면 인정하였으나 어린 임금을 겁박하여 물러나게 하고 자신이 임금이 되어 용상에 오른 것은 역모일 뿐이라는 생각이 들어서였다.
　퇴궐한 성삼문은 아버지 성승이 있는 사랑채 방으로 들어갔다.
　-선왕의 고명을 받고 상감을 지척에서 모셨던 네 손으로 수양대군에게 옥새를 전하고 그날 대연에도 참여하여 술을 마셨더란 말이냐? 참으로 낯을 들고 하늘을 바라볼 수가 없도다.
　성승이 앉은 옆에는 장검이 놓여있었다. 조정에서 맡은 직분상 어쩔 수 없으리라는 것을 모르지 않으면서도 성승은 분노하며 아들 성삼문을 크게 꾸짖었다. 성삼문은 부친 성승의 칼을 흘깃 바라보며 자결을 결심한 것은 아닐까 하는 생각이 들었다.
　-구차하게 목숨을 아껴서가 아니옵니다. 상왕 전하의 복위를 위해

이 한목숨을 내어놓을 것입니다. 상왕께서 선위하신 그 순간부터 소자는 내내 그리 생각을 하고 있었습니다.

성삼문은 소리 없이 통한의 눈물을 흘렸다.

-그러한 것이었더냐? 참된 신하라면 정녕 그리해야지. 암 그리해야 말고!

성승은 두 주먹을 불끈 쥐어 보였다. 비통함과 기쁨이 뒤섞인 눈물을 참을 수 없었다.

-그리할 것을 이미 맹약하였던 학사들도 여럿 있사옵니다!

-너의 충의가 변한 것이 없음을 알게 되어 실로 기쁘기가 그지없다. 그 일에 할 수 있는 일이 있다면 이 아비도 참여하고 싶구나?

도총관 성승은 세조의 치하에서는 목숨이 의미 없다는 생각을 하고 있었다. 성승은 상왕의 조부인 세종 때에 무신으로 출사했다. 병마절제사와 중추원부사 또 정조사부사로 명나라에 다녀왔다. 그리고 동지중추원사를 거쳐 도총관의 관직을 수행하고 있었다. 겁박을 견디지 못한 단종이 선위를 하였던 날, 수양이 기어이 용상에 오르자 성승은 곧장 말을 달려 집으로 돌아와 통곡했고 그 후로 방에서 나오지 않고 있었다.

조선에 새로운 임금이 즉위한 것을 경하하기 위해 명나라 황제가 사신을 보냈다고 했다. 성삼문과 박팽년 등은 사신을 맞이하는 연회를 절호의 기회로 삼기 위해 은밀하게 거사계획을 세웠다. 즉위한 세조와 선위한 상왕이 함께 참여하여 사신을 환영하는 성대한 연회 자리였다. 운검을 허리에 차고 왕을 호위하는 별운검을 마땅히 세워야 했다. 하늘이 기회를 주는 것인지 오위도총관 성승과 동지중추원사 유응부가 별운검으로 선정되었다. 성삼문의 가택에는 거사에 참여하는 이들이 조용히 모여 있었다.
─거사 일자와 장소는 정해졌으니 이제 각자가 맡아야 하는 임무를 또한 정해야 할 것입니다!
밖으로 새어나가는 것을 경계하듯 성삼문은 목소리를 낮추었다.
─거사를 성사시키기 위해서는 치밀하게 계획을 세워야만 합니다!
박팽년은 형형한 눈빛으로 모인 사람들과 시선을 주고받았다.
─연회가 한창 무르익었을 때를 기다렸다가 순식간에 실행하면 될 것이네!
무장인 유응부는 성공을 자신하듯 거사를 그리 어렵지 않게 여기는 기색이었다.
─신숙주는 어쩔 셈이냐? 너와는 막역한 사이가 아니더냐?
성승은 아들 성삼문에게 단도직입적으로 물었다.
─그와는 오랜 벗이기는 하나 지은 죄가 중하기에 그의 목을 베지 않을 수는 없사옵니다!
그렇게 이미 마음을 정해 놓은 듯 성삼문은 일말의 머뭇거림도 없었다.
─신숙주는 형조정랑 윤영손이 베는 것으로 하고 김질 자네는 장인을 설득하여 이 거사가 필히 성공할 수 있도록 해주시게!
빠르게 찾아온 뜻밖의 기회를 놓칠 수 없다는 생각을 하면서도 박팽년은 마음이 앞서는 것을 경계했다. 이처럼 집현전학사 출신인 성삼문과 박팽년이 주축이 되어 꾀하고 있는 거사가 계획대로 성공을 거두기만 한다면 창덕궁으로 거처를 옮겨 지내고 있는 상왕 단종은 복위되어 원래대로 임금이 되고 대신 그 자리를 탐하여 물러날 것을 겁박했던 세조와 그 측근세력들은 응당 사라질 수밖에 없었다.

왠지 모를 불안감을 떨쳐내지 못한 한명회는 갈등 끝에 자신의 예감을 믿기로 했다.

-전하! 연회장에 별운검을 들이지 않는 것이 좋을 듯하옵니다. 그뿐만 아니라 창덕궁 광연전은 장소가 협소하고 일기도 몹시 덥고 하오니 세자마마께서는 연회에 나가지 않는 것이 좋을 것으로 생각되옵니다!

연회 당일 이른 시각에 입궐한 한명회는 예감 그대로 간곡히 아뢰었다.

-……신숙주에게도 내부를 살펴보도록 이르라!

세조는 엎드려 주청하는 한명회의 등을 뚫어지도록 쳐다보다가 명을 내렸다. 성삼문 등의 계획은 연회가 한창 무르익었을 때 별운검을 맡은 성승과 유응부가 세조와 세자를 도모하기로 한 것이다. 하지만 별운검을 연회장에 들이지 않기로 하고 세자 또한 연회에 참석하지 않는 것으로 바뀌었다는 사실에 성삼문 등은 심히 당황할 수밖에 없었다. 세조와 세자를 반드시 처치하려 했던 성승과 유응부의 낭패감은 이루 말할 수 없을 정도였다.

-비켜나거라. 나는 연회의 별운검이다.

이대로 포기할 수 없다고 여긴 성승은 칼을 찬 채로 거리낌 없이 광연전으로 들어가려 했다.

-오늘 연회에 별운검은 들어오지 않기로 하였으니 도총관은 칼을 물리시오!

어디선가 순식간에 나타난 한명회는 성승을 사납게 쏘아보았다. 성승도 그런 한명회를 무섭게 노려보았다.

-한명회도 애당초 죽이기로 했던 것이 아니더냐? 저자의 목은 내가 벨 것이다.

연회장 밖으로 물러 나온 성승은 분을 삭이지 못했다.

-내가 기어코 들어가서 이 칼로 임금을 베어버리도록 하겠네!

유응부 또한 거사를 결행하겠다는 의지를 굽히지 않았다.

-아니 됩니다. 별운검을 들이지 않기로 하였다 하고 세자도 불참한다고 하였으니 오늘은 거사를 실행하여서는 안 되는 것이 하늘의 뜻인 듯 생각됩니다. 만약 세자가 경복궁에서 군사를 이끌고 온다면 거사의 성패도 장담할 수가 없게 됩니다. 안타깝지만 때를 기다렸다가 차후 임금과 세자가 함께 있을 때 도모를 하는 것이 나은 길이 아닐까 싶습니다.

박팽년은 당장은 때가 아닌 것을 들어 완곡하게 만류를 했다.

-일은 신속히 해치워야 하는 법인데 만약 다른 일자로 늦춘다면 계획이 누설될까 염려가 되고 세자가 참석하지 않는다지만 이곳에 있는 수양의 신하들을 모두 죽인 후에 상왕을 복위시켜 우리가 호위하고 군사를 거느리고 호령하여 경복궁으로 밀고 들어가면 세자는 어디로 도망을 칠 수 있단 말이오. 이런 기회를 놓쳐서는 결코 안 될 것이오.

거사 일자를 늦추어서는 안 된다는 유응부의 생각은 단순한 무모함이 아닐 수도 있었다.

-만전의 계획이 될 수가 없습니다. 아니 됩니다!

성삼문은 고개를 가로저으며 당일의 거사는 받아들일 수가 없음을 확실히 했다.

-때를 기다리셔야 합니다. 반드시 때가 다시 올 것입니다.

박팽년은 서두르는 거사가 실패할 수 있을 것을 심히 염려했다. 성승과 유응부의 주장처럼 혹 위태로운 상황에 맞닥뜨리게 되더라도 당초 계획대로 거사를 결행하여 세조와 한명회 등을 죽이고 그 기세를 몰아 경복궁까지 밀고 들어가 조정을 완전히 장악하는 것이 마땅한 것인지 그게 아니면 성삼문과 박팽년 등의 생각처럼 거사를 실행하기에 좋을 후일의 때를 기다림이 마땅한 것인지는 누구도 당장 알 길은 없었다.

거사를 함께 공모하였으나 계획대로 일이 성공하지 못할 것을 예상한 김질은 장인인 정창손에게 슬쩍 언질을 주고 함께 연회장 밖으로 피해 나왔다.

-그게 무슨 말이더냐?

상황을 제대로 인지하지 못한 정창손이 채근하듯 물었다.

-장인어른, 지금은 잠시도 지체를 할 때가 아닙니다. 어서 전하를 뵈어야만 합니다. 김질은 낯빛이 하얗게 변한 채로 장인의 손을 잡아끌었다.

-제대로 설명을 해보거라!

-거사 음모는 사실입니다. 이 길로 경복궁으로 가 전하께 고변을 해야 합니다. 그리해야 저는 목숨을 구할 수 있을 것이고 장인어른은 전하의 신임을 받으며 장차 부귀영화를 누릴 수가 있을 것입니다.

-음! 그렇구나. 서둘러 경복궁으로 가야겠구나.

-그렇습니다. 잠시도 지체를 할 수가 없습니다.

김질과 장인 정창손은 경복궁을 향해 걸음을 재촉했다. 연회장에 별 운검을 들이지 않고 세자가 참석하지 않는 것으로 바뀐 것을 알게 된 김질은 거사계획이 탄로 난 것으로 재빠르게 판단을 했다. 그리되면 가담을 하였던 자신은 참혹한 죽음을 면치 못할 것이며 가문은 멸문지화滅門之禍를 당할 것이 자명했다. 기실 여럿이 큰일을 도모하게 되면 그중에 필시 배신자가 나오게 되는 법이었다. 한명회의 예리한 예감이 작동하여 거사계획에 차질이 빚어진 것일 뿐 실상 탄로가 난 것은 아니었다. 한명회는 불안요소를 원천차단하려 했고 의리와 결기가 부족한 김질은 고변으로 자기 안위를 보전하려 한 것이다.

승정원은 연회에 참석하기 위한 임금의 행차준비로 분주했다.

-전하! 성균관사예 김질과 우찬성 정창손이 함께 전하를 알현하고자 청하고 있사옵니다.

도승지 박원형의 눈빛에 적잖은 의구심이 서려 있었다.

-김질은 우찬성의 사위가 아니더냐? 어찌하여 장인과 사위가 함께 와서 과인을 만나겠다고 하는 것인가?

세조는 알현을 청한 연유를 몹시 궁금해했다.

-소신 성균관사예 김질, 전하께 화급히 아뢸 말씀이 있어 이렇게 알현을 청하였사옵니다.

-무엇이 그토록 화급한 것이란 말이냐?

-전하! 그러니까 그것이…….

-흠! 과인에게 아뢸 말이 무엇인지 우찬성이 어서 말을 해보도록 하라.

답답해진 세조는 김질 옆에 부복해 있는 정창손을 채근했다.

-성삼문과 박팽년이 주동이 되어 역모를 꾀하였다 하옵니다. 사위로부터 그 사실을 전해 듣자마자 당장 전하께 아뢰어야겠다는 생각으로 이렇게 달려와 알현을 청한 것이옵니다.

　역모 사실을 알게 되었으나 정창손 자신과 사위 김질은 한 치의 망설임도 없이 고변을 위해 달려왔음을 강조했다.

　-그것이 과연 믿을 말인가? 성삼문은 좌부승지로서 과인을 옆에서 보좌하고 있으며 누구보다 과인이 그를 잘 알고 있지 않은가.

　당혹해하는 기색을 감추지 못하면서도 세조는 선뜻 믿으려 하지 않았다. 아니 믿고 싶지 않은 것 같았다.

　-전하, 장인이 아뢰는 말씀이 사실이옵니다. 그자들은 분명 오늘 연회장에서 거사를 실행하겠다고 하였사옵니다!

　김질은 떨리는 목소리로 틀림없는 거사계획을 고변했다.

　-그렇다면 역모를 작당한 자들이 누구누구란 말인가?

　-성삼문과 그의 아버지 성승 그리고 박팽년, 이개, 하위지, 유응부 등이 이미 모의에 가담하였다는 것으로 알고 있사옵니다.

　-알았느니라. 그만들 물러가 있으라.

　세조의 음성은 떨렸고 음성은 일그러져갔다. 관례를 깨고 연회장에 별운검을 들이지 말라던 한명회의 주청이 뇌리를 스쳐 갔다. 즉위하던 때 장차 있을지 모를 역모가 얼핏 상상되기는 했었다. 그러했던 것이 사실로 나타났고 더구나 그 주동자가 성삼문이라는 것에 평정심을 유지하기는 어려울 것 같았다. 즉위하던 날, 상왕으로부터 옥새를 건네받던 때 성삼문이 울음을 터뜨렸던 순간이 떠오르기도 했다. 당시 불쾌한 기분이 컸으나 섬기던 임금에 대한 충의忠義가 깊었던 때문일 것이라고 내심으로는 성삼문을 호의적으로 인정하기까지 했었다.

세조는 미동조차 없이 한참 동안 골똘히 생각에 잠겨 있었다.

-내금위장은 궁궐을 숙위하는 군사들을 모두 집결시키고 도승지는 승정원의 승직들을 전부 대전大殿으로 들라 이르라!

세조는 용상에서 벌떡 일어서며 추상같은 명을 내렸다. 임금의 명에 따라 궁궐의 숙위 군사들은 사정전 뜰 앞에 집합하였고 승지들도 전원 대전에 들었다. 도승지 박원형, 우부승지 조석문, 동부승지 윤자운 그리고 좌부승지 성삼문도 입시를 했다.

-내금위장은 좌부승지 성삼문을 당장 끌어내어 꿇어 앉히도록 하라!

세조는 노기가 가득한 눈빛으로 성삼문을 노려보았다. 대전에는 일순 칼끝처럼 예리한 긴장이 감돌았다.

-어명을 받들겠나이다!

내금위장 조방림은 군사들을 데리고 들어와 성삼문을 즉시 끌어냈다.

-너는 나를 안 지가 오래되었고 나도 또한 너를 후히 대접하였음에도 어찌하여 네가 나를 배반하느냐?

세조의 서슬 퍼런 친국은 가혹하고 잔인한 고통의 결말을 예고하는 듯했다.

-원래 임금을 복위하려 함이오. 어찌 이를 모반이라 말할 수 있단 말이오. 나으리가 줄곧 주공周公을 끌어대곤 하였는데 주공도 조카의 나라를 빼앗았다는 말이오. 내가 이 일을 하려 했던 것은 하늘에는 두 해가 없고 백성에게는 두 임금이 없기 때문이었소!

성삼문은 가슴속에 막혀 있던 소회를 토해냈다.

-선위를 받을 때에는 어찌하여 막지도 않고 내게 붙었다가 이제 나를 배반하려 하는가?

분함을 참지 못하겠다는 듯 세조는 발을 구르며 몸을 들썩이기까지 했다.

-한 번 죽음이 있을 뿐임을 알지만 참고 때를 기다려 지금에 이른 것은 기회가 있는 뒤에 일을 도모하려 했던 것뿐이었소!

-네가 임금이라 일컫지 않고 나를 나으리라고 부른다는 말이더냐?

-상왕께서 계시온데 내가 어떻게 나으리를 임금으로 섬길 수가 있단 말이오!

임금으로 섬겼던 적이 없었음을 강조하는 성삼문은 목숨이 경각에 달렸음을 생각했다.

-너는 그동안 내가 주는 녹을 받지 않았더냐. 그 녹을 받아먹고서 나를 섬긴 적이 없다고 거짓말을 하고 있단 말이더냐?

-나으리가 주는 녹은 한 줌도 먹은 것 없이 내 집 곳간에 그대로 쌓아두었으니 사람들을 보내 확인을 해본다면 과연 사실이 밝혀질 수 있을 것이오.

-여봐라! 달군 인두와 쇠로 저놈의 입을 지지고 팔다리를 꿰어버려라.

세조는 극도의 흥분을 참지 못하고 잔학한 고문을 명했다.

-형벌이 너무 가혹하외다!

집현전학사 출신인 성삼문은 모진 문초와 죽음이 두려워 거짓을 고하거나 목숨을 구걸하려 하지 않았다. 그게 두려웠다면 세조를 제거하고 상왕을 복위시키려는 거사를 꾀하려 하지도 않았을 테니 말이다. 성삼문은 혹독한 고문에도 상왕에 대한 충의를 저버리지 않았다. 오히려 세조의 불의를 질타했다. 또 어린 세손과 세자를 당부한 선대임금들의 뜻을 저버리고 변절한 신숙주를 하늘이 두렵지 않냐며 큰 목소리로 꾸짖기도 했다. 신숙주는 얼굴이 창백해진 채로 황급히 자리를 피했다. 대노한 세조는 군사를 시켜 성삼문의 배를 뚫고 팔을 잘라내게 했다. 성삼문은 혼절하며 쓰러졌으나 그 기개를 끝내 굽히지 않았다. 세조는 몹시 당황하며 놀라지 않을 수가 없었다.

　박팽년의 학문적 자질을 인정했던 세조는 감정을 억누르면서까지 그를 회유하려 했다. 심문하기 전에 한명회를 시켜 모반을 알지 못하였고 가담한 적이 없다, 라고 진술을 한다면 살리리라고 했으나 소용이 없었다. 내심 총애하였고 가까이 두고 싶어 했던 박팽년이 조롱을 하듯 계속 나으리라고 부르자 증오의 감정으로 굳어진 세조는 고문을 시행하는 군사를 시켜 먼저 박팽년의 입을 마구 때리게 했다.

　-네가 이미 나에게 신臣이라 일컬었고 내가 주는 녹을 먹었는데 이제 와 신이라 칭하지 않는다 한들 그게 무슨 소용이 있단 말이냐?

　-내가 상왕의 신하로 충청감사가 되었고 나으리에게 장계를 보낼 적에도 단 한 번 신이라 일컫지 않았으며 나으리가 주었던 녹은 지금까지도 그대로 곳간에 차곡차곡 쌓아두었소. 내 말을 못 믿겠거든 장계를 대조하여보고 곳간을 확인하여 이제라도 도로 가져가주시오!

　-여봐라! 저놈의 입에서 나으리란 소리가 두 번 다시는 나오지 못하도록 매우 치도록 하라.

분노가 머리끝까지 치밀어 오른 세조는 벌겋게 달아오른 채로 발광을 하듯 들썩였다. 고문을 가하는 군사들이 시뻘겋게 달군 인두로 박팽년의 온몸을 연신 지져대었다. 혹독한 고문에도 당당한 자세를 견지하던 박팽년이 정신을 잃고서야 인두질은 일단 멈추어졌다.

 국문장에서도 훈련도감 유응부의 위엄은 꺾이지 않았다. 투구 밑으로 희끗희끗한 반백의 머리칼이 일부 빠져나온 것이 보이기도 했다. 유응부는 허리를 숙이기는커녕 흐트러짐 하나 없는 자세로 세조를 곳곳이 쳐다보기까지 했다. 임금으로 인정하지 않는다는 경시의 행위가 아닐 수 없었다.

 -그래 너는 어찌할 작정이었더냐?

 임금의 권위를 대놓고 능멸하는 유응부를 노려보며 세조는 치밀어오르는 울화를 가까스로 억눌렀다.

 -연회 중에 내가 한 자루 칼로써 족하足下를 죽여 폐위시키고 원래 임금을 복위시키려 하였으나 불행히도 간사한 놈의 고변으로 거사가 수포가 된 것이오. 그러니 다시 무슨 일을 하겠소. 더 묻지 말고 빨리 나를 죽여주시오!

 유응부는 임금 세조를 나으리도 아닌 족하라 칭하며 찬탈의 옥좌를 폄훼했다.

 -너는 상왕을 복위시키겠다는 핑계를 명분으로 삼아 사직을 도모하려고 흉계를 꾸민 것이리라!

 세조는 극도로 흥분을 했다. 족하라 칭하며 임금인 자신을 대놓고 유린하는 유응부에게 사직을 도모하려 했다는 올가미를 씌웠다. 세조는 잔인했다. 군사를 시켜 유응부의 살가죽을 벗기라 명했다. 참혹한 고문을 견디지 못한 그가 고개를 숙이고 고통의 두려움에 고분고분해지는 모습을 보고 싶어서였다. 하지만 그것은 착각에 불과했다.

―사람들이 서생과는 일을 함께 도모할 수 없다고 하더니 과연 그러하구나! 사신의 연찬 중에 내가 반드시 칼을 사용하려 하였건만 만전의 계책이 아니라며 그대들이 굳이 말리고 나서더니 기어이 오늘의 화를 초래하고야 말았구나. 그대들처럼 꾀와 수단이 없으면 무엇에 쓰겠는가.

살가죽이 벗겨지고 있음에도 유응부는 작은 신음조차 내지 않았다. 다만 성삼문 등을 바라보며 거사가 실패로 돌아간 통탄을 곱씹을 뿐이었다.

―지독한 놈!

세조는 이를 갈면서도 유응부의 태도에 적잖이 당황하는 기색이 역력했다.

―이런 사실 밖의 일을 묻고자 한다면 저 쓸모없는 선비들에게 물어보시오!

더는 어떤 말도 하지 않겠다는 듯 유응부는 굳게 입을 다물었다. 임금의 권위가 짓밟힐 대로 짓밟히고 있다는 생각에 세조는 달군 쇠로 유응부의 아랫배를 지지게 했다. 살 기름과 불이 섞여 지글지글 타올랐으나 유응부의 낯빛은 조금도 변하지 않았다. 오히려 달군 쇠가 식어가자 그 쇠를 집어 땅에 던지며 쇠가 식었으니 다시 달구어오라 했다. 고문을 가하는 군사들이 흠칫 놀라는 기색을 내보였을 정도였다. 유응부는 끝내 세조에게 굴복하지 않는 그 모습으로 죽어갔다.

세조는 살이 타는 냄새와 피비린내 나는 친국이 실상 부질없이 느껴졌다. 달군 인두로 살가죽을 지지고 쇠꼬챙이로 팔다리를 꿰고 배를 찔러대는데도 살려 달라 애원은커녕 가혹한 문초와 죽음 앞에서도 절개의 충의를 저버리지 않는 의연한 모습들이 적잖이 두렵기까지 해서였다.

-너는 어찌하여 역모에 가담하였더란 말이냐?

세조는 강포한 언사와 표정을 누그러뜨렸다.

-내가 죄를 지었으면 그 죄는 응당 죽음일 터인데 내게 물어볼 것이 뭐가 있겠소!

하위지는 차라리 속히 목숨이 거두어지기를 바라듯 초연했다.

-누구로부터 제의를 받았더냐?

-더는 할 말이 없소.

어떤 말을 주고받음도 의미 없다는 듯 하위지는 눈을 감고 입을 굳게 다물었다. 군사들이 달군 인두로 팔다리를 지져대었으나 세조는 다그치듯 더 묻지는 않았다. 당장 사지를 찢는다고 해도 그의 입이 열리지 않을 것을 깨달았기 때문이었다.

설핏 가라앉았던 세조의 분노는 도로 뜨겁게 끓어올랐다. 눈앞으로 끌려온 이개는 오랜 벗이었다. 세조는 별안간 등짝에 비수를 맞은 것 같은 기분이었다.

-너는 나의 옛 벗으로서 그러한 일이 있었다면 참으로 내게 먼저 말을 해야 하지 않았더냐? 이제라도 네가 알고 있는 모든 것을 말하여라.

세조의 어조에는 몹시 사나운 분기가 깃들어 있었다.

-내가 할 말도 다를 것이 없소, 다 같은 말이외다!

이개는 앞서 친국을 당한 사람들을 눈으로 가리키며 저들과 다를 것이 없다고 했다.

-네가 정녕 나를 능멸하려 드는 것이냐?
-밀고자가 있어 실패로 끝난 것이 한이 될 뿐이오!
-여봐라! 저놈의 몸뚱이를 쉬지 말고 지져라.

극에 달한 흥분을 가라앉히지 못한 세조는 어좌에서 일어나 손가락으로 이개를 가리키며 무섭게 노려보았다.

-나으리 이 나라 법전 어디에 인두로 사람을 지지는 형벌이 있소?

인두로 살이 타들어갔지만 이개는 오히려 당당했고 나라의 법을 들어 세조의 야만적 문초를 꾸짖었다. 세조는 말문이 막힌 듯 더는 할 말을 찾지 못했다.

경복궁 사정전 뜰 앞은 그야말로 지옥이나 다름없는 형국이었다. 한여름 더위까지 몹시 기승을 부리고 있었다. 어린 조카의 용상을 찬탈한 세조는 분노와 두려움에 떨며 발악을 했다. 반쯤 정신 줄을 놓은 사람처럼 보일 때도 있었다. 무더위 속에 살이 타는 냄새가 진동했고 뜰 바닥의 석판은 흥건한 핏물로 시뻘겋게 물들어갔다. 뜨겁게 달구어진 인두로 맨살을 지짐당하고 뜨거운 쇠꼬챙이로 손발과 복부가 뚫림을 당하고 심지어 예리한 칼로 살가죽이 벗겨지는데도 그들은 심약한 변심 없이 충의와 명분의 자존을 옹골차게 지키고 있었다. 가해를 가하는 세조도 가해를 당하며 극한의 형벌을 견디는 세조의 신하 아닌 그들도 도무지 사람이라 여길 수 없을 만큼 지독했다. 그들이 섬기는 임금은 오로지 상왕 단종이었다. 이승에서의 호흡이 얼마 남지 않은 그들이었다. 그들 누구도 실패로 끝난 것을 통탄해할 뿐 세조를 제거하고 상왕을 복위시키려 했던 대의를 후회하거나 저버릴 사람은 없었다.

1456년 6월의 경복궁은 참혹한 문초에 쓰러져가는 사람들의 처절한 비명으로 흔들렸고 그들의 살이 타는 냄새와 피비린내가 합쳐져 진동하며 넘쳐났다. 김문기, 성승, 박쟁, 박중림, 권자신, 윤영손, 송석동, 이휘, 석을중 등 거사 모의에 가담하였거나 동조한 자들은 모조리 붙잡혀 사정전 뜰 앞으로 끌려와 작형을 당했다. 하위지는 참살을 당했고 성삼문, 박팽년, 유응부, 이개는 군기시 앞에서 백관들이 지켜보는 가운데 수레에 팔다리가 묶여 사지가 찢어지는 거열형을 당하였다. 거사가 실패로 돌아간 것을 알고 집으로 돌아가 스스로 자결을 하였던 유성원의 시신 또한 마찬가지였다. 단종 복위 거사에 가담하였다가 처형을 당한 사람들은 칠십여 명이었으며 그 일가까지 합하면 수백 명에 이르렀다.

자신을 죽이고 상왕을 복위시키려 했던 사실에 이성을 잃은 세조는 가히 잔인했다. 동부승지 윤자운을 창덕궁의 상왕에게 보내 성삼문과 박팽년 등이 상왕을 죽이려는 역모를 꾸몄다가 발각되어 연루자들을 토설시키기 위해 국문을 가하는 중이라며 굳이 거짓으로 알리기까지 했다. 왕위를 내어주고 별궁으로 물러나 있는 상왕을 죽이려 성삼문 등이 역모를 꾀했다고 믿는 민인은 조선천지 어디에도 없을 터였다. 그야말로 상왕의 존재로 인해 빚어진 참극으로 전가하면서 극심한 공포감을 심어주기 위해서였다.

세조는 공모를 의심하기까지 했다. 그러나 상왕은 애초에 거사를 공모하지는 않았다. 외숙인 권자신이 연회가 있던 당일 아침에 세조를 도모하는 거사계획을 전해주어 만약 성공한다면 선대왕으로부터 물려받은 보위를 도로 회복할 수 있겠다는 얼마쯤의 간절한 희망을 품었던 것은 사실이었다. 하지만 별운검이 취소되었고 시간이 지나도 아무런 연통이 없는 것을 보고 허사가 된 것을 깨달았을 뿐이었다. 더구나 밀고자로 인해 발각되어 좌부승지 성삼문 등이 혹독한 국문 후에 처형을 당하리라고는 예상치도 못했다.

단종을 복위시키려 했던 거사 주모자들은 능지처사 된 후에 저잣거리에 삼 일간 효수되었다. 그들의 아들과 형제, 조카 심지어 젖먹이 남아들까지 남자들은 모조리 죽음을 면치 못했다. 또 그들의 처첩, 모친, 딸, 조카, 손녀까지도 여자들은 공신들에게 분배되어 종이나 첩이 되었고 일부는 관노나 변방의 노비가 되기도 했다. 실패로 끝난 결과는 실로 참혹했다. 남자라는 이유로 갓난아이들까지 죽였으며 여자들은 전리품을 나누어 갖듯이 했다. 집현전과 조정에서 함께 학문을 논하고 나랏일을 같이 맡아 했던 동료 대신들의 처첩과 딸들을 배분받아 첩이나 노리개로 삼았다. 권력에 도취한 잔인한 패륜이 아닐 수 없었다. 빌붙은 권력의 달콤함에 취할 때에는 흡사 양귀비 열매라도 먹은 것마냥 어화둥둥 어깨춤을 추며 영원을 노래하기 십상이었다. 권력의 무상과 엄혹한 응보를 미리 앞당겨 곱씹을 필요를 생각지는 못할 테니 말이다.

# 사사賜死

　　　　　　　　　　　　상왕 단종의 안위는 그야말로 풍전등화와도 같았다. 공신들은 상왕을 죽여야 한다며 거듭 주청을 했다. 세조는 공신들의 강권에 괴로워하며 연일 술을 마시며 대취했다. 영의정 정인지는 상왕의 장인 판돈녕부사 송현수를 찾아가 상왕의 자리에서 물러나 모반 공모의 대죄를 청하라 권고하기도 했다. 단종 복위가 실패로 끝나면서 가담자들과 그 혈족들까지 모조리 처형하였으나 세조와 공신들의 불안감은 가시지 않았다. 만약 복위 거사가 성공하게 되었다면 세조는 창덕궁의 연회장에서 칼을 맞고 죽었을 것이며 측근 공신들 또한 전부 죽음을 면치 못했을 터였다. 생각할수록 한명회는 등줄기가 서늘했다. 왕위찬탈을 공모한 역적의 오명을 뒤집어쓰고 멸문지화를 당했을 것을 떠올리면 오금이 저리기도 했다.

　　세조는 내관들마저 물리치고 한명회와 독대를 했다.

　　-상왕의 목숨을 거둘 수는 없음이야!

　　세조는 고개를 크게 가로저었다. 성삼문, 박팽년 등의 모의 주모자들을 처형한 이후로 꿈속에서 선왕들의 용안을 뵐 때마다 식은땀을 흘릴 정도였다. 도저히 상왕을 죽음으로 몰고 갈 수는 없었다. 두려움이 너무

큰 탓이었다.

　-대죄를 지은 상왕이 도성에 편히 거주하는 것은 실로 마땅치가 않사옵니다!

　세조의 심사를 간파하고 있는 한명회는 외방으로 안치하자는 의견을 냈다. 당장 죽일 수 없다면야 일단 도성으로부터 멀리 떨어진 외진 곳에 격리해야 그나마 마음이 놓일 듯해서였다.

　-나 또한 그리 생각하고 있었음이야! 이판이 그처럼 과인의 뜻을 헤아려주니 고민이 한결 덜어지는 것 같음일세…….

　세조는 한명회의 충성심과 능란한 판단을 굳게 믿었다.

　-성은이 망극하옵니다!

　한명회는 몸을 더욱 낮추었다.

　-예문제학 윤사윤이 말하기를 판돈녕부사 송현수와 돈녕부판관 권완이 역모를 꾸미고 있으며 호시탐탐 나를 해칠 기회를 노리고 있다 하던데 이판의 생각은 어떠한가?

　명백한 증거도 없는 고변이었으나 세조는 반신반의하는 기색이었다.

　-사사로운 정리에 얽매어서는 아니 될 것이옵니다. 그들은 상왕의 장인들이 되는 사람들입니다. 멀리 두는 것이 좋을 듯하옵니다. 미룰 일이 아니옵니다!

　한명회의 대답은 간결했다. 그들이 실제로 역모를 꾀하였든 꾀하지 않았든 그 사실관계는 굳이 따질 것도 없이 상왕 쪽의 사람이라면 전부 폐족으로 삼아 멀리 귀양을 보내야 한다는 뜻이었다. 한명회의 명료한 논리는 세조의 결심을 어렵지 않게 했다.

사정전에 입시한 조정 대신들은 사뭇 긴장한 기색들이 역력했다. 영의정 정인지, 우의정 정창손, 좌참찬 권람, 좌찬성 신숙주, 이조판서 한명회, 병조판서 홍달손, 예조판서 홍윤성, 영중추원사, 윤사로, 도승지 박원형, 우승지 조석문, 우부승지 권지, 동부승지 김질 등이 허리를 굽힌 채로 도열했다. 세조는 신속하게 교지를 내렸다.

　지난번에 성삼문 등이 말하기를 거사 모의에 상왕도 참여하였다고 고백을 하였다. 그리하여 종친과 백관들이 말하기를 상왕도 종사에 죄를 지었으니 편안히 도성에 거주하는 것은 마땅치가 않습니다, 하고 지속적으로 과인에게 주청해왔다. 하지만 과인은 진실로 윤허하지 아니하고 처음에 먹은 마음을 지키려고 하였다. 그러나 지금에 이르기까지 인심이 안정되지 아니하고 계속 잇따라 난을 선동하는 무리가 그치지 않으니 내가 어찌 사사로운 은정을 베풀고자 나라의 큰 법을 굽혀 하늘의 명命과 종사의 중함을 돌아보지 않을 수 있단 말인가. 이에 특별히 여러 사람의 의논을 따라 상왕을 '노산군'으로 강봉하고 궁에서 내보내 영월에 거주하게 할 것이다. 노산군에게는 의식衣食을 후하게 내어줄 것이니 목숨을 잘 보존하여서 장차 나라의 민심을 안정시키도록 하라. 의정부에서는 과인의 이러한 뜻을 백성들에게 널리 효유하도록 하라.

　상왕 단종을 노산군으로 강봉하고 멀리 영월로 유배를 보내겠다는 것이 세조의 뜻이었다. 기실 언젠가는 도래할 수밖에 없었던 일이었다. 성삼문 등이 주도한 복위 거사가 실패로 끝나면서 상왕이란 존호조차 박탈당한 채로 당장 도성을 떠나야 했다. 하늘에 해가 하나인 것처럼 나라에는 하나의 임금만이 존재해야 했다. 수양이 조카 단종의 왕위를 찬탈하지 않았더라면 상왕으로 밀어내거나 복위 모의 가담자들을 처형하거나 노산군으로 강봉시켜 유배를 보내는 패륜을 저지를 일은 없을 테니 말이다. 공신들은 응당한 처사라며 세조의 교지를 기뻐하며 반겼다. 어차피 세조와 공신들의 나라였다. 그럴 수만 있다면 당장이라도 상왕의 목숨을 거두고 싶은 것이 그들의 마음일 터였다. 상왕의 장인들인 판돈녕부사 송현수와 돈녕부판관 권완은 의금부에 투옥되었다.

도승지 박원형은 그리 예를 갖추지도 않은 투박한 어조로 교지를 읽어 내려갔다.

-상감의 명命을 받들 것이라 전하시오!

연치는 어렸으나 상왕 단종은 결코 상황판단이 미흡하지 않았다. 복위가 실패로 돌아가면서 상당한 고초가 이어질 것을 예상했다. 다만 첩첩산중 산세 험한 먼 곳으로 당장 보내지리라고는 생각지 못했다. 하지만 허둥대며 심약한 모습을 보이고 싶지는 않았다. 군왕이었던 권위를 지켜내고 싶었다.

-그리 전해 올리겠나이다.

도승지 박원형은 차갑게 돌아섰다. 상왕 단종은 더 말이 없었다. 대비 정순왕후와 후궁 권씨 부인은 몹시 애통해하며 눈물을 흘렸다. 상왕은 애써 눈물을 참았다. 조부 세종과 선왕 문종의 용안을 떠올렸다. 왕위를 빼앗긴 것도 절통하기 그지없건만 역모 가담의 죄를 쓰고 지위마저 강등당한 채로 험준한 산골로 유배를 떠나야 하는 것을 생각하니 그럴 수만 있다면 이내 자결이라도 하고 싶은 심정이었다. 무력한 자신의 처지가 참으로 한스럽기만 했다.

대비 정순왕후는 상왕을 따라갈 수 없는 처지를 받아들여야 하는 고통에 몸서리를 쳤다. 어차피 이미 용상을 내어주었고 아무런 힘도 없는 상왕을 도성에서 머물 수 없도록 먼 곳으로 유배를 보내는 것이라면 그곳에서나마 내외가 함께 지낼 수 있도록 해줄 수 있지 않으냐며 통탄을 했다. 하지만 세조는 냉혹했다. 세조의 사돈인 좌의정 한확을 통해 내외의 소원을 청하였으나 끝내 받아들이지 않았다. 상왕의 철저한 고립을 통해 복위 모의와 같은 위험천만한 상황을 미연에 차단하고 혹여 상왕의 자손이 태어난 이후의 불안요소를 애초에 만들지 않겠다는 생각이었다. 용상에 오른 어린 조카의 자리를 꿰차고 싶은 열망에 사로잡혀 김종서 등 반대세력을 제거하고 견딜 수 없는 압박과 공포감을 조성하여 양위를 받아낸 세조였다. 용상을 도로 빼앗긴다는 것은 단지 자신의 목숨만을 잃는 것이 아니었다. 불안감이 극도로 커진 세조는 더욱 잔인해져 갔다.

단종은 밤새 잠을 이루지 못했다. 희뿌옇게 날이 밝아오고 있었다. 이제 지체할 수 없이 금성대군 가택을 나서 유배를 떠나야 했다. 단종을 영월까지 호송할 채비는 이미 꾸려져 있었다. 단종이 방을 나서자 호송을 책임질 첨지 중추원사 어득해가 단호히 출발을 명령했다. 1458년 6월 22일이었다.

노산군으로 강등된 단종이 올라앉은 낡은 사인교四人轎 사방으로는 창을 든 나졸들이 에워쌌다. 말복이 지났음에도 무더위는 연일 기승을 부렸다. 깊은 체념 때문인지 단종은 차라리 심히 고통스러워 보이지는 않았다. 사인교는 금성대군 가택을 빠르게 벗어나기 시작했다. 정순왕후와 후궁 권씨, 김씨는 애통한 눈물을 흘리면서 마마, 이대로 가실 수는 없사옵니다, 하고 연신 되뇌이며 호송행렬을 뒤따랐다.
 소식을 전해 듣고 나온 도성 민인들은 호송행렬이 지나는 길가에 서서 비통한 심정으로 눈물을 훔쳤다. 더러는 꿇어 엎드려 통곡하며 울기도 했다. 민인들의 그 울부짖음 속에는 세조를 향한 분노와 원망이 고스란히 담겨 있었다. 조카의 왕위를 찬탈한 것도 부족해 급기야 머나먼 첩첩산중으로 유배를 보내는 세조의 극악함에 하늘이 두렵지도 않은 모양이라며 반드시 천벌을 받을 것이라고 치를 떨며 저주를 쏟아내는 사람들도 있었다. 그러한 민인들의 모습을 눈에 넣는 것은 고통이 배가되기 때문인지 단종은 이따금 눈을 감기도 했다.
 정순왕후와 후궁들의 절통한 울음소리는 좀처럼 사그라질 줄을 몰랐다. 이별의 현실보다도 더 두렵고 서러운 것은 다시 만날 수 있을 것을 기약할 수 없어서였다. 왠지 그럴 것만 같은 지배적인 예감이 드는 것은 유린당하는 이들의 본능이었다. 지난밤에 정순왕후의 두 손을 맞잡고 오래지 않아 함께 지낼 수 있는 날이 반드시 올 것이라며 위로하고 다독였지만 실상 단종 자신도 영원한 이별의 두려운 그림자를 한 치도 벗어나지 못하고 있었다. 물론 막연한 것이나 한 가닥의 희망마저도 저버리고 있는 것은 아니었다. 호송행렬은 어느새 흥인문과 동묘를 지나 청계천의 영도교에 다다르고 있었다. 먼발치에서라도 유배를 떠나는 단종을 눈에 넣으려는 민인들이 천변 가에 줄을 지어 서 있었다.
 ―그만 돌아들 가시오. 이제 더는 뒤를 따라서는 아니 되오!
 호령하듯이 어득해는 정순왕후와 후궁들의 뒤따름을 단호히 저지하려 했다. 그것은 동시에 호송 나졸들에게 내린 명령이었고 민인들에게도 더는 뒤따르지 말 것을 경고하는 것이 되었다.

　−마마! 마마! 성심을 굳게 하시고 부디 옥체를 보존하시옵소서…….

　창을 든 나졸들을 밀치고 버선발로 사인교에 바짝 다가선 정순왕후는 애통한 인사말을 건넸다. 아슬아슬 이내 정신을 잃을 것처럼 제대로 몸을 가누지도 못하면서였다. 가혹한 현실을 감당하기에 단종과 정순왕후는 열일곱, 열여덟의 실로 미약한 연치年齒였다.

　−부인! 이제 눈물을 거두고 그만 돌아가시오.

　통곡을 가까스로 참아내고 있는 단종의 눈가에도 서러운 눈물이 그렁그렁 맺혀 있었다. 내외는 서로의 모습을 깊이 눈에 담아두려 했다. 불온한 기운이 스멀대는 물안개처럼 엄습해오고 있음에도 살아서 부디 다시 만나고 싶었다. 반드시 살아내어야 한다고 단종은 생각했다. 다시 볼 수 없을지 모른다는 예감이 설핏설핏 들었으면서도 말이다.

　영도교 입구에 잠시 멈추었던 유배행렬은 다시 움직이기 시작했다. 나졸들의 저지에 정순왕후는 사인교를 더는 따라갈 수가 없었다. 그대로 숨이 멎을 것만 같았다. 기약 없는 통한의 이별에 하염없이 눈물이 흘러내렸다. 뒤돌아본 단종의 눈에서도 기어이 눈물이 흘러내렸다. 행렬은 다리를 건너 멀어져갔고 정순왕후는 몰려든 민인들에 치이면서도 망부석처럼 제자리에 서 있었다. 단종은 몇 번이고 고개를 뒤로 돌려 정순왕후를 애처로이 눈에 넣었다. 행렬은 점점 멀어져갔으나 단종과 정순왕후는 이별을 선뜻 받아들일 수가 없었다. 차츰 흐려졌던 하늘도 슬퍼 울고 있는 듯 갑자기 거센 빗줄기를 뿌려대기 시작했다. 영영 이별이 될지 모를 내외의 절통한 설움은 빗물에 섞여 청계천으로 빨려 들어갔다.

서로의 형체를 식별할 수 없을 만큼 행렬은 광나루를 향해 빠르게 멀어져갔다. 후궁 권씨와 김씨 그리고 궁녀들이 울며 다가와 돌아가기를 청하였으나 정순왕후는 넋이 나간 듯 아스라한 유배행렬에서 눈을 떼지 못했다. 열다섯에 간택이 되어 한 살 아래의 단종과 국혼을 치르고 2년여 남짓 동안 늘 살얼음판에 서 있던 것 같은 위태로운 나날들 속에서도 서로 의지하며 아끼고 살아왔던 내외의 정情이 사무쳐서였다. 수양이 그토록 소원하던 용상을 내어주고 상왕으로 물러났기에 더 빼앗길 것도 핍박을 받을 것도 없을 것 아니겠냐며 한숨 서린 안도를 하며 오히려 위로를 해주었던 지아비 단종의 모습들이 뇌리에 떠오르기도 했다. 엄혹한 사실 앞에서 정순왕후의 영혼은 예리한 칼로 수도 없이 베어지는 듯했다.

유배지인 영월 땅까지는 한양을 떠난 지 꼬박 이레가 걸려 당도를 했다. 청령포는 삼면이 강으로 둘러싸이고 한 면은 육육봉의 층암절벽으로 막혀 그야말로 첩첩산중 속의 외딴섬이나 다름없었다. 여러 날을 걸려 머나먼 길을 오느라 심신이 지칠 대로 지쳐 있었으나 단종은 밤이 깊었음에도 잠을 이루지 못했다. 호송 군졸들과 영월부 관헌에서 나온 군졸들은 협소하고 허름한 어소와 행랑채를 합세하여 지키며 감시를 했다. 청령포를 굽이쳐 흐르는 거친 물살이 내는 소리는 마치 상한 들짐승의 울부짖음처럼 들려왔다. 사람 발길도 닿지 않는 험준한 고립무원의 공간에 유폐된 단종의 심정은 참으로 두렵고 비통했다. 영도교에서 헤어진 정순왕후의 마지막 모습이 눈앞의 실경처럼 생생하게 떠오르기도 했다. 도성 밖 어딘가에 기거할 곳을 마련이나 했을지 어찌 살아가게 될지 밤새 염려는 커져만 갈 수밖에 없었다. 그럴 수만 있다면 자신의 목숨을 내어주고 대신에 왕후와 후궁들 그리고 누이 경혜공주와 자형 정종의 무탈한 생애와 맞바꿀 수 있으면 좋을 것 같다는 생각마저 들었다.

닷새가 지나서야 상왕이 되기 이전부터 수종을 들던 궁녀들과 내관 몇이 유배지인 청령포에 당도하여 단종에게 절을 올렸다.

─전하! 전하!

그중 연장자인 김내관은 입에 올릴 말을 찾지 못하고 꿇어 엎드린 채로 눈물을 흘렸다.

─머나먼 길을 찾아오느라 애들을 많이 썼겠구나. 참으로 고마울 뿐이로다!

단종은 고마움과 미안함이 겹치는 심정으로 그들을 맞이했다. 아첨과 충의는 실로 본질의 빛깔이 다를 수밖에 없었다. 정인지와 신숙주는 종사의 죄인인 노산군에게 궁녀와 내시가 따라가 수종을 드는 것은 마땅치 않은 호사스러운 범절로서 폐단이 될 뿐이니 미리 막아야 한다며 누차 진언을 했다. 세조는 받아들이지 않았다. 단종의 존재는 세조와 더불어 자신들이 만들어가는 태평성대의 크나큰 걸림돌일 뿐으로 그들로서는 후환 없는 완전한 제거를 갈망할 뿐이었다. 단종 복위 모의가 실패로 끝이 나긴 했으나 자신들의 목이 어느 순간 누군가에 의해 단칼에 베어 동강이 날지 두렵기가 그지없을 따름이었다. 두려움의 크기는 세조와 하등 차이가 없으며 찬탈공모의 죄로 인한 그 두려움은 제아무리 세월이 흘러간다고 해도 반감되는 것이 아니었다. 그러니 단종이 살아 겨우 숨을 붙이고 있을 뿐이라 해도 그들은 두려울 수밖에 없었다.

날이 갈수록 정순왕후와 선왕 문종 그리고 누이 경혜공주와 자형 정종이 사무치도록 그리워서 단종은 밤마다 베갯잇을 흥건하게 적셨다. 수양에 의한 역란으로 죽어간 김종서, 황보인 등의 대신들과 복위 거사가 실패로 끝나면서 능지처사를 당한 성삼문, 박팽년 등의 충신들도 매일 밤 떠올렸다. 너무도 고맙고 미안하여 마음속으로 그들의 명복을 빌고 또 빌었다. 그렇게 잠 못 이루지 못하는 깊은 밤에 나뭇잎이 바람에 서걱대기라도 하면 누군가 은밀히 찾아온 것은 아닌가 하여 귀를 쫑긋 세우기도 했다. 혹은 세조와 공신들이 보낸 자객들이 자신의 방에 잠입하려 다가오는 것은 아닐까 하여 두려워 움츠러들기도 했다. 그런 밤에는 몸을 옆으로 한껏 웅크린 채로 밤을 지새우기 일쑤였다. 영영 도성으로 돌아가지 못할 수도 있으리라는 불길한 생각이 스치기라도 하면 단종은 형언할 수 없는 극심한 절망감에 몸서리를 쳐야만 했다. 자신의 처지가 차라리 죽은 이들보다도 비참하다는 생각이 들기까지 했다.

갈라진 소나무 틈에 걸터앉아 넋이 나간 듯 한양 쪽을 바라보던 단종은 갑자기 통곡했다. 숱한 감정들이 중첩된 듯 울음은 좀처럼 그칠 줄을 몰랐다. 멀찍이 떨어져 그 모습을 지켜보고 있던 내관과 궁녀들은 애처로움에 애간장이 오그라드는 심정을 주체하기 어려웠다. 절해고도絶海孤島와도 같은 청령포에서 정순왕후와 한양 도성이 얼마나 그립고 서러울까를 생각하면 가슴이 미어질 수밖에 없었다.

밤낮으로 감시를 당하고 있는 단종이 할 수 있는 것이라고는 아무것도 없었다. 주체할 수 없는 그리움을 견뎌내는 것과 잠깐씩 서책을 읽는 것이 단종의 일과였다. 유배 생활은 수시로 조정에 보고되고 있을 것이며 세조와 공신들은 영월 땅 청령포로 유배 보낸 것을 옳은 선택으로 여기며 적잖이 안도하고 있을 터였다. 당장 목숨을 거둘 수 없다면 모든 것으로부터 철저히 단절된 고립무원에 가두어놓아야 마음이 놓일 것이니 말이다. 내외가 함께 지낼 수 있게 해달라는 단종과 정순왕후의 염원을 외면한 것은 더욱 천벌을 받아 마땅할 일이었다. 어차피 생사여탈권을 자신들이 쥐고 있는 마당에 기약 없는 이별로 떼어놓는 것은 너무도 잔인한 형벌이 아닐 수 없었다.

서강이 내려다보이는 층암절벽 위에서 흐르는 강물을 응시하던 단종의 시선은 결국 한양 쪽으로 향했다. 한스러운 유배 생활의 시름을 덜 수는 없어도 그나마 조금이라도 마음을 풀 수 있는 장소였다. 유배를 온 지 며칠 후부터 단종은 절벽 가장자리에 매일 돌탑을 쌓기 시작했다. 여기저기 흩어져 있는 돌을 주어서 정성 들여 탑을 올려 쌓았다. 그렇게 쌓아 올려지는 돌들은 정순왕후를 향한 그리움이었고 왕후의 안위를 염려하는 단종의 마음이었다. 정순왕후의 소식을 전혀 알 수 없는 것이 무엇보다 괴로웠고 답답했다. 궁녀와 내관들로부터 동대문 밖 어딘가쯤의 초막에서 거처하게 되었다는 말을 전해 들은 것이 전부였다. 청령포에는 감시하며 지키는 나졸들뿐이어서 누군가를 통해 한양으로 연통을 넣어볼 수도 없었다. 거처는 지낼 만한 곳인지 식食거리는 어찌 마련하는 것인지 침통한 염려는 커져만 갔다. 아무것도 할 수 없고 해줄 수도 없는 단종은 매일 돌탑을 쌓으며 천지신명께 빌고 또 빌었다. 절해고도나 다름없는 이곳 영월 땅 청령포라 해도 상관없으니 정순왕후와 함께 지

사사賜死 ··· 87

낼 수 있게 해달라고. 또 함께할 수 있는 날까지 부디 정순왕후를 온전히 지켜달라는 염원에서였다.

큰 홍수 때문에 단종은 청령포에서 영월부 관아 객사인 관풍헌으로 거처를 옮기게 되었다. 하지만 고립무원의 처지는 달라질 것이 없었다. 영월부사로서는 수월한 감시가 차라리 달가울 수도 있었다. 자칫 목숨이 달아날 것을 의식해서인지 내심 그러한 마음이 들었다 해도 관헌의 어느 아전도 드러내어 단종을 받들려고 하지 않았다. 조선팔도는 이미 세조의 나라였다. 단종은 상왕에서 노산군으로 강등되어 유배를 온 죄인일 따름이었다. 권력의 비정한 속성일 뿐 지방관아의 수령이나 아전들을 탓할 수는 없었다. 한양의 정순왕후와 누이 경혜공주에게 기별을 넣거나 소식을 전해줄 수 있는 사람 하나 얻을 수 없는 현실이 그저 참담하기만 했다.

기약 없는 단절은 단종을 더욱 고통스럽게 만들었다. 하루에도 몇 번씩이나 관풍헌의 누각인 자규루에 올라가 한양 쪽을 바라보며 가닿을 수도 없는 염려와 그리움을 전할 뿐이었다. 안평숙부와 혜빈 할머니처럼 자신도 숙부 수양에게 차라리 죽임을 당하는 편이 고통에서 완전히 벗어나는 길이라는 생각이 들 때도 있었다. 죽음이 아주 두렵지 않은 것은 아니지만 목숨의 무게가 그저 한 줌에 불과한 것처럼 느껴질 때면 죽음조차 그리 두렵지가 않았다. 선왕께서 물려주신 보위를 지키지도 못하고서 목숨을 부지하고 살아있다는 사실이 심히 비통해서였다.

경상도 순흥으로 위리안치 당한 금성대군은 조카 단종이 노산군으로 강봉되어 영월로 유배가 있다는 소식을 접한 이후로 단종 복위를 기필코 이루겠다는 다짐을 하루에도 몇 번씩이나 곱씹고 또 곱씹었다. 조카를 위해서이기도 하지만 부왕인 세종과 큰형님인 문종을 생각하면 더욱 그럴 수밖에 없었다. 어차피 자신이나 조카 단종이 생사의 갈림길에 바짝 다가서 있음을 금성대군은 간파하고 있었다. 세조를 쳐서 끌어내리고 조카 단종을 원래의 자리에 올리는 일은 자신의 목숨을 지키는 일이기도 했다. 이대로 순순히 목숨을 내어주고 죽을 수만은 없었다. 금성대군은 은밀히 거사를 계획했다. 새로 부임한 순흥부사 이보흠을 포섭하고 일대 지역의 수령들을 끌어들이는 구상이었다. 순흥부의 군사를 이끌고 영월과 안동의 군사들까지 규합하면 일단 병사 이, 삼천 명은 족히 만들 수 있다는 생각이었다. 뜻을 모아가면 여러 지방의 수령들도 합세하리라는 희망도 더해졌다. 그것을 기반으로 단종 복위를 도모하겠다는 결심을 굳혔다.

  기별을 받은 순흥부사 이보흠은 저물녘이 되어서야 금성대군이 안치되어 있는 거소를 찾아왔다.

−부사를 만나자 한 연유를 짐작하고 있는 것이오?

금성대군은 나지막한 음성으로 물으며 이보흠의 표정을 살폈다.

−이 사람은 대군께서 보자 하신 연유를 전혀 짐작하지 못합니다!

심상치 않음을 감지해서인지 이보흠은 짐짓 정색했다.

−수양대군은 이 나라의 상감이 아니오! 이 나라의 상감은 지금 영월 땅에 갇혀계시지 않소. 내 말이 정녕 틀린 것이오?

금성대군은 담아두고 있는 소회를 쏟아냈다.

―대군께서 생각하시는 것이 무엇이온지?

감이 잡힌 듯 당황한 기색이 역력한 이보흠의 목소리는 크게 떨렸다.

―먼저 일대의 군사를 규합하여 세력을 키운다면 뜻이 있는 여러 지방의 수령들도 망설임 없이 합세할 것이오. 또 이곳에서 멀지 않은 영월부를 조기에 장악하여 상감을 모신 후에 계속 세를 불리며 한양으로 진격해 수양대군을 쳐서 끌어내리고 상감을 도로 올리는 것이오!

머릿속으로 수없이 그렸을 거사계획을 설명하는 금성대군의 눈빛은 몹시 형형했다.

―……계획대로 된다면야 말할 것이 없겠으나 거사가 실패로 끝이 난다면 어찌 되옵니까?

일사천리와도 같은 계획을 전해 들었으나 순흥부사 이보흠은 성공을 확신할 수 없는 우려감을 드러냈다. 사육신의 복위운동이 실패로 끝난 결과가 얼마나 참혹했는지는 조선 민인이 전부 알고 있는 사실이었다. 단종이 영월로 유배 간 것이나 눈앞의 금성대군이 순흥에 위리안치를 당한 것을 심히 우려하지 않을 수 없을 터였다.

―나와 부사가 결연히 들고 일어서야 하는 것이 하늘의 뜻인 것 같소. 상감의 충신이 되고 역사에 충신이 되어야 하지 않겠소. 부사의 힘이 필요하오. 정녕 나와 뜻을 같이해주시오!

금성대군은 강권에 가까우리만큼 순흥부사 이보흠을 설득하려 애를 썼다. 자신이 위리안치되어 있는 지방의 순흥부사를 먼저 끌어들이지 못한다면 복위 도모는 그야말로 허상에 불과할 수밖에 없었다. 군사뿐만이 아닌 향리들의 지지를 끌어내는데도 절대적으로 필요해서였다.

―……대군과 뜻을 같이하겠습니다. 상왕마마를 보위에 도로 올려드릴 수 있다면 얼마나 좋겠습니까. 작은 힘이어도 보탤 것입니다. 그리할 것입니다!

이보흠은 한참을 망설인 끝에 금성대군의 뜻에 따르기로 했다. 기저에 깔린 두려움 때문인지 그리 자신감이 깃든 말투는 아니었다. 이보흠은 세종 때 문신으로 출사하여 집현전 학사가 되었고 능력을 인정받아 문종의 총애를 받았던 인물이었다. 그러했기에 단종 복위 도모에 무심히 등을 돌릴 수는 없었다. 금성대군은 감격하며 순흥부사 이보흠의 두 손을 굳게 잡았다.

―근간 내가 지시를 내리면 격문에 부사를 올려 경상 일대의 각 고을까지 돌렸으면 하오.

금석대군은 여러 장의 격문을 한데 말아 건넸다.

―그리하겠습니다!

건네받은 격문을 품 안에 집어넣는 이보흠의 표정은 자못 결연해 보이기까지 했다.

하지만 무심하게도 하늘은 단종과 금성대군의 편에 있지 않은 것 같았다. 대화를 엿들었던 금성대군의 시녀와 연분이 나 있는 관노 이동은 시녀를 시켜 격문을 훔쳐오게 했다. 격문을 손에 넣은 이동은 한양으로 서둘러 말을 달렸다. 금성대군이 계획하는 단종 복위 거사에 이보흠이 뜻을 함께하기로 약속을 하고 다짐한 지 수일도 지나지 않은 때로 격문을 돌리기도 전이었다. 그런 소문을 빠르게 접한 풍기 현감은 여러 번 말을 갈아타면서까지 관노 이동을 황급히 쫓아갔다. 그리고 이동으로부터 급기야 격문을 빼앗다. 풍기현감은 그길로 한양으로 올라가 판중추원사 이징석을 통해 금성대군의 역모를 고변했다. 1457년 6월 27일이었다. 순흥에 안치된 금성대군이 은밀히 군소배群小輩와 결탁하여 불궤를 도모하고 있습니다, 라며 그 증거로 관노 이동에게 빼앗은 격문을 바쳤다.

　세조는 계양군과 도승지 한명회에게 즉각 어명을 내려 순흥, 예천, 안동에 윤자, 우보덕, 김지경 등의 심문관을 보내 관련자들을 잡아들여 국문하게 했다. 상황을 판단한 이보흠의 마음도 변하고 있었다. 가혹한 국문 후에 참혹하게 능지처사를 당한 사육신들의 모습이 뇌리를 떠나지 않았다. 격문이 절취당하고 복위계획이 수포로 끝난 마당에 이제 자신이라도 살길을 찾고 싶어졌다. 이보흠은 결국 금성대군이 역모를 꾀하였다, 라고 치계를 올렸다. 한발 늦었지만 살고 싶은 본능은 이보흠을 그렇게 움직였다. 세조는 대사헌 김순과 판예빈시사 김수를 순흥으로 보내 금성대군을 국문하게 했다. 10여 일 가까이 가쇄와 고문을 가하며 심문했으나 금성대군은 연루된 사람들을 끝내 말하지 않았다. 한양의 의금부로 올려 더욱 혹독하게 국문하겠다고 협박을 가하여도 소용이 없었다.

　국청을 안동으로 옮긴 후에도 회유를 계속하였으나 금성대군은 토설하지 않았다. 대의와 명분을 내세워 단종의 복위를 꾀하였으나 본격적으로 움직이기도 전에 예상치 못한 관노의 밀고로 인해 단종의 복위는 결국 수포로 끝나고 말았다. 모의에 연루된 자들은 능지처사와 참형을 면할 수 없었다. 의금부에서는 금성대군과 이보흠이 모역을 꾸민 것이 분명하다며 이보흠을 능지처사할 것을 주청했다. 그럼에도 세조는 모의를 고변했던 공功을 인정하여 박천으로 유배를 보내는 것으로 이보흠을 처리했다.

반면 금성대군은 사사賜死하기로 마음을 굳혔다. 피를 나눈 동복 형제간이지만 자신의 왕위를 찬탈하려는 자는 누구든 용서할 수가 없었다. 수많은 이들의 목숨을 빼앗고 그들이 흘린 피를 밟고 용상에 다가가 기어이 조카를 끌어내리고 그 자리에 올랐으나 그와 같은 방식으로 용상을 도로 빼앗길 수는 없었다. 용상을 지키는 데 위해가 되는 인물은 그가 누구이든 반드시 제거해야 마음을 놓을 수 있었다. 부왕의 후궁이면서 단종을 키운 혜빈양씨를 죽인 것도 그래서였다. 자신의 방식인 찬탈에 대한 두려움이 그만큼 크기 때문이었다.

안동부의 관아에 갇혀 있던 금성대군은 사약을 앞에 두고 영월 쪽을 향해 절을 올렸다. 임금으로 섬기는 이는 단종뿐이라는 뜻이었다. 복위를 이루지 못하고 죽는 것이 한스러운 듯 금성대군은 잠시 하늘을 올려다보았다. 그런 후에 사약이 담긴 사발을 집어 들어 조금의 주저함도 없이 마셨다. 부왕 세종과 어머니 소헌왕후, 조카 단종, 형님인 문종과 안평대군 그리고 처자의 모습들이 가물대는 뇌리를 빛처럼 빠르게 스쳐 지나갔다.

세조는 순흥을 역몽逆夢의 땅으로 여겼다. 순흥도호부는 불에 탔고 근방 삼십 리 안에는 살 사람이 없다 할 정도로 단종 복위와는 일말의 관계도 없는 민인들까지 닥치는 대로 무참하게 죽였다. 순흥은 영천, 풍기, 봉화로 찢기어 통합되면서 사라져버렸다. 왕위를 찬탈한 두려운 패악의 역사를 인정하고 싶지 않은 세조의 만행이 아닐 수 없었다.

양녕대군과 영의정 정인지 등은 금성대군을 사사한 것만으로 끝낼 수 없다며 연일 상소를 올렸다. 단종의 장인인 송현수와 자형인 정종 그리고 혜빈양씨의 소생인 화의군, 한남군, 영풍군도 반역의 죄로 다스려야 한다며 뜻을 굽히지 않았다.

 ─노산군을 조종하여 종사를 위태롭게 한 죄악을 어찌 다시금 용서하여 국법을 어기시려 하옵니까? 혜빈 소생의 삼남과 정종, 송현수 등의 모역죄를 반드시 지엄한 왕법으로 다스려 그와 같은 불궤를 다시는 꾀할 수 없도록 해야 할 것이옵니다. 엎드려 바라오건대 부디 대의로서 결단하시어 전형을 바르게 밝히어서 화근을 끊어내고 인심을 정하게 하소서!

 양녕대군은 어전에 납작 엎드려 결단을 촉구했다.

 ─전하의 은사가 넘치는 데도 성은을 생각하지 못하고 노산군을 옹립하려는 모역을 도모하고 가담을 하였으니 실로 그 죄는 천지에 용납이 되지 않는 것인데 전하께서는 신 등이 여러 날 정청하였음에도 사사로운 은혜를 베풀어 용서하시려고 하니 대소신료들의 분통함과 억울함을 어찌 풀어야 좋은 것이옵니까? 화의군, 한남군, 영풍군과 정종, 송현수 일당의 모역죄는 용서할 수가 없는 것이옵니다. 엎드려 바라오건대 전하께서는 부디 대의로서 결단하시고 전형을 밝히시어 신료들의 여망에 부응하시오소서!

 영의정 정인지는 조정 대신들의 뜻을 강조하며 세조를 압박했다. 단종의 편에 서서 복위를 꾀하였거나 그럴 가능성이 있는 사람들을 결코 살려둘 수 없다는 가혹한 심사였다.

 ─친제親弟인 금성대군을 이미 사사하였지 않은가? 화의군, 한남군, 영풍군과 송현수에 대하여는 더는 논하지 말라.

세조는 거부의 뜻으로 고개를 가로저었다. 이유가 어찌하든 지난날의 안평에 이어 금성대군의 목숨까지 거두었다는 것은 몹시 괴로운 일이 아닐 수 없었다. 그런데도 혜빈 소생의 삼남과 오랜 벗인 송현수마저 죽여야 하는 것은 도무지 내키지 않았다. 역모를 주동한 것이 아니었을 뿐더러 그럴만한 힘을 갖고 있지도 않은 이복형제들마저 죽이고 싶지는 않았다. 세조는 죄책감을 배가시키고 싶지 않았다.

 ─그들의 죄도 다를 바가 없으니 또한 국법대로 처결하는 것이 마땅한 것이옵니다!

 정인지는 뜻을 굽히지 않고 국법대로 단죄할 것을 거듭 주청했다.

 ─……그들을 모두 아울러 법대로 처치를 한다면 너무 심하지 않은가? 그러하니 송현수는 교형에 처하고 더는 논하지 말며 화의군, 한남군, 영풍군은 금방禁防에 처하도록 하라.

 공신들의 뜻을 끝내 물리칠 수 없었던 세조는 결국 송현수를 교형에 처하라는 명을 내렸다. 여식이 단종과 국혼을 하여 왕후가 되고 자신은 임금의 장인으로 판돈녕부사가 되었으나 단종이 수양대군에게 왕위를 빼앗기고 상왕으로 물러나게 될 때 송현수의 무참한 종말은 이미 예고되어 있었는지 모른다. 송현수는 교형에 처해졌고 처 민씨 부인과 자녀들은 송현수가 관노로 가 있던 지방의 관노로 전락했다. 그렇게 정순왕후의 친정은 멸문지화를 당하고 말았다.

 여식이 왕후로 간택이 되었을 때 송현수 내외는 마냥 좋아할 수만은 없었다. 그러했던 우려는 기어이 현실로 닥쳐오고 만 것이다. 운명으로 받아들여야 할 뿐 원망할 것은 아무것도 없다고 여기며 송현수는 죽어

갔을지 모른다. 기필코 성공시킬 수 없는 것이었다면 성삼문을 비롯한 사육신도 금성대군도 차라리 단종의 복위를 도모하지 말았어야 했다. 자신들과 일족들은 물론 무수한 사람들까지 억지 된 연좌의 죄를 뒤집어쓰고 희생되어야 하는 것은 너무도 가혹하기 때문이었다. 명분은 고귀하여도 실패로 귀결되는 것은 아무런 의미가 없었다. 단지 허상에 불과할 따름이었다.

의경세자의 병세가 점차 깊어지면서 세조는 깊은 시름에 빠져들었다. 세조의 뇌리에 숱한 생각의 갈래들이 너울대며 스쳐 갔다. 신료들의 염려도 커질 수밖에 없었다. 좌찬성 신숙주와 도승지 한명회를 비롯한 의정부 당상관 이상의 조정 대신들과 승려들이 참여하여 경회루에서 세자의 쾌유를 비는 법회를 열었다.

-세자마마의 병세가 참으로 걱정이오!

좌의정 권람은 옆에 자리한 한명회를 쳐다보며 침통하게 토로했다.

-쾌차하시도록 빌고 또 빌어야지요!

쾌차를 입에 올리고 있었으나 실상 한명회는 세자의 죽음 이후를 이미 계산하고 있었다. 일시적인 위축은 어쩔 수 없겠지만 세조의 왕권이 흔들려서는 안 된다는 생각이었다.

-전하와 왕후마마의 큰 상심은 또 어찌해야 한단 말이오?

기적이 없는 한 회복할 수 없음을 알고 있는 병세에 세조의 오랜 측근인 권람은 심히 괴로운 듯했다.

-그리 심약한 전하와 왕후마마가 아니시니 불심으로 극복해내시겠

지요.

한명회는 자신의 속내를 전부 드러내지 않았다.

-참으로 근심스러울 따름이오!

-조정대신 모두가 그러하겠지요!

권람의 비감 어린 토로에도 한명회의 반응은 달라지지 않았다. 어쨌든 세조와 그 직계자손들이 굳건하게 종사를 이끌어 가야 하는 것은 비단 왕실만을 위해서가 아니었다. 왕위를 찬탈하고 용상에 오르는데 한편이 되어 동조하고 힘을 합세한 공신들로서는 자신들의 운명과도 직결되어 있는 매우 중차대한 문제였다. 사실 의경세자의 병세가 어려운 지경에 이르렀다는 것은 법회에 참석한 누구도 모르지 않았다. 어차피 결론으로 이어지는 행위들일 뿐이었다.

세자옹립에 관한 대신들의 의견은 분분하였으나 세조는 생각을 굳힌 듯했다. 의경세자가 세상을 뜬 직후에 아니 어쩌면 그전에 마음을 정했을지도 모른다.

-적장자의 원칙에 따라 원손께서 세자로 책봉이 됨이 옳은 줄로 아뢰옵니다.

-우의정 정창손은 적통의 원칙에 따라야 한다는 의견을 밝혔다.

-그러하옵니다. 당연히 원손마마께서 세자로 책봉이 되어야 마땅한 줄로 아옵니다!

이조판서 구치관은 관습과 전통을 계승해야 한다는 뜻으로 아뢰었다.

-그러하다 해도 원손께서는 지금 연치가 너무 유충하시니 세자로 책봉하시는 것은 깊이 살피심이 옳은 줄로 아뢰옵니다.

형조판서 최광은 적장자라 해도 나이가 네 살에 불과한 원손을 옹립하는 것에 신중해야 한다는 의견을 냈다.

 -소신 이인손도 형판과 같은 생각이옵니다. 원손께옵서는 세자가 되시기에 너무 어리시옵니다!

 우찬성 이인손은 원손의 세자책봉을 반대한다는 뜻을 에돌지 않았다.

 -하지만 연치가 유충하다는 것만으로 원손마마를 세자로 책봉하지 않는 것은 왕실의 법도에 어긋남이 될 수 있으니 두루 살피심이 옳은 줄로 아뢰옵나이다.

 이조참판 박원형은 예법과 명분을 아울러야 한다는 뜻을 피력했다.

 -전하! 세자로 책봉되기에 원손께옵서는 아직 어리시옵니다. 이 점을 살피시옵소서.

 영의정 정인지는 원손의 세자책봉에 관한 반대의견을 명확히 했다.

 -그러하옵니다! 소신도 영상대감의 생각과 같사옵니다.

 좌찬성 신숙주는 정인지의 생각과 같다며 머리를 조아렸다. 반면 도승지 한명회는 조정 대신들의 의견을 경청했을 뿐 작은 미동도 없이 묵묵했다. 세조의 심중을 간파하고 있는 그로서는 굳이 나설 필요가 없었다.

 -경卿들의 생각들을 알았다. 종친들과도 숙의하여야 함이니 근간에 정할 세자책봉을 잠잠히 기다리도록 하라!

 장남인 의경세자를 잃은 슬픔이 고스란히 남아 있었으나 세조는 책봉을 오래 미룰 수가 없었다. 용안에는 자식을 잃은 아비의 진한 고통이 짙게 서려 있었다.

 의경세자의 갑작스러운 죽음을 두고 저자에는 소문이 무성했다. 도성만이 아닌 조선팔도 거개의 민인들은 조카의 왕위를 빼앗은 세조의 죄 때문이라는 소문을 들어 알고 있었다. 하늘의 노함이 없이 내내 무탈하다면 그게 이상한 것이 아니겠냐며 조카의 용상을 찬탈한 죄 때문으로 말미암은 업보라는 항설이 버젓이 나돌기도 했다. 소문은 세조와 공신들의 귀에도 곧 들어갔다. 세조는 부들부들 몸을 떨었다. 소문의 발원지를 은밀히 추적해보라는 엄명을 내렸지만 허사였다. 발이 달리지도 않았으나 소문이란 원래 그런 법이었다.

풍문의 진원지를 찾아내는 것은 불가했다. 누구누군가를 지정하여 억지로 올가미를 씌우는 것이라면 모르겠지만 말이다. 장차 보위를 이을 장성한 세자를 떠나보낸 세조의 심기는 극도로 예민해진 상태였다. 만약 누군가 당장 걸려들기라도 한다면 살을 찢고 살갗을 벗기는 등의 상상을 초월한 고문과 도륙을 직접 자행할지도 모를 일이었다. 세조로서는 자기 행업의 결과라는 것을 받아들일 수가 없었다. 모함이나 조롱의 헛소문으로 애써 여기고 싶을 따름이었다.

결심을 굳혔으나 세조는 마지막까지 고심을 거듭했다. 누가 옹립되든 어차피 자신의 직계혈통이기는 했다. 다만 종사의 안정이 무엇보다 중요했다. 결국은 의경세자의 아우인 해양대군을 세자로 책봉하기로 했다. 여덟 살의 어린 나이였지만 원손인 월산군보다는 네 살 위였다. 혹여 모를 갑작스러운 일로 왕위를 이어받아야 한다면 결코 적은 나이 차이가 아니었다. 차남이어도 해양대군은 세조 자기의 아들이고 적통이라고는 하나 아들을 거치지 않은 손자가 장차 보위를 이어받게 되는 것이 어쩌면 그리 탐탁지 않았는지도 모른다.

세상사란 참으로 모를 일이기에 자신의 압박을 더는 견딜 수 없었던 조카 단종의 양위가 자꾸만 떠올랐을 수도 있었다. 나이 어린 조카의 왕위를 찬탈한 자신의 패악한 궤적의 대가를 어린 손자가 받게 될지 모른다는 두려움을 느꼈을지도 또한 모를 일이었다. 장성한 아들이었던 의경세자의 죽음으로 세조의 심기는 거센 바람을 맞으며 홀로 서 있는 것처럼 흔들거렸다. 강골 찬 기질마저 무너져 내린 듯이 한층 심약해진 것일 수 있었다. 솔직히 저자에 떠도는 소문이 적잖이 거슬렸고 얼마쯤 두려운 것도 사실이었다. 그런 소문들은 세조의 내면에 깊은 상처를 남기고 있었다.

세자빈 수빈한씨와 원손 월산군과 아우 자산군은 궁궐을 떠나 세조의 잠저인 사가私家로 나갈 수밖에 없었다. 월산군은 용상의 길에서 하루아침에 이탈이 되고 말았다. 의경세자가 세상을 떠나지만 않았다면 훗날 부왕 의경세자의 왕위를 이어 용상에 오르는 것은 당연했다. 이처럼 월산군의 운명은 임금의 자리에 있지 않았다. 아들들을 데리고 궁궐을 떠나면서도 수빈한씨는 끝내 눈물을 보이지 않았다. 지아비인 의경세자가 죽지 않고 훗날 보위에 올랐더라면 왕후가 되었을 터이고 먼 훗날에 월산군이 보위에 오른다면 왕대비가 되어 극진한 대접을 받으며 천수를 누리게 될지도 모를 일이었다. 지아비를 떠나보내고 세자빈을 내어놓고 원손을 내려놓은 허망함은 이루 말할 수 없었으나 수빈한씨는 흔들리지 않았으며 모든 것을 빼앗긴 감정을 좀처럼 드러내지 않았다. 엄연한 현실을 받아들여야만 했고 시아버지인 세조가 정한 왕도를 따라야 할 뿐이었다.

―세자빈은 심기를 굳게 하고 월산, 자산군의 훈육과 학문수양에 매진하도록 해야 하느니라.

정희왕후는 가마 앞에서 며느리 수빈의 두 손을 쥐고 눈물을 글썽였다.

―어마마마 부디 옥체 강녕하시옵소서!

수빈의 음성은 축축하게 젖어 있었다.

―전하께서 다른 뜻이 있었겠느냐? 오로지 우리 가문과 사직을 위해 내린 용단이 아니겠느냐!

지난밤에도 친히 빈궁을 찾아 오래도록 머물며 위로를 했던 정희왕후는 안타깝고 미안한 심정을 다시 드러냈다.

―아바마마께서 태평 치세를 열어가실 수 있기를 소원하는 것뿐이옵니다!

―전하와 내가 어찌 수빈의 마음을 모르겠느냐!

―이만 떠나겠사옵니다.

수빈은 깊숙이 허리를 숙인 후에 가마에 올랐다.

―월산, 자산군을 데리고 자주 입궐을 해야 하느니라.

정희왕후는 그럴 수만 있다면 보내고 싶지 않다는 듯 손자들의 등을 연신 쓰다듬었다.

―때때로 입궐을 하여 문후 인사를 올릴 것이옵니다.

수빈은 끝까지 차분한 모습을 잃지 않았다. 수빈한씨는 서성부원군 한확의 딸이었다. 계유정난 당시에 좌찬성이었던 한확은 수양대군을 도와 정난공신 일등에 책록되고 우의정에 올랐다. 더구나 미색이 뛰어난 한확의 누이는 명나라 황제 성조의 후궁이었다. 한확은 명황제로부터

'광록시소경'이라는 벼슬을 하사받기까지 했다. 그러한 배경으로 인해 조정에서 한확의 위세는 막강할 수밖에 없었다. 세조가 용상에 오른 직후에는 왕위찬탈을 양위라고 설득하기 위해 명나라에 다녀오기도 했다. 그런 연유 때문에 세조와 정희왕후는 한확의 집안을 가벼이 생각할 수 없었고 공功을 소홀히 여길 수도 없었다. 내재되어 있는 수빈한씨의 당당함도 가문의 뒷배경과 무관치는 않았다.

공신들은 잔인했다. 그들은 근원적인 염려를 제거하기를 원했다. 연일 주청하며 결단을 압박했으나 세조는 받아들이지 않았다. 단종을 위해서가 아닌 자신을 위해서였다. 안평, 금성대군과 혜빈 그리고 일일이 기억조차 할 수 없는 이복형제와 조카들까지 골육지친들을 더는 죽이고 싶지 않았다. 더구나 단종은 여느 조카와는 그 의미가 달랐다. 어리지만 부왕 세종과 형님 문종으로 이어진 적통 왕위를 이어받았던 임금이었기 때문이다. 솔직히 하늘이 두렵기도 했거니와 지하에 잠들어 있는 선대임금들의 피맺힌 진노의 음성이 늘상 귓전에 맴도는 것 같기도 해서였.
하지만 공신들은 멈추지 않았다. 그들 또한 자신들을 위해서였다. 단종이 살아있는 한 누군가에 의해서라도 복위 기도는 계속 꾀해질 수밖에 없을 것이며 만에 하나 용상의 주인이 도로 바뀌기라도 한다면 자신들은 필시 능지처참을 당할 것이고 멸문지화를 면할 수 없다는 것을 익히 알고 있어서였다. 영의정 정인지, 좌의정 정창손, 도승지 한명회 등은 단종이 살아있는 한 공신들인 자신들의 안위를 장담할 수 없을 것을 수시로 토로하기도 했다.

신숙주는 누구보다도 두려웠고 적지 않은 죄책감에 시달리기도 했다. 성삼문을 비롯한 사육신들이 혹독한 국문을 당하며 자신에게 던졌던 일갈들은 그 후로 귓전에서 떠난 적이 없었다. 집현전 학사 시절에 세종임금이 어린 세손을 안고 궐내를 산책하다 만날 때면 훗날 세손이 보위에 오르게 되면 그대들이 보필을 잘하여 성군이 되도록 해야 한다는 당부는 신숙주의 가장 고통스러운 기억이었다.

  신숙주는 차라리 그 고통의 줄기를 끊어내고 싶었다. 그럴 수만 있다면 변절의 기억조차도 잊고 싶었다. 누구에게도 내색한 적은 없었으나 죄책감으로 인해 밤잠을 설친 적이 하루 이틀이 아니었다. 그러함에도 이미 어느 사이엔가 세조의 최측근이 되었고 돌이킬 수 없는 행로를 깨달은 신숙주는 주군 세조의 영예스러운 치세를 위해 온전히 자신을 바치리라고 다짐했다. 단종을 살려둘 수 없는 신숙주의 자기 의미부여였다.

  세조는 마침내 단종에게 사약을 내릴 것을 명했다. 세조는 공신들의 뜻을 끝내 꺾을 수 없었다. 아니 어쩌면 더는 꺾고 싶은 마음이 없었는지도 모른다. 어차피 단종이 세상에 없어야 더 이상의 변고가 없으리라는 것을 세조가 모를 리는 없었다. 절실했으나 원성의 농도를 낮추고 죄책감과 두려움을 얼마쯤 희석시킬 기한이 필요했기 때문일 수 있었다. 겉으로 대놓고 드러내지는 않았으나 대신들은 안도하며 반겼다. 나라는 부귀영화를 함께 누려야 하는 세조와 자신들만의 나라여야 했다. 누군가에 의해 흔들리거나 빼앗기는 것은 절대 용납할 수가 없었다. 자신들이 바로 찬탈의 경험자들이기 때문이었다. 기어이 단종의 목숨을 거두라는 어명을 내린 세조는 괴로웠으나 반면 후련하기도 했다. 하늘에 두

개의 해가 있을 수 없듯이 나라에 두 임금이 있을 수는 없다는 생각을 거듭 곱씹었다. 종사를 위해서도 실로 어쩔 수 없는 결단으로 스스로 여겨야 했다.

　강골의 세조였으나 결심을 굳히기까지는 심정적으로 거센 격랑의 파고에 시달려야만 했다. 결론에 도달한 것과 결심은 전혀 달랐다. 선왕 세종과 모후 소헌왕후가 어린 세손을 번갈아 품에 안고서 좋아하던 모습은 특히나 지워지지 않는 잔영이었다. 그렇게 자신의 왕도에 가로놓인 걸림돌을 제거하기 위한 결심을 내리기까지 세조는 극심한 내면의 몸살을 앓아야 했다. 하지만 찬탈한 용상을 도로 내어놓을 수는 없었다. 괴로움은 별개였고 일그러진 욕망은 안개처럼 사라질 수 있는 것이 아니었다.

　영월 관헌은 단종을 사사賜死하라는 어명이 내려진 것을 미처 알지 못했다. 금부도사 왕방연이 임금의 명을 받들어 유시酉時 전에 당도한다는 인근 현감의 기별에 관아는 술렁이기 시작했다. 단종이 청령포로 유배 길에 올랐을 때 호송 임무를 맡았던 것도 왕방연이었다. 노복들에 의해 귀에 들어가면 모를까 영월부사는 차마 단종에게 미리 알릴 수가 없었다. 서둘고 싶지 않은 마음 때문이었는지 왕방연은 유시酉時 직전에야 영월 관아에 도착했다. 그런 사실을 알 길 없는 단종은 관풍헌의 방에서 서책 읽기에 몰두해 있었다.

　-어명을 받은 금부도사가 당도했다 하옵니다. 노산군께옵서는 어명을 받드시지요!

　관헌의 아전이 단종의 방 앞에서 떨리는 목소리로 더듬더듬 아뢰었다.

　-채비하고 나갈 것이니 그리 알겠다고 일러라.

아전이 아뢰는 말에 이내 숨이 멎은 것처럼 단종은 작은 미동도 없이 눈앞의 벽면에 시선을 고정했다. 잠시 그 상태로 있던 단종은 천천히 일어나 익선관과 곤룡포를 갖추어 쓰고 입었다. 단종은 이승에서의 숨이 끝나가고 있음을 직감했다. 복위계획이 실패로 돌아가고 금성숙부가 사사되었다는 소식을 들었을 때 어쩌면 자신도 오래지 않은 어느 날에 죽음을 맞이하게 될지 모른다는 생각을 했었다.

금부도사 왕방연은 관풍헌의 대문 안으로 감히 발을 들여놓지 못하고 계속 머뭇거렸다. 그러자 옆에 있던 나장이 유시酉時에 사약을 내리라는 어명을 받들어야 한다며 안으로 속히 들어갈 것을 재촉했다. 그제야 왕방연은 떨어지지 않는 발걸음을 떼어 안으로 들어가 뜰 가운데 엎드렸다.

-어명을 받들어왔다면 내가 어명을 받아야 하는 것이 아니냐?

의복을 정제하고 밖으로 나온 단종은 엎드려 있는 금부도사 왕방연의 심정을 헤아리는 기색으로 내려다보았다.

-…….

왕방연은 아무런 대답도 하지 못했다. 그때 나장이 재빠르게 돗자리를 펴고 그 위에 작은 상을 내려놓았다. 죽을 각오를 하고 있었다 해도 임박한 죽음의 찰나를 떠올린 단종의 낯빛은 금세 창백하게 변해갔다. 형언할 수 없을 만큼 죽음이 두려웠다. 하지만 그대로 정신을 놓칠 수는 없었다. 단종은 한양 쪽을 향해 천천히 큰절을 올렸다. 세조가 아닌 선왕인 문종에게 올린 절이었다. 청계천의 영도교에서 마지막으로 눈에 넣었던 정순왕후를 이승에서 다시 볼 수 없이 유배지인 영월 땅에서 이렇게 죽어가야 한다고 생각을 하니 주체할 수 없을 만큼 서러움이 밀려들었다. 단종의 눈에서 굵은 눈물이 하염없이 흘러내렸다.
　맡은 임무를 수행해야 하는 금부도사 왕방연이 부질없이 교지를 읽어 내려갔다. 노산군에게 사사賜死의 어명을 내린다는 결론이었다. 단종은 사약이 담겨 있는 사발 대접을 선뜻 집어 들지 못했다. 죽음은 실로 두려웠다.
　-노산군께옵서는 속히 어명을 받드시오!
　내키지 않았으나 왕방연은 재촉을 할 수밖에 없었다. 차라리 빠른 결말이 서로에게 덜 고통스러울 것 같다는 생각이 들기도 했다. 하지만 단종은 머뭇거리며 차마 사약을 손에 들지 못했다. 왕방연과 금부나장들 그리고 한발 뒤로 비켜서 있는 영월부사와 아전들 그리고 단종을 시종 드는 노복들이 숨 막히는 눈앞의 상황을 함께 맞이하고 있었다. 바로 그때 시종을 드는 공생 화득이란 자가 갑자기 뒤로 다가가 긴 활줄을 순식간에 단종의 목에 감았다. 그러고는 뒤쪽의 창구멍으로 줄을 빼내어 있는 힘을 다해 잡아당기기 시작했다. 누구도 예측할 수 없었던 그야말로 눈 깜짝할 사이에 벌어진 놀라운 일이었다.
　숨이 끊어지는 극한의 고통 속에서 천지사방이 빙빙 돌았다. 단종의 의식은 점점 가물거리었고 선왕인 문종과 정순왕후, 누이 경혜공주의 모습이 너울너울 높이 떠올랐다가 사라져갔다. 육신의 고통도 더는 느껴지지 않았다. 이윽고 숨이 멎었다. 17세 단종의 비애 서린 짧은 생애는 그렇게 끝이 났다. 1457년 10월 24일이었다.
　공명에 눈이 멀었다 해도 활줄로 목을 졸라 단종의 숨통을 끊은 공생 화득은 패륜을 저지른 대가를 즉각 받고야 말았다. 천인공노할 일을 자행하고 나서 감당할 수 없을 만큼의 두려움에 휩싸인 그는 일단 현장을 벗어나고 싶은 본능에 재빨리 발걸음을 옮겼다. 하지만 그는 관풍헌의 통문을 빠져나오기도 전에 쓰러졌고 그의 몸 아홉 구멍에서는 피가 흘러나왔다. 기이한 현상에 그 자리에 있던 자들은 모두가 몸을 떨었다. 단종의 곁에서 시종을 들던 자로서 하늘의 진노를 피할 수 없었던 그는 그렇게 즉사를 하고 말았다. 하늘이 대노大怒한 것이 틀림이 없는 것 같았다. 잠잠했던 하늘에서 이내 폭우가 쏟아져 내리기 시작했다. 연달은 뇌성은 천지를 가를 것처럼 컸다. 단종의 시신 위로 거센 비가 쏟아져 내렸다. 금부도사 왕방연과 나장 그리고 영월부사와 아전들은 크나큰 두려움에 떨어야 했다. 그러했음에도 어명은 완수해야 했다. 단종의 시신은 동강에 버려졌다.

비운의 어린 임금은 죽음 이후도 비참하기만 했다. 시신을 건져내어 장사를 지내주고 싶은 민인들의 마음은 모두가 간절하였으나 누구도 선뜻 손을 대는 사람은 없었다. 노산군의 시신을 거두는 자는 삼족을 멸한다는 어명이 내려져서였다. 세조와 공신들은 정녕 하늘이 두렵지도 않은 것 같았다. 역모를 꾀했기 때문에 역적의 시신은 거두지 않는 것이 국법이란 뜻이었다. 그리 몰아가야 자신들의 행위를 정당하게 만들 수 있으리라 생각했을 테니 말이다. 참으로 천벌을 받을 만행이 아닐 수 없었다. 단종의 시신은 물살에 떠내려가지 않고 제자리를 맴돌았다. 수면 위로 희고 고운 손마디가 떠오르기를 반복했다.

영월호장 엄흥도는 결연한 의지를 굳혔다. 설령 발각되어 삼족이 멸

한다 해도 가엾은 어린 임금의 시신을 그대로 강물에 버려둘 수는 없었다. 엄홍도는 날이 어두워지자 아들 삼 형제를 불러 앉혔다.

―아비 뜻을 따를 수가 있는지 묻고 싶구나?

자신의 결심은 굳혔으니 일족의 목숨을 걸어야 하는 일이기에 장성한 자식들의 의향을 묻지 않을 수 없었다.

―소자는 아버님의 뜻을 따를 것이옵니다!

장남은 일말의 망설임도 없었다.

―임금님을 저렇게 버려둘 수는 없습니다. 그자들은 천벌을 받을 것이옵니다.

차남의 목소리에는 분노가 깊게 박혀 있었다.

―옳은 일을 하다가 화를 입는 것은 달게 받으면 되는 것이 아니더냐?

한 가닥 깔려 있던 두려움을 마저 떨쳐내듯 엄홍도는 고개를 크게 주억였다. 날이 어두워지기를 기다렸던 엄홍도와 아들 삼 형제는 주위를 살피며 은밀히 동강으로 향했다. 다행히도 단종의 시신은 버려진 물가에 그대로 뜬 채 있었다. 엄홍도와 아들들은 시신을 수습하여 인근의 산으로 올라갔다. 눈이 쌓여있는 산속에 거세게 눈보라가 휘날렸다. 시신을 묻을 만한 맨땅을 쉽사리 찾을 수는 없었다. 그때 주변에 앉아 있던 노루 한 마리가 놀라 달아나는 것이 보였다. 노루가 앉아 있던 자리에는 눈이 녹아 있었다. 망설이던 엄홍도는 사람 눈에 띄지 않도록 더 깊은 골짜기로 들어가려 했다. 그런데 마치 고정을 해놓은 듯 관이 얹혀 있는 지게가 갑자기 움직여지지 않았다. 힘을 써 움직이려 해도 허사였다. 엄홍도는 하늘의 뜻이라 여겼다. 노루가 앉아 있던 자리에 단종의 시신을 정성껏 암장했다. 정말이지 하늘은 민초들의 마음과 닿아 있는 것 같았다. 영월호장 엄흥도에 의해 그렇게 단종은 가까스로 땅에 묻힐 수 있었다.

단종이 죽음을 맞은 지 사흘이 지나서야 정순왕후는 소식을 듣게 되었다. 금성대군이 복위 거사를 꾀하다가 발각되어 사사되었다는 소문은 들어 알고 있었으나 설마하니 단종의 목숨까지 빼앗지는 않으리라 여겼다. 정순왕후는 실제 혼이 빠져나간 사람 같았다. 지아비 단종의 죽음이 사실로 여겨지지 않았다. 단종이 영월로 유배를 떠나던 날 궁궐에서 나온 정순왕후는 따라 나온 궁녀 셋과 동대문 밖 초막에서 극빈하게 기거를 하고 있었다. 정순왕후는 정신을 미처 추스르지도 못한 채로 초막 뒤편의 동망봉으로 미친 듯이 올라갔다. 그리고 동쪽을 바라보며 한 맺힌 서러운 통곡을 시작했다. 그처럼 세상을 떠난 지아비 단종이 너무도 가엾고 애처로웠고 죽을 만큼 사무치게 보고 싶었다. 숨을 거둔 그 찰나의 순간에 자신을 떠올리며 눈을 감았을 지아비를 생각하니 피눈물이 쏟아지고 가슴이 찢어지는 것만 같았다. 미어지는 가슴을 손바닥으로 수없이 쳐댔다.

서로 어린 나이에 국혼을 치르고 삼 년여를 함께 살아온 날들이 주마등처럼 떠올랐다. 살얼음판에 서 있는 것 같은 불안감과 두려움에 하루하루를 떨며 지내면서도 서로 의지하고 위해주었던 부부의 인연이 참으로 서럽고도 애틋하게 여겨졌다. 정순왕후의 통곡은 더욱 커져만 갔다. 제아무리 긴 세월이 흐른다 해도 세조와 공신들의 잔인무도한 악행을 도무지 용서할 수 없을 것 같았다. 오로지 저주스러울 따름이었다. 그들이 쳐놓은 올가미에서 헤어날 수 없었기에 항시 죽음의 그림자에서 벗어나지 못하고 시달렸을 것을 생각하며 차라리 영원한 안식의 길로 들어간 지아비 단종의 명복을 빌었다. 부디 영혼의 숨만은 편히 쉬기를 피눈물을 쏟아내며 빌고 또 빌었다.

영양위 정종의 목숨도 경각에 달리고 말았다. 처남인 단종의 원한을 풀어주어야 한다는 신념으로 세조를 도모하려는 계획이 발각된 것이다. 정종은 죽음을 피할 수 없었다. 이미 단종의 목숨마저 거둔 세조와 공신들에게 반역죄인인 정종의 목숨은 고민의 대상이 되지도 않았다. 유배지인 광주에서 한양으로 압송되어온 정종은 경혜공주가 너무도 보고 싶었다. 경혜공주에게 아이가 생겼다는 소식을 전해 들었던 정종은 공주와 아이와 함께 조용히 살고 싶다는 생각을 했었다. 하지만 그것은 죽음을 두려워하기에 생긴 삶의 연연이 아니었다. 세조의 손에 의한 죽음을 벌벌 떨며 맞이하고 싶지는 않았다. 단지 경혜공주와 태어날 아이를 끝내 보지 못하고 세상을 뜨는 것이 애통할 따름이었다.

정종의 손발을 묶은 밧줄이 네 대의 수레에 나뉘어 단단히 묶였다. 돈의문 밖 군기시 앞에서 거열형에 처해지고 있었다. 정종은 능지처참을 목전에 두고도 의로운 기색을 잃지 않았다. 문종의 부마로서 경혜공주의 부군으로서 그리고 단종의 자형으로서, 두려웠으나 떨리는 기색을 겉으로 드러내 보이고 싶지는 않았다. 몸이 갈라지고 숨통이 끊어져도 자신의 마지막이 조금도 심약하지 않은 당찬 모습이었다, 라고 조카의 왕위를 찬탈한 세조에게 똑똑히 전해지도록 하고 싶어서였다.

-수양은 들어라! 내 비록 육신은 네놈에 의해 찢기나 내 혼백은 살아남아 매일 밤 네놈의 꿈자리를 괴롭힐 것이다. 또 네놈의 자손들도 반드시 가만히 두지는 않을 것이니 두고 보거라.

정종은 사지가 묶인 채로 누워 눈을 부라리며 큰소리로 저주를 퍼부었다. 거열형을 집행해야 하는 금부 나졸들마저도 등줄기가 서늘해지는 기분이 되었다. 먼발치에서 숨어 지켜보는 도성 민인들 중에는 안타까운 심정으로 눈물을 훔치는 이들도 있었다. 금부도사의 신호로 수레가 움직이기 시작했다. 단말마와 같은 비명과 함께 정종의 몸통에서 팔다리가 떨어져 나갔다. 찰나와도 같은 정종의 의식 속에서 아이를 수태한 경혜공주의 모습이 떠올랐다가 사라졌다.

잔혹한 방식으로 지아비 정종이 죽음을 맞이했다는 소식을 전해 들은 경혜공주는 혼절하고 말았다. 정종이 모역죄를 쓰고 유배를 당할 때 경혜공주는 순천 관아의 노비로 전락을 했다. 견디기 어려운 고통 속의 나날들을 이겨낼 수 있었던 것은 배 속의 아이와 오래 걸리지 않는 날에 지아비 정종을 만날 수 있으리라 믿고 있었던 때문이었다. 처음에는 하루아침에 노비가 되어 있는 자신의 처지가 사실로 믿기지 않았다. 꿈이 아닐까 싶을 정도였다. 조부인 세종이 금지옥엽 아끼고 예뻐하던 손녀였으며 부왕인 문종의 사랑은 어느 표현으로도 부족할 정도였다. 그러했던 경혜공주였으나 처지 때문에 모욕을 당하기도 했다. 노비의 신분은 유지하되 노역은 하게 말라는 세조의 어명이 있었음에도 빗나간 충성인지 일그러진 쾌감의 발로인지 순천부사는 경혜공주에게 노역을 시키려 했다.

―내가 이 나라의 공주였거늘 부사인 네가 감히 나를 능멸하려 드는구나. 이날의 너의 처사를 내 잊지는 않을 것이다!

경혜공주의 권위는 부박한 지방 수령의 권세를 압도하고도 남았다. 당황한 순천부사는 어찌할 바를 몰랐다. 죄인으로 당장은 노비의 신분이라 해도 공주였으며 임금의 누이였고 임금의 조카였다. 함부로 여기고 대해서는 안 될 귀인임을 부사가 잠시 망각한 것이다. 지아비 정종의 참혹한 죽음을 맞이했으나 경혜공주는 몸과 마음을 망가뜨리며 생을 포기할 수는 없었다. 배 속의 아이를 위해서 살아야 했고 어떻게든 살아남아 아이를 건사하고 키워내어야 한다는 생각에서였다. 그것이 지아비 정종을 위하는 길이라 여겼다. 그러했기에 숙부 세조에 대한 증오와 저주는 등 뒤로 감추어놓을 수밖에 없었다.

평민의 삶은 고단했다. 하루하루의 생계를 위해 고단할 정도로 몸을 움직여야 했다. 궁궐에서 따라 나온 시녀들과 굶지 않고 살아갈 수 있는 생활에 정순왕후는 그마저도 감지덕지했다. 세조가 내려주겠다는 집과 의식衣食은 받아들이지 않았다. 궁궐의 제용감濟用監에서 일을 배운 적이 있는 시녀의 염색 일을 도와 근근이 살아가고 있었다. 아침에 눈을 떠 잠자리에 들 때까지 아니 꿈속에서조차 정순왕후의 마음은 언제나 영월의 단종에게 향해 있었다. 이미 죽어 어느 산속에 묻혔다는 것을 알고 있지만 애통한 그리움은 조금도 줄어들지 않았다.

―마마, 며칠만이라도 오르는 것을 미루시면 아니 되옵니까?

염색 일을 맡아 하는 시녀가 근심스러운 듯 들릴 듯 말 듯 만류를 했다. 부쩍 허약해진 정순왕후가 염려되어서였다.

-나 때문에 고생들이 많으니 참으로 미안들 하구나!

정순왕후는 눈물이 고여 축축해진 눈을 보이지 않으려 고개를 돌렸다.

-마마! 어찌 그리 말씀을 하시옵니까. 목숨이 붙어 있는 한 저희는 마마를 모실 것이옵니다.

시녀는 머리를 조아리며 몸 둘 바를 몰라 했다.

-고맙구나!

-제발 그리 말씀 마시옵소서.

시녀는 염색 천을 챙겨 들고 마당으로 나갔다. 정순왕후는 초막을 나서 동망봉으로 올라갔다. 영월 땅이 있는 동쪽을 하염없이 바라보고 서 있던 정순왕후는 비통하게 죽어간 단종임금을 떠올리며 애통한 눈물을 흘리기 시작했다. 수많은 나날이 흐른다 해도 도무지 눈물샘은 마를 수가 없을 것 같았다. 그럴 수만 있다면 당장 영월 땅으로 날아가 어느 산속에 묻혀 있다는 지아비 단종의 육신을 파내어 죽은 모습이어도 사무치게 보고 싶었고 손을 잡아보고 싶었다. 하지만 그럴 수 없는 처지가 비통한 정순왕후의 울음은 이내 통곡으로 변해갔다.

통곡 소리는 겨울 아침의 냉기를 예리하게 가르며 허공으로 울려 퍼졌다. 차가운 땅바닥에 쓰러지듯 앉아 손바닥으로 땅을 한 번 치고 절통한 심정으로 가슴을 한 번 쳤다. 소리를 들은 아랫마을 부녀자들도 같은 여인의 심정으로 땅을 치고 가슴을 치며 함께 통곡을 시작했다. 정순왕후의 원통함을 헤아리고도 남기에 애간장이 녹는 마음으로 위로하기 위함이었다. 정순왕후는 동망봉을 내려오면서 단정코 죽어서도 용서하지 않으리라고 세조를 저주했다. 반드시 그리할 것이라며 굳은 다짐을 했다.

# 천형天刑

　　　　　　　　　단종을 비롯해 복위를 꾀하려던 일
파들은 더는 이 세상 사람들이 아니기에 온전히 태평성대가 열리고 심
신도 더없이 편해질 것으로 여긴 것은 세조의 착각에 불과했다. 세조의
온몸에 식은땀이 흥건했다. 잠에서 깨어났건만 등줄기의 서늘함이 조금
도 가시지 않는 악몽이었다. 은근한 두려움에 울화가 치밀기도 했다.
　-전하, 어디가 편치 않으시옵니까. 왜 그러시옵니까?
　중전 윤씨가 근심스러운 듯 물었다.
　-아니오! 그런 게 아니오.
　세조는 마른 천으로 이마와 목덜미의 식은땀을 닦아내며 고개를 가
로저었다.
　-어의를 부르라 할까요?
　-괜찮으니 그럴 것은 없소!
　-금침에도 땀이 흥건하게 배어 있지 않으옵니까?
　까닭을 알 수 없는 중전 윤씨는 당황하며 답답해했다. 세조는 일어
나 앉은 채로 골똘히 생각에 잠겼다. 내 아들을 죽일 것을 알았기에 내
가 먼저 네놈의 아들을 죽인 것이니라. 두고 보거라. 내 저주는 그것으

로 끝난 것이 아니니라……. 낮잠을 자고 있던 세조의 꿈에 현덕왕후가 나타나 목을 조르고 저주를 퍼부으며 몸에 침을 뱉고 사라진 것이다.

−여봐라! 내일 날이 밝는 대로 노산군 생모의 무덤을 파헤쳐 없애버리고 신주 또한 내쳐버리도록 해라.

일그러진 세조의 용안에서 서늘한 적의가 흘러내렸다.

−……분부를 받들겠나이다.

침소 밖에서 당직을 서던 내관은 영문을 몰라 순간 당황해하다가 당직을 서는 승지에게로 달려갔다. 조카의 용상을 빼앗아 소원대로 그 자리에 올라앉았으나 세조의 심기는 여전히 불안하기만 했다. 그러했음에도 세조는 조카의 왕위찬탈을 후회한 적은 없었다. 형수인 현덕왕후의 무덤을 파헤쳐 없앤다는 것은 두려움을 이겨내기 위한 자기방어일 뿐이었다.

공신들이 주축인 조정은 어명을 충실히 이행하면 될 일이었다. 누구도 반대하며 나서지 않았다. 문종과 그 아들 단종이 이 세상에 살아있는 것도 아니니 어차피 죄책감이 느껴질 것도 없었다. 무덤을 파헤치든 말든 그리 관심을 기울일 일도 아니었다. 이튿날, 명을 받은 관원들은 안산으로 내려가 현덕왕후의 소릉을 파헤치기 시작했다. 땅속에서 관을 꺼내 뚜껑을 열려 했지만 무슨 연유인지 뚜껑은 끝내 열리지 않았다. 생전 보지 못한 기이한 현상에 관원들은 등골이 오싹해질 수밖에 없었다. 보고를 받은 세조는 관을 불에 살라버리라는 명을 내렸다. 하지만 이번에는 갑작스러운 뇌성과 함께 폭우가 쏟아지기 시작했다. 관원들은 불안에 떨며 기다렸으나 비는 그칠 줄을 몰랐다.

승정원으로부터 다시 보고를 받은 세조는 관을 강물에 던져버리라 했다. 강물에 던져진 관은 물속으로 가라앉지도 떠내려가지도 않고 주위를 맴돌았다. 관원들의 두려움은 이루 말할 수 없을 정도가 되었다. 다음 날 밤이 되어서야 세조의 패륜을 통탄해하던 지순한 고을 농부가 아무도 모르게 관을 건져내어 강기슭의 양지바른 언덕 위에 묻어주었다. 영월호장 엄홍도가 동강에서 단종의 시신을 건져내어 산속에 장사를 지내주었던 것처럼 강물에 버려진 단종의 생모 현덕왕후의 관도 고을 민인이 건져내어 장사를 지내주었다. 민인들의 마음이 하늘에 닿아 있다 해도 과언이 아니었다.

꿈속에서 현덕왕후로부터 침 뱉음을 당한 이후로 세조는 온몸에 번진 부스럼으로 항시 고통을 받고 있었다. 피고름이 흘러나오고 그 부위의 살이 썩기도 하면서 극심한 가려움과 통증은 밤낮으로 세조를 괴롭혔다. 어의御醫가 극진히 환부를 살펴 마시고 바르는 약을 써도 일체 효험을 보지 못할 정도로 백약이 무효였다. 세조는 잠을 이루지 못하고 뒤척이다 일어나 앉았다. 밤이 깊은 축시丑時였다. 지속적인 고통 탓에 세조의 용안은 적잖이 초췌했다. 세조는 깊은 상념에 빠져들었다. 혈육과 대신들을 비롯하여 참으로 많은 이들의 목숨을 빼앗았던 것을 새삼 깨닫고 곱씹었다. 그렇다면 이것도 정녕 지은 죄의 대가란 말인가 하며 자신도 모르게 탄식을 쏟아내기까지 했다.

의경세자가 허무하게 세상을 떠났을 때 내심으로 자신의 업보가 아닐까 하는 생각이 들기도 했었다. 하지만 누구에게도 그러니까 중전인 정희왕후에게도 일말의 그런 생각을 내 비추었던 적은 없었다. 침을 뱉으며 네 아들을 죽인 것으로 끝난 것이 아니라던 현덕왕후의 저주가 또다시 떠올랐다. 능을 파헤쳐 없애고 종묘에서 신주를 내쳤지만 후련하기는커녕 심기는 여전히 불안했고 어딘지 모를 두려움은 커져만 가고 있었다.

그러하다 해도 세월을 되돌릴 수는 없는 노릇이었다. 역란을 일으켜 김종서 등의 대신들을 죽인 것과 조카 단종을 견딜 수 없을 만큼 겁박하여 양위를 받아낸 것과 형제인 안평, 금성대군을 역모에 가담한 것으로 몰아 죽이고 급기야 단종을 노산군으로 강봉하여 유배하였다가 사사賜死한 것을 별안간 불쑥 후회한다고 할 수는 없었다. 이승에서의 생이 끝나는 그러니까 숨통이 끊어지기 직전에야 씻을 수 없는 죄를 혹 후회하고 있다고 고백하게 될지는 모를 일이지만 말이다. 세조의 괴로움은 커져만 갈 수밖에 없었다.

발이 없어도 풍문은 정처 없이 잘도 떠돌아다녔다. 온몸에 퍼진 심한 부스럼으로 인해 세조가 죽을 만큼 고통스러워한다는 소문은 정순왕후의 귀에도 들어왔다. 하지만 목숨이 붙어 있는 자의 견딜 만한 병쯤으로밖에는 여겨지지 않았다. 살아있을 적의 지아비 단종의 고통과는 감히 비교할 수 없다는 생각이었다. 의경세자의 죽음부터가 세조가 지은 죄의 업보가 시작된 것이라는 생각을 했다. 시녀의 염색 일을 도우며 구해온 양식으로 때로는 주어온 채소거리로 반찬을 만들어 끼니를 해결하여도 꿋꿋하게 살아가고 있다는 소식이 세조의 귀에 종종 들어가게 하고 싶었다. 주어진 생을 견디지 못해 허우적대거나 혹여 몸이 병약해져 오래 살기 어렵다는 등의 변변치 못한 근황이 전해지는 것은 정말 참을 수 없을 것 같았다.

 기실 이승에서 오래 살고 싶은 마음은 추호도 없었다. 허망하게 먼저 떠난 지아비를 생각하면 당장이라도 죽어 저승으로 날아가 만나고 싶었다. 차라리 세상 고통 없을 그곳에서 지아비 단종과 늘 서로 바라보고 손을 잡고 그렇게 지내고 싶었다. 하지만 그럴 수는 없었다. 빠른 해후도 좋겠지만 이대로 자신마저 훌쩍 세상을 떠나는 것은 세조에 대한 증오와 저주가 흔적도 없이 어디론가 사라질 것만 같아서였다. 세조의 찬탈과 만행을 이승에서 오래도록 기억하고 그 대가들을 똑똑히 지켜보아야 한다는 생각이었다. 세조가 극심한 부스럼으로 고통스러워한다지만 정순왕후는 냉소하며 비웃을 따름이었다.

 자신을 속일 수는 없었다. 이면에 감추어져 있는 죄책감은 시일이 더해갈수록 커져만 갔다. 세조는 혼자서 중얼거릴 때가 많아졌다. 곁에서 제대로 알아들을 수는 없었지만 그건 분명 자기 탓을 하는 소리였다. 대놓고 드러낼 수는 없으나 불안하고 두려운 자책의 심리를 자신도 모르게 표출하는 것이라 할 수 있었다. 세조는 죄책감을 조금이라도 덜어내고 싶었다. 태평 치세를 위해 혼신을 바치기로 다짐했고 그것만이 해결책이라 믿었다.

 공신들과 종친들도 기꺼이 세조의 뜻을 받들었다. 왕위에 올라서도 숱한 사람들을 죽이고 그 피로써 왕권을 강화하였기에 이제 세조의 왕위를 위태롭게 할 인물들은 없었다. 어쨌든 더는 피바람이 불어올 일은 없었다. 궁궐에서의 법회가 마땅치는 않았으나 조정 대신들은 드러내놓고 반대하지는 않았다. 국태민안國泰民安과 일찍 세상을 떠난 의경세자의 넋을 위로하겠다는 임금의 뜻을 달리 받아들일 수는 없었다.

경회루의 법회는 성대하게 열렸다. 참여한 승려가 백여 명이 넘었고 종친과 대신들도 전부 참석을 했다. 세조의 용안은 여느 때와 달리 평온해 보였다. 세조가 주기적으로 법회를 여는 데는 그만한 이유가 있었다. 단종의 왕위를 찬탈하는 과정에서 죽인 사람들과 용상에 오른 이후에 단종 복위를 꾀하였다가 죽임을 당한 사람들까지 그들 수많은 모든 이들의 넋을 달래고자 하는 이유에서였다. 세조는 그들의 극락왕생을 마음속으로 빌고 또 빌었다. 물론 누구도 세조의 그러한 심사를 눈치채지는 못했다. 그들의 영혼을 달래어 죄책감의 무게가 조금씩 덜어지는 것은 어쩌면 심히 고통스러운 자신의 영혼을 달래기 위한 것일 수 있었다. 그렇게라도 하지 않으면 더는 버티지 못하고 자멸해버릴 것만 같아서였다. 어쨌든 법회를 크게 열어 곡진히 빌고 또 비는 것은 자신이 죽인 자들을 위해서였지만 동시에 자신을 위해서이기도 했다.

경혜공주가 아들과 기거하고 있는 민가에 정희왕후가 찾아왔다. 반년 전에 정희왕후의 간청으로 면천免賤되어 노비의 신분에서 벗어난 경혜공주는 한양 가까운 양근의 고을로 올라와 세조 내외의 보살핌으로 큰 어려움 없이 살아가고 있었다. 정희왕후가 경혜공주에게 더욱 마음을 쓰는 연유는 죄책감에 안쓰러움이 더해져서였다. 세상에 남아 있는 문종의 유일한 혈육이 경혜공주이기 때문이었다. 여자이기에 복위를 꾀할 것도 누군가가 부추길 것이 없어 세조를 불안하게 할 리가 없었기에 정희왕후로서는 한결 수월하게 경혜공주를 생각할 수 있었다.

―아이를 나한테 맡기는 것이 어떠하겠느냐? 내가 궁궐에서 잘 키워

줄 것이다.

정희왕후는 염려 서린 표정을 지으며 앞에 앉아 있는 아이를 바라보았다.

-하지만 그리하는 것은…….

경혜공주는 말끝을 잇지 못하고 돌연 갈등에 사로잡히는 듯했다.

-이런 곳에서 이렇게 살아서는 앞길이 보일 수 있겠느냐? 궁궐에서 학문도 제대로 익히게 할 것이니라.

진심이라는 듯 정희왕후는 아이의 손을 잡아 어루만졌다.

-너무 급작스러워 어찌해야 할지를 모르겠사옵니다!

-숙모를 믿지 못하는 게냐?

-그런 게 아니오라…….

선뜻 결정을 내릴 수 없는 경혜공주는 왕후와 아이를 번갈아 바라보기만 했다.

-아이의 장래만을 생각하면 되느니라. 그것이 중요한 것이 아니더냐!

기어이 확답을 받아내려는 정희왕후의 설득은 조금도 느슨하지 않았다.

-입궐하여 전하께 문안 인사를 올리겠사옵니다.

경혜공주는 아이의 암울하지 않을 장래를 머릿속에 떠올렸다.

-잘 생각하였느니라. 아이를 위해서 그리해야지.

-마마께서 이토록 마음을 써주심이 너무도 고맙사옵니다!

-이레쯤 지나고 입궐토록 하여라. 기다리고 있으마.

-그리하겠사옵니다.

그럼 나는 돌아가마. 그때 보자꾸나.

정희왕후는 아이의 등을 한번 쓰다듬고서 방을 나섰다. 정희왕후를 태운 가마 행렬이 멀어져갈 때까지 경혜공주는 제자리에서 굳은 것처럼 움직일 줄을 몰랐다. 만감 정도가 아닌 이만, 삼만감이 화살처럼 빠르게 교차했고 낙뢰가 등을 훑고 지나간 것처럼 등줄기가 저릿저릿했다. 기쁘고도 슬펐고 슬프고도 기뻤다.

죽어 이 세상을 떠나서도 아니 영원히 윤회하여 소멸 없는 한 점의 혼으로 존재하는 한 세조를 향한 저주를 멈추지 않을 것이라고 굳게 다짐하며 곱씹어 왔었기 때문이었다. 동생인 단종의 왕위를 빼앗고 유배하여 기어이 죽인 것과 복위를 꾀한 죄로 지아비 정종을 거열형에 처해 사지를 찢어 죽인 철천지원수인 세조가 은혜를 베풀 듯 내미는 손을 뿌리칠 수 없는 자신의 처지가 죽을 만큼 원망스러울 따름이었다. 세조의 육신을 갈갈이 찢어 죽일 수 있어야 원한의 절반쯤이 사라지지 않을까 싶을 정도였다. 그랬기에 세조의 죄책감이 반감되어지는 제의를 받아들이고 있는 자신의 선택을 통탄해야 했다.

그러했음에도 어미이기에 아이의 일생을 깊이 헤아리지 않을 수는 없었다. 유일한 혈육이며 아들인 아이의 장래를 위한 모정으로 경혜공주는 동생과 지아비를 죽인 원수가 내밀고 있는 손길을 차마 거부할 수는 없었다. 세조의 치하에서 크게 출사할 수는 없다 해도 평온한 생을 이어가기를 바라는 마음이었다. 외손이어도 문종의 직계손이며 단종의 조카이고 영양위 정종의 아들이란 그 사실이 자칫 얼마나 위험하고 힘겨울 수 있는지를 경혜공주는 너무도 잘 알고 있었다. 산사람은 살아야 한다는 의미를 인정하고 싶지 않아도 선택의 여지가 없는 현실을 맞이하고 있을 뿐이었다. 방 안으로 들어와서도 경혜공주는 반쯤 넋이 나간 사람 같았다. 어찌 되었든 세조를 용서할 수는 없었다. 그것은 영원불변이었다.

　죽는 날까지 입궁할 수 없을 것으로 여겼었기에 눈에 들어온 성곽과 도성 문이 몹시 낯설게 느껴졌다. 지난날의 숱한 기억들이 빠르게 뇌리를 스쳐 갔다. 마중 나온 상궁을 앞세워 중궁전으로 갔다.

　-어서 오너라. 참으로 오랜만에 너를 보게 되는구나!

　반갑게 맞이하는 세조의 음성은 떨렸다.

　-오랜만에 문안 인사를 올리옵니다!

　경혜공주는 불쑥 치밀어 오르는 슬픔을 가까스로 참아냈다. 곤룡포를 입은 세조의 모습에 일찍 승하한 부왕 문종과 동생 단종의 생전 모습이 겹쳐지고 있어서였다. 곤룡포와 용상은 숙부 세조의 것이 아니란 생각에 경혜공주의 눈에는 몹시 낯설기만 했다.

　-이 아이가 경혜의 아들 미수라고 한다 하옵니다.

　정희왕후는 다소곳이 서 있는 아이를 세조에게 소개했다.

　-오! 그러하구나. 이리 오너라.

　세조는 다가온 아이를 품에 안고 머리와 얼굴을 연신 쓰다듬었다. 아이의 얼굴에서 영양위 정종이 보였다. 일순 죄책감이 밀려들었다. 형님인 문종의 외손자이며 형님이 그토록 사랑하던 딸인 경혜의 자식이었다. 세조의 눈자위는 어느새 축축해져 있었다. 경혜가 공주였을 때 자신의 여식인 의숙과는 사촌이었으면서도 친자매와 다를 바 없이 우애 좋은 사이였음을 세조도 익히 알고 있었다. 세조는 탄식하듯 깊은 한숨을 내쉬었다.

　−소첩이 이 아이를 궁에서 키우고 돌볼 것이옵니다.

　정희왕후는 확답을 듣고 싶은 듯했다. 아울러 경혜공주에게도 그러한 것 같았다.

　−그리하시오. 중전이 잘 돌보아주면 경혜도 좋을 것이 아니겠소!

　감정들이 중첩되어 넘쳐나고 있기 때문인지 세조는 소리 없이 눈물을 흘렸다. 일말의 속죄라도 할 수만 있다면 뭐든지 마다하고 싶지 않았다. 일그러진 욕망의 유혹을 끊어내지 못하고 그토록 원하던 것을 쟁취하였지만 그로 인한 고통은 보탑보다도 훨씬 높았다. 하지만 제자리로 돌아갈 수는 없었다. 그러기에는 너무 멀리 지나왔기 때문이었다. 한 가닥의 속죄의 끈이라도 놓칠 수는 없었다. 그렇게라도 해야 죄의식의 무게를 한 줌이라도 덜어낼 수 있을 것 같아서였다.

　어린 자식과의 이별에 애간장이 녹아내렸으나 경혜공주는 이를 악물었다. 어머니의 마음을 헤아리고 있는 것인지 일곱 살의 미수는 울며불며 매달리지 않았다. 흘러내리는 눈물을 손등으로 연신 훔쳐낼 뿐이었다. 어머니와 떨어져 궁궐에서 살아야 하는 연유를 깊이 이해할 수는 없다 해도 그리해야 하는 정황을 어렴풋이 깨닫고 있는 듯했다.

　−궁궐의 법도를 잘 지키면서 학문에 매진해야 하느니라!

　아들의 두 손을 잡아 어루만지는 경혜공주의 눈에도 기어이 눈물이 맺혔다.

　−……알겠습니다. 그리할 것입니다!

　어머니의 가르침을 잊지 않겠다는 듯 미수는 몇 번씩이나 고개를 끄

덕였다. 경혜공주는 아들의 모습을 깊게 눈에 넣었다. 어쩌면 오래도록 볼 수 없을지 모를 일이었다. 어엿하게 장성해갈 아들이 저세상으로 떠난 아버지 정종과 헤어져 지낼 수밖에 없는 어미를 가슴속에 깊이 새기어줄 것을 희원했다. 유일한 혈육인 어린 아들을 두고 떠나야 하는 심정은 형언할 길이 없었으나 아들의 장래를 위해 훗날 만날 것을 기약해야만 했다. 천추千秋의 한恨도 자식의 평탄한 일생을 위해 덮어두어야 하는 기막힌 현실이 너무도 고통스러웠으나 경혜공주에게 선택의 여지는 없었다.

－어미가 보고 싶거든 대신 서책을 읽도록 해라. 그리하면 마음이 편해질 것이니라.

－……그리하겠습니다.

－겸손하고도 의젓한 모습을 갖추어야 하느니라.

－예, 어머니. 명심하겠습니다!

어린 나이임에도 어머니의 슬픔과 염려를 헤아리듯 미수는 눈물을 멈추었다. 어미가 몹시 보고 싶을 때는 한 번씩 만나게 해주겠다는 정희왕후의 다독거림이 귓전에 남아 있었기에 참을 수 있겠다고 생각했을지 모른다. 궁궐에서 수일 기거하며 미수와 함께 지내라는 정희왕후의 권유가 있었으나 경혜공주는 혹여 자신의 마음이 약해질까 염려되었다. 아직 해가 남아 있었으나 경혜공주는 지체하지 않고 궁궐을 나섰다.

경혜공주는 데리고 온 여종을 앞세우고 동대문 밖의 초막집을 찾아갔다. 정순왕후는 기별도 없이 찾아온 경혜공주를 보고 마치 헛것을 본 것처럼 믿기지 않아 했다. 두 사람은 얼싸안고 진한 눈물을 흘렸다. 피

눈물의 해후가 아닐 수 없었다. 잔인한 세월의 비통은 형언할 수가 없을 정도였다. 두 사람은 아무런 말도 할 수 없었다. 어떻게 말을 풀어야 할지 모르는 사람들 같았다. 지켜보는 시녀들도 한없이 눈물을 쏟아냈다. 참으로 가혹한 숙명이 아닐 수 없었다. 경혜공주는 벌써 미수가 죽도록 보고 싶었다. 궁궐로 도로 달려가 품에 꼭 안고 싶었다. 경혜공주는 허름하고 옹색한 초막에서 사람의 온기를 느꼈다. 낮에 머물렀던 구중궁궐에서는 느낄 수 없었던 편한 따스함이었다. 동생 단종이 왕후를 보살피기 때문이라는 생각이 들었다. 그래선지 미수를 생각하면 가슴이 더욱 미어졌다. 하지만 천지신명께 빌고 빌며 참고 견뎌야 했다.

두 사람은 자시子時가 넘도록 잠들지 못했다. 사흘 후에는 또다시 기약 없는 이별을 해야 했다. 경혜공주는 출가하여 정업원에 들어가야겠다는 결심에 변함이 없다고 했다. 숙부 세조에게 기어이 죽임을 당한 동생 단종과 지아비 정종의 명복과 가까스로 살아남은 어린 아들 미수의 평탄한 일생을 위해 밤낮으로 빌고 또 빌 것이라 했다. 애통하게 지아비를 잃은 두 사람의 비련은 구구절절 말이 필요 없었다. 세조를 용서할 수는 없었다.

설령 꿈이었다 해도 세조는 참으로 무도했고 가혹했다. 천지가 개벽을 하여도 동생의 왕위찬탈과 지아비를 죽인 극악한 죄를 용서할 수는 없었다. 거처를 마련해주고 노비와 곡식을 하사하고 자식을 돌보아주겠다 하여 처절하게 도륙당한 한 맺힌 증오와 저주를 멈출 수는 없었다. 오로지 자신이 지은 죄의 무게를 덜어내고 싶은 것이 세조의 마음인 것을 모르지 않았다. 세상을 떠나는 날까지 아니 저세상에서라도 세조를 용서할 수 없는 정순왕후와 경혜공주의 마음은 조금도 다를 수 없었다.

서찰을 품에 넣은 이시애의 심복은 길주를 출발하여 한양을 향해 말을 달렸다. 회령부사를 지낸 함길도의 호족 이시애는 북방출신들을 의심하고 홀대하는 세조의 정책에 불만이 쌓일 대로 쌓여 있었다. 아우 이시함과 매부 이명효 그리고 불만에 차 있던 함길도 호족들을 선동하여 길주에 와있던 함길도 절제사 강효문과 길주 목사 설정신을 죽이고 말았다. 길주를 점령한 이시애는 깊게 숙고할 틈도 없이 붓을 들었다. 1467년 5월이었다.

신숙주, 한명회가 길주 목사 강효문과 짜고 역모를 꾀하였고 그것을 알게 된 신이 강효문, 설정신, 김익수를 베어 죽이었습니다.

이시애는 조정의 교란을 유도하기 위해 계책을 꾸몄다. 이시애의 고변서로 인해 조정은 발칵 뒤집혔다. 세조는 치를 떨었다. 지금까지도 자신의 왕위에 반감을 갖는 무리들이 있다는 것에 세조의 분노는 극에 달했다. 고변을 반신반의하였으나 의심이 많은 세조는 일단 신숙주와 한명회를 옥에 가두라 명을 내렸다.

―전하, 어찌 신들이 그러한 마음을 품을 수가 있겠사옵니까? 신들의 충정을 깊이 헤아리시는 전하께서 역심을 품은 변방 수령의 간계를 깨닫지 못하고 이처럼 신들을 의심하시는 것이옵니까. 참으로 억울한 처사이옵니다.

억울한 누명에 신숙주는 한껏 목청을 높여 항변했다.

―신들은 오로지 전하의 태평 치세와 종사의 안정을 위해 충심으로

전하를 보필해왔사옵니다. 하온데 어찌 신들이 그러한 생각을 품었으리라고 여기시는지 이해할 수가 없습니다. 통촉하소서.

공신 중의 일등공신인 한명회는 극도로 서운한 감정을 겉으로 드러내지 않으려 일단 애를 썼다. 그러나 세조는 어명을 번복할 생각이 없었다. 물론 두 사람의 강변처럼 의심이 믿음을 덮는 것은 아니었다. 다만 신숙주와 한명회의 과도한 영향력은 얼마쯤 위축시킬 필요가 있다고 여겼기 때문이었다. 제아무리 공신들이라 해도 그들에 의해 왕권이 흔들리는 것은 용납할 수가 없었다.

반란은 이시애가 독단으로 일으킨 것으로 밝혀졌다. 모함을 받고 갇혀 있던 신숙주와 한명회는 이십여 일 만에 풀려났다. 세조에 대한 두 사람의 충심이 이후로도 변함이 없을지는 알 수 없는 노릇이었다. 더구나 신숙주는 갇혀 있던 동안 함길도 관찰사로 있던 둘째 아들 신면이 이시애의 반란군에게 목숨을 잃었으니 깊은 비통에 빠져들 수밖에 없었다. 세조는 공신들 대신에 종친인 조카 귀성군 준浚을 병마도총사로 삼았다. 또 강순과 어유소와 남이를 토벌대장으로 임명하여 이시애의 반란군을 토벌토록 어명을 내렸다.

공신들에게 의존하지 않아도 반란을 제압할 수 있다는 것을 세조는 그들에게 똑똑히 보여주고 싶었다. 반란군에 억류되어 있던 체찰사 윤자운이 극적으로 탈출해 돌아왔다. 귀성군이 이끄는 중앙군은 철원을 거쳐 철령을 넘어 함경도 안변 방면으로 접근해 갔다. 도총관 강순은 평안도의 병력을 이끌고 영흥으로 진격해 갔으며 병조참판 박중선은 황해도 병력을 이끌고 문천으로 진격해 갔다. 그렇게 관군의 공세가 강화되자 함흥까지 점령하고 있던 이시애의 반군은 북청으로 후퇴하여 진을 쳤다. 관군은 기세를 몰아 북청의 평포로 진격해나갔다.

이시애의 반군으로부터 거센 공격을 받았으나 관군은 거뜬히 방어에 성공했다. 그리되자 이시애는 일부 반군을 홍원 서편 신익평申翌坪에 주둔시켜 함흥과 북청의 통로를 차단하고 다른 병력으로는 마어령과 대문령을 넘어 2진을 치고 장기전에 대비했다. 이시애는 세조의 회유를 거부했다. 심지어 통지문을 들고 간 사자를 죽이기까지 했다. 관군 역시 북청에서 홍원으로 빠져 장기전의 채비를 갖추었다.

관군이 물러난 북청을 반군이 다시 점령했다. 7월 25일 야밤에 관군은 총공격을 개시했다. 북청을 도로 빼앗긴 반군 주력은 북청 동편의 만령으로 퇴각하였다. 관군은 사방에서 반군을 포위하고 공격을 가했다. 이시함이 이끄는 반군은 결사적으로 버텼으나 강순, 박중선, 허종, 어유소가 이끄는 연합 토벌군에 의해 방어선이 와해되면서 열세를 극복하지 못하고 궤멸되다시피 했다.

이시애의 반군은 동요하기 시작했다. 반군은 가까스로 전열을 가다듬어 관군을 공격하기 시작했다. 하지만 이미 전세는 기울어진 후였다. 강순이 항복할 것을 권했으나 이시애는 받아들이지 않은 채 다시 전열을 정비했다. 이시애는 매부 이명효로 하여금 홍원, 북청, 갑산, 삼수의 백성들을 모아 홍원 서편의 신익평에 진을 치고 있는 관군의 보급로를 다시 차단하도록 했다.

8월 1일, 관군은 이시애의 반군을 이성까지 추격해 쫓아갔다. 반군은 객사와 창고 등에 불을 지르고 북으로 패주했다. 관군은 마운령을 넘어 영제원까지 쫓아갔고 반군은 남대천을 사이에 두고 단천에 진을 쳤다. 하지만 반군은 귀성군이 이끄는 연합토벌대의 공세를 견디지 못하고 길주까지 퇴각했다. 그러자 승산이 없다고 여긴 이시애는 본거지라 할 수 있는 길주마저 포기하고 경성까지 퇴각해야만 했다. 상황에 따라서는 아예 여진으로 도주하려는 계획까지 세워두고 있었다. 하지만 처조카인 허유례의 계교로 이시애는 함정에 빠져들고 있었다. 허종의 휘하에 있던 허유례는 자신의 아버지 허승도가 이시애의 일파에게 억지로 끌려가 길주 권관으로 있다는 것을 알게 되었다.

허종의 명을 받은 허유례는 단신으로 길주에 잠입하여 반군에 거짓으로 투항을 했다. 허유례는 아버지 허승도와 함께 이시애의 수하인 이주, 이운로, 황생 등을 포섭했다. 허유례는 그들의 적극적인 지원으로 경성 운위원에서 이시애, 이시함 형제와 그 일당들을 모조리 생포하는 쾌거를 올렸다. 주변에 흩어져 있던 반군의 잔당들은 연합토벌대에 의해 완전히 궤멸을 당했다. 8월 12일, 관군의 진지 앞에서 병마도총사 귀성군의 명에 의해 이시애 형제는 참수형에 처해진 후에 효수되었다. 이시애의 난을 평정한 공로로 귀성군 이준과 강순, 조석문, 남이, 어유소, 허종, 허유례는 적개공신으로 녹훈되었다. 신숙주, 한명회 등의 정난공신들에게 기대지 않고 반란을 평정한 세조는 보란 듯이 적개공신들을 높이 치하했다. 여전히 권력을 향유하려는 기세등등한 정난공신들에 대한 세조의 반감은 그리 가벼운 것이 아니었다.

국경 일대의 민인들을 수시로 죽이거나 잡아가고 식량을 수탈해가는 여진족의 만행으로 조정은 골머리를 앓았다. 관가에 불을 지르는 공격도 서슴지 않는다는 보고에 세조의 분노는 커져만 갔다. 세조는 건주여진의 토벌에 이번에도 종친과 신진무장들을 내세울 생각이었다. 여진족을 토벌함과 동시에 한명회 등 훈구공신들의 세도를 견제하기 위한 포석이었다.

－전하! 건주여진은 한낱 반란의 무리와는 부류가 다른 것이옵니다. 경험이 많은 무장을 도총사로 삼아 토벌을 하는 것이 옳은 줄로 아뢰옵니다.

권력 이동의 위기를 감지한 신숙주는 부복한 채로 고개를 들지 않았다.

－소신이 토벌대를 이끌고 나가 국경의 여진족을 한 명 남김없이 도륙을 내겠사옵니다. 신에게 도총사를 윤허해 주시 오소서!

우의정 홍윤성의 눈빛은 더없이 형형했다. 누릴 수만 있다면 숨을 거두는 날까지 권력을 버릴 수는 없었다. 단종의 용상을 찬탈하기 위해 목숨을 걸고 거사를 도모했던 세조와 정난공신들의 결의도 세월의 흐름 속에서 한쪽의 변심으로 인해 위태로운 관계로 변질이 되어 가고 있었다. 세상사에 영원한 것은 없는 법이었다. 더구나 상호목적에 의해 이루어진 관계는 보기 좋은 도자기와도 같을 뿐이다. 언제든 깨질 가능성이 있어서였다. 정난공신임을 내세워 끝 모르게 세도를 누리려는 것은 영속될 수 없는 권력을 착각하고 있는 것에 불과했다.

－경卿들의 충정은 알겠으나 건주여진의 토벌은 이시애의 반란을 평정할 때와 같이 강순, 남이, 어유소를 진격 대장으로 삼아 토벌토록 할 것이니 그리들 알라!

세조의 어조는 단호했다. 명命을 바꿀 뜻이 없음을 분명히 하려는 것 같았다.

-지난날부터 목숨을 아끼지 않고 전하께 충성을 다하여왔습니다. 하온데 전하께옵서는 어찌하여 신들을 배척하시는 것이옵니까? 부디 신들의 충심을 헤아려 주시오소서.

좌의정 홍달손은 세조의 부채의식마저 거론하며 서운한 감정을 토로했다.

-참으로 무엄하기가 이를 데 없도다!

홍달손을 노려보는 세조의 눈빛에 배타의 냉기가 차갑게 서려 있었다. 치밀어 오르는 분노를 가까스로 억제하는 듯했다.

-신이 죄를 지었다면 차라리 벌하여 주시오소서. 달게 받겠나이다.

권력의 소실은 그야말로 목숨을 잃는 것과 다를 바가 없었다. 권력의 단맛을 맛본 부류들이 권력으로부터 멀어져가는 것을 순순히 받아들일 리는 없었다. 홍달손은 선뜻 굽히려 하지 않았다.

-그만들 물러가도록 하라!

세조는 버럭 소리를 질렀다. 뜻을 번복하지 않겠다는 통첩이나 다름없었다. 사실 세조는 극심한 피로감에 시달리고 있었다. 육신은 점차 노쇠하여 가고 고질적인 피부병은 온천에 다녀올 때뿐이었다. 그마저도 행차의 여독이 힘들어 발길을 끊은 지 오래였다. 차마 내색할 수 없는 죄책감과 그로 인한 인과응보因果應報의 두려움에 시달릴 만큼 시달린 심신은 나날이 피폐해져 가고 있었다. 그런 때문에 몹시 예민해질 수밖에 없었고 의심은 더욱 많아질 수밖에 없었다. 정난공신들이 똘똘 뭉

처 변함없이 권력의 향유를 지속하려 안달을 하고 있다고 세조는 여기고 있었다. 그들을 헌신짝 버리듯 할 수는 없지만 그들의 득세를 와해시키고 싶은 것이 세조의 솔직한 마음이었다.

한명회의 가택으로 퇴청을 한 공신들이 모여들었다. 세조의 변심과 불안해진 입지에 관해 이내 불만들이 터져 나왔다.

ㅡ전하께서 이러실 수는 없는 것입니다. 우리가 누구입니까? 지난날 계유년에……

성미가 급한 홍윤성은 말끝을 맺지도 못하고서 술잔을 집어 들었다.

ㅡ우리가 없었더라면 과연 전하께서 저 자리에 오르실 수 있었겠습니까?

홍달손은 원색적인 언사로 억울한 심경을 드러냈다.

ㅡ전하께서 변심하신 것은 틀림이 없는 것 같으옵니다!

좌찬성 최항은 사뭇 염려스러운 표정을 짓고서 한명회를 쳐다보았다.

ㅡ전하의 옥체가 이전 같지 않고 많이 상하신 듯하여 심히 걱정이외다.

웃자란 턱수염을 쓸어내리는 한명회의 기색에는 작은 흔들림조차도 없었다.

ㅡ어명을 우리 대신들이 꺾을 수는 없는 것이 아니오. 설마하니 전하께서 우리 공신들에게 이대로 등을 돌리지는 않을 것이니 잠잠히 지내는 것이 옳은 것이 아닐까 싶으오.

대전大殿에서도 말을 아꼈던 권람은 원론적인 의견으로 불만을 누그러뜨리려 했다. 그럴 수밖에 없는 것은 종친이면서 이시애의 난을 평정하기 위해 건주여진의 토벌대장을 맡아 참가하여 공을 세운 남이는 다름 아닌 권람의 사위였다.

　-아니 될 말입니다. 우리도 시급히 무슨 방도를 세워야만 합니다. 이대로 당할 수만은 없질 않습니까?

　불안한 심사의 발로라 해도 홍윤성의 주장은 지극히 위험하기 짝이 없었다.

　-그렇다면 전하를 용상에서 끌어내리기라도 해야 한다는 말이오?

　한명회의 미간에 이내 깊은 골이 파였다.

　-못할 것도 없지요!

　목숨을 함께 걸었던 정난공신들만이 모인 자리라 해도 홍윤성은 정도를 넘어서고 있었다.

　-우상右相은 말씀을 삼가시오! 어찌 역신逆臣들이나 하는 언사를 서슴지 않는 것이오.

　한명회는 버럭 소리를 지르며 노기 가득한 눈빛으로 홍윤성을 노려보았다. 사랑채 방 안에 극도의 긴장감이 감돌았다.

　-그렇게 말씀하시는 대감께서는 무슨 방도라도 갖고 계신 것이오이까?

　홍윤성은 불만스러운 심기를 누그러뜨릴 생각이 전혀 없는 듯했다. 술잔을 입에 대면서도 한명회의 사나운 시선을 피하지 않았다. 한명회는 단순하지 않으며 노련했고 멀리 보고 있었다. 작금의 상황을 거부할 수 없는 변환으로 이미 받아들이고 있음이었다. 원론적인 심정은 다르지 않아도 내공은 서로 달랐다.

　-제아무리 세월이 흘렀다 해도 우상대감의 말처럼 전하께서는 지난날의 계유년을 잊으시어서는 아니 될 것입니다. 참으로 그럴 수는 없는

것입니다!

　홍달손의 어조에는 원망이 서려 있었다. 늘상 냉철한 그였지만 감정이 북받치는 듯했다. 수양대군의 최대 정적이면서 걸림돌이었던 김종서를 치고 수양대군의 야욕을 지지하지 않았던 조정 대신들을 제거하기 위해 사병을 모으고 훈련시키는 일에 고생을 마다하지 않고 앞장서서 사력을 다했던 홍달손이었다. 수양대군이 김종서를 베기 위해 가택으로 향했을 당시에는 도성 사대문을 장악하고 살생부의 표시에 따라 입궐하는 대신들을 주저 없이 참살하였던 그였다. 수양대군의 세상을 열어 가는 데 목숨을 걸었던 일등공신이었음은 말할 것이 없었다.

　목숨을 걸고 충성을 다했던 공신들로서는 수양대군의 적잖은 변심이 심히 억울하고 서러울 수밖에 없었다. 수양대군이 용상에 오른 직후부터 막강한 권세를 함께 누리며 지금껏 지내온 공신들이었다.

　-전하의 재위는 어쩌면 그리 오래 지속 못 할 수도 있음이오. 어의에 따르면 쇠약해진 심신이 차도를 보이지 않는다는 것이오. 지치고 약해진 탓에 마음이 예민하여 수시로 변심이 깃드는 것을 전하의 본심으로 굳혀 받아들이는 것은 섣부른 판단이 될 것이오!

　한명회는 현실을 직시해야 함을 차분히 강조했다.

　-대감의 말씀이 틀림이 없는 것 같소이다. 전하의 옥체가 나날이 쇠약해지고 있는 것이 확연히 눈에 보이니 말이오.

　권람은 고개를 크게 주억였다. 한명회의 생각과 다르지 않다는 뜻이었다. 홍윤성과 홍달손은 여러 감정이 중첩되고 있어서인지 씁쓸한 기색으로 술잔을 들었다.

―전하의 세상이 저물어가고 있다는 것이 참으로 믿기지는 않으오이다!

정인지는 상실과 소외의 두려움이 깃든 탄식을 쏟아냈다.

―이제 우리는 머잖아 세자마마를 받들어야 하는 것을 깊이 새겨둬야 할 것이외다!

낮은 음성으로 은밀히 생각을 밝힌 한명회는 모여 있는 공신들과 일일이 눈을 맞추었다. 그제야 공신들은 한명회의 속뜻을 이해하는 듯했다. 한명회는 이미 정난공신들이 가야 할 방향을 잡고 있었다. 계유년에 목숨을 걸고 거사에 참여했던 공신들은 어차피 한배를 타고 있는 운명체일 수밖에 없었다. 세월 따라 노쇠해져 간다 해도 사리판단을 할 수 있고 육신을 움직일 수만 있다면 주어졌던 권세를 더욱 단단히 붙들고 있어야 했다. 누구에게도 밀려날 수 없고 빼앗길 수 없었다.

수양대군을 용상에 올린 정난공신들로서는 권좌의 권력이 임금만의 것이 아니었다. 마땅히 공유하고 함께 향유해야만 했다. 자손들에게까지도 대를 물려 그리해야만 했다. 세조가 승하한다면 당연히 세자가 임금이 될 것이므로 보위에 오른 임금에게도 계유년의 거사를 지속하여 주입해야 했다. 정난공신들이 있었기에 선왕께서 용상에 오를 수 있었으며 새 임금께서는 그 보위를 이어받았다는 사실을 엄밀히 각인시켜야 했다. 그런 공신들의 중심에 한명회가 있었다.

권좌의 부질없음과 생의 허망함에 시달리고 있었으나 세조는 토설을 참고 견뎠다. 도저히 자기부정을 할 수는 없었다. 목숨이 다하는 날까지 스스로 쌓은 아성을 스스로 무너뜨릴 수는 없었다. 세조는 세상에서의 호흡이 그리 오래 남지 않았다는 것을 자각하고 있었다. 부쩍 기력이 쇠진해지면서 오르막을 오를 때처럼 수시로 숨이 차기도 했다. 단련이 되었다 해도 매일 밤 악몽에 시달리는 것도 여전했다. 부왕인 세종의 꾸짖음과 형님인 문종과 형수 현덕왕후의 저주에 찬 독설 그리고 조카 단종과 아우 안평, 금성대군이 절명했던 순간들이 꿈에 나타나고 있었다. 또 피를 흘리며 쓰러진 김종서, 황보인 등의 모습과 단종 복위를 꾀하고 가담하였던 성삼문, 박팽년, 영양위 정종이 거열형을 당하며 사지가 찢겨 나가는 장면들은 수시로 뇌리에 떠올랐다. 그들이 내지르던 괴성의 비명은 환청이 되다시피 늘 귓가에 머물러 있었다.

곁에서 보좌하는 내관들이나 승지들조차도 알아들을 수 없는 세조의 탄식과 혼잣말의 빈도는 날이 갈수록 늘어만 갔다. 편전에 들기 위해 익선관을 바르게 고쳐 쓰던 세조는 좌경에 비친 자신의 용안을 바라보며 새삼 놀라고 말았다. 하룻밤 사이에 검버섯이 몹시 번져나서였다. 심정은 침통했으나 세조는 죽음이 두렵지는 않았다. 하늘이 정하는 수명을 받아들일 뿐이라고 생각했다. 다만, 사직社稷의 보전은 심히 염려되었다.

세자에게 왕도와 치세를 가르쳐왔으나 종사를 안정되게 이끌어 자신의 직계손들이 왕위를 계속 이어갈 수 있을지 단정할 수는 없었다. 여인이어도 강단이 있으며 호락호락하지 않은 정희왕후를 믿고는 있으나 곰곰이 생각해보면 보위에 오른 세자를 단단히 옹위하고 변함없이 충성을 다할 수 있는 것은 결국 정난공신들밖에 없음을 부인할 수는 없었다. 약화 되지 않는 그들의 권세가 거슬리고 반감이 들어 세력을 위축시키려 의도적으로 배척하기는 했으나 그들을 끝내 버릴 수 없다는 것을 깨닫고 있었다.

세조는 공신들에 대한 완강한 배격을 거두기로 마음먹었다. 조카 단종을 끌어내리고 차지한 용상이었다. 용상에 오르기 위해서는 물론 용상에 오른 이후에도 찬탈을 부정하는 육친과 대신들의 수많은 목숨을 거두어야 했다. 그렇게 쟁취하고 지켜낸 용상을 세자와 세손과 직계손들이 대대로 이어가야만 했다. 그것이 세조의 염원이었다. 다만 한날 이후의 사정도 섣불리 예단할 수 없는 것이 사람의 한계이기에 세조는 자못 두렵기는 했다. 세상사의 운행이 하늘의 뜻인 것을 믿기에 오히려 두려움의 그림자는 짙을 수밖에 없었다.

병세가 위중해진 세조는 수강궁으로 거처를 옮겼다. 세조는 자신의 명운이 다했음을 알고 있었다. 삶과 죽음의 경계에 다다라 있음이 몸으로 느껴졌다.

-세자에게 오늘 선위를 하려 하니 조정에서는 서둘러 준비를 갖추도록 하라!

세조는 예조판서 임원준을 불러 엄중히 명을 내렸다.

-성상께서의 병환이 점차 나아지시는데 어찌하여 전위의 명을 내리신다는 것이옵니까?

정인지의 만류는 신하로서 갖추는 예의이나 세조의 병세를 모르지 않기에 간곡함은 깃들어 있지 않았다.

-영웅호걸도 운이 다하면 어찌하지 못하는 것이거늘 나의 뜻을 어기는 것은 곧 나의 죽음을 재촉하는 것이나 다를 바가 없는 것이니 경卿들은 지체 말고 나의 뜻을 따르도록 하라!

세조의 뜻은 매우 완곡했다. 더 이상의 형식적인 만류는 명운이 다한 임금을 괴롭히는 것이 될 뿐이라는 말이었다. 자못 당혹해하면서도 대신들 누구도 더는 입을 열지 않았다. 예기치 못했던 급작스러운 어명으로 인해 조정은 선위 의식을 준비하기 위해 바삐 돌아가기 시작했다.
　부왕의 승하 후에 왕위에 오르는 것이 원칙이었으나 세자는 병세 깊은 부왕의 뜻을 받아들일 수밖에 없었다. 문무백관이 참열해 있는 수강궁의 중문에서 즉위식이 거행되었다. 부왕이 친히 내린 면복을 갖추어 입은 세자 해양대군海洋大君이 세조의 뒤를 이어 조선의 임금이 되는 의식이었다. 세조의 차남인 해양대군은 장남인 의경세자가 18세에 요절하면서 그해 세자에 책봉되었다. 조정 대신들은 세조의 결정이 옳았음을 깨달았다. 승하 후의 계승이 원칙이긴 하나 일시적이어도 용상이 공석이 되어서는 안 된다는 생각에서였다. 내관으로부터 즉위식이 순조롭게 거행되고 있음을 보고받은 세조는 자신의 뒤를 이어 임금의 자리에 오른 세자의 치세가 태평하게 이어지기를 간절히 축원했다. 조카의 왕위를 찬탈하여 보위에 올랐던 세조의 시대는 막을 내렸고 그의 차남 세자 해양대군이 뒤를 이었다. 1468년 9월 7일, 예종의 나이 18세였다.

　한세상 잘살다 가는 것이라며 일생의 궤적과 업적에 애써 의미를 부여했지만 가물거리는 의식 속에서도 떨쳐내려야 떨쳐낼 수 없는 천형天刑이나 다름없는 과보果報의 죄책감은 사그라질 줄을 몰랐다. 세조는 자신의 죽음 시점을 정확히 예감했다. 세자 해양대군이 왕위에 오른 다음 날 수강궁의 정침에서 승하했다. 세조의 성산成算 52세였으며 용상에 오른 지 13년이 지난 때였다. 정희왕후와 예종과 그 일족들은 말할 것이 없거니와 세조의 시대를 함께 열었던 정난공신들은 깊은 비통에 잠길 수밖에 없었다. 그들에게 세조는 자신들만의 임금이기도 했다. 세조가 아니었다면 권세와 영화를 누릴 수도 없었을 테니 말이다. 한명회, 신숙주, 권람, 정창손 등의 원로대신들과 영의정 김질, 예조판서 임원준, 대제학 서거정 등은 장중한 국장國葬 절차를 급히 숙의했다.

세조의 생전 유언대로 석실과 석관은 쓰지 않기로 했다. 육신이 속히 썩어야 한다는 세조의 뜻은 죄로 인한 대가의 결말을 여실히 증명해 주고 있었다. 피부병의 고통이 얼마나 혹독했으면 죽은 육신이어도 하루속히 썩기를 바랐던 것이다. 예종은 선왕의 뜻을 받들어 석실을 만들지 말도록 어명을 내렸다. 능호는 광릉光陵으로 정해졌다. 패악한 야욕으로 인한 업보의 굴레를 짊어진 채로 세조는 세상을 떠났다. 1468년 9월 8일이었다.

세조는 선왕인 세종과 모후인 소헌왕후의 차남으로 태어났다. 권람, 한명회, 신숙주 등을 끌어들여 실상은 역란인 계유정난을 일으켰다. 용상으로 가는 길의 최대 걸림돌인 고명대신 김종서를 비롯한 많은 조정 대신들을 참살했다. 또 형제인 안평, 금성대군과 선왕의 후궁인 혜빈을 사사했다. 계획한 대로 어린 임금인 조카 단종이 견딜 수 없도록 겁박을 지속하여 결국 선위를 받아내고 급기야 품어왔던 야욕대로 왕위에 올랐다. 성균관학사 출신으로 단종 복위를 꾀하였던 성삼문, 박팽년 등의 사육신과 그 일족들을 거열형 등의 참혹한 방식으로 죽였다. 경혜공주의 부군인 조카사위 정종도 살려두지 않았다. 그리고 기어이 조카 단종마저 죽이고 말았다. 단종비 정순왕후와 경혜공주는 서인과 노비로 강등이 되어 초막생활을 하거나 속세를 떠나 초암에서 기거를 하고 있었다.

왕위찬탈과 또 수호를 위해 세조는 전부 열거할 수 없을 만큼 너무도 많은 이들의 목숨을 빼앗았고 또 고통 속에 빠뜨렸다. 그들과 그 일족들의 영혼이 세조를 그대로 놓아 둘리는 없었다. 세조가 느끼었든지 느끼지 못하였든지 그들은 세조를 저주했고 이후로도 그 저주는 멈추지 않을지도 모를 일이다. 장남이었던 의경세자가 왕위에 오르지도 못한 채 스무 살의 나이로 갑자기 세상을 떠나게 되면서 세조는 응보의 두려움에 더욱 휩싸일 수밖에 없었다. 꿈에 그리던 임금이 되었으나 결코 벗어날 수 없는 죄의식에 시달린 실로 고통스러웠던 용상이었다. 드러내 놓고 후회하거나 참회할 수 없었던 투명한 절망은 고스란히 세조 자신의 몫이었을 테니 말이다.

이십 세가 되지 않은 예종은 모후인 정희왕후의 수렴청정을 받아들여야 했다. 하지만 조정의 상황을 간파하는 데 예종은 아주 미숙하지는 않았다. 예종은 노쇠한 원상 대신들의 권력 점유도 또 남이를 구심으로 하는 신진세력들의 급속한 팽창도 몹시 탐탁잖게 여겼다. 그들의 대립을 지켜볼 수밖에 없는 예종은 할 수만 있다면 양 부류를 싸잡아 조정에서 완전히 몰아내고 싶었다. 하지만 실현되기 어려운 바람일 뿐이었다.

솔직한 심정으로는 훈구공신 세력인 원상보다는 젊은 신진세력에 대한 반감이 더 컸다. 왕실의 인척인 남이가 선왕 세조의 총애를 받기 시작하던 때부터 자신과 비교되는 남이를 마뜩잖게 여겨와서였다. 더구나 임영대군의 아들이며 사촌 간인 귀성군과 함께 이시애의 난을 평정하고 여진토벌의 전공을 세우며 존재감을 드러낼 때는 연배가 비슷해서였는지 세자의 신분이었음에도 은연히 위기의식마저 느끼기도 했었다.

거침없이 떠오르는 신진세력들을 어떻게든 견제해야 하는 노회한 원상 대신들이 예종의 심사를 간파 못 할 리는 없었다. 원상들은 젊은 남이가 병조판서 직을 수행할 역량이 심히 부족하다는 상소를 연일 올렸다. 가려운 곳을 긁어주듯이 때마침 원상 대신들이 남이를 탄핵하자 예종은 기다렸다는 듯 숙고할 것도 없이 남이를 바로 좌천시켰다.

겸사복장兼司僕將으로 물러난 남이는 울분을 곱씹으며 지낼 수밖에 없었다. 그러던 어느 날 밤, 나타난 혜성을 바라보며 '좋은 것을 몰아내고 새것을 받아들이게 되는 징조'라는 혼잣말을 하게 되었다. 그 말을 엿들은 병조참지 유자광은 역모를 품고 있다며 의금부에 거짓 고변을 했다. 승하한 세조의 총애가 있었다고는 하나 서얼 출신인 유자광은 대놓고 드러내지는 않았으나 출신의 한계를 절감하고 있던 때였다. 남이와 함께 이시애의 난을 평정하는 데 공훈을 세웠지만 같은 대우를 받지 못한 것을 몹시 통탄해왔었다. 유자광은 신진세력의 중심인물이라 할 수 있는 남이를 딛고 그 자리에 올라서고 싶은 욕망을 억누르지 못했다.

절호의 기회를 잡은 원상들은 조정을 장악하고 있는 신진세력들이 역모를 꾀한 것이라며 거세게 몰아붙였다. 남이에 대한 문초는 극렬했다. 도무지 살아남을 수 없는 형국이었다. 남이를 비롯한 영의정 강순, 문효량, 변영수, 조경치 등 신진세력 삼십여 명은 국문을 받고 거열형에 처해졌다. 양 부류를 동시에 제거할 수는 없었으나 예종은 탐탁지 않았던 소장세력들을 뜻하지 않게 처리하게 되었다. 한동안 기세를 올렸던 신진세력들이 사라진 조정은 원래대로 원상 대신들의 차지가 되었다. 예종과 원상들의 합작이라 해도 틀릴 것이 없었다.

하지만 예종은 원로공신들의 권세와 특권을 여전히 못마땅해했다. 예종은 공신과 종친들의 분경奔競을 엄중히 금지했다. 조정 대신들의 가택에 수시로 사헌부관리들을 파견하여 분경 여부를 확인했다. 그러했음에도 공신들의 집에 드나드는 분경자들이 대거 체포되는 일이 벌어졌다. 신숙주의 집에서는 함길도관찰사 박서량이 보낸 김미가 체포되었고 김질의 집에서는 경상도관찰사 김경광이 보낸 주산이 체포되었다. 그 외에도 귀성군 이준, 병조판서 박중선, 이조판서 성임의 가택을 드나드는 분경자들이 걸려들었다. 예종은 그들을 직접 국문했다.

-박서창이 글을 보내 위문하며 표피 한 장을 같이 보내었으나 받지 않았사온데 김미가 체포된 것이옵니다. 신이 어찌 사실과 다르게 아뢰겠사옵니까!

신숙주는 허리를 깊숙이 숙이고 자신과 무관함을 해명했다.

-임금은 한 사람뿐인 것을 알고 진상품을 가지고 온 것이 아니더냐? 그러한데도 또 무엇을 가지고 와서 권문을 섬기려 했던 것이냐? 작년에 그곳 사람들이 신숙주, 한명회 등이 은밀히 불궤를 꾀한다고 말하며 여러 사람을 의혹해 관찰사, 절도사, 수령들을 전부 죽여 인심이 편하지 못한데 네가 이를 알면서도 지금 이렇게 하여 다시금 인심을 흉흉하게 하려는 것이더냐?

예종의 분노감은 컸다. 겉으로는 김미를 꾸짖은 것이었으나 실상은 벼슬 청탁을 받은 신숙주와 한명회 등의 원상들을 겨냥한 것이라 할 수 있었다. 임금이 분경자들을 직접 국문한 것은 사사로이 여길 수 없다는 뜻이기도 했다. 예종은 국문장에 모여 있는 공신들이 들으라는 듯 대납권의 폐해에 대하여도 엄중히 폐지를 선포했다.

-대납으로 말미암아 구하는 바를 얻지 못하는 것이 없고 하고자 하는 바를 이루지 못함이 없을 정도이다. 그와 같은 일이 해마다 그치지 아니하면서 여염에서는 심히 고통스럽게 여기게 되었으며 백성들은 살아갈 수가 없을 정도가 되었다. 이제 어명御命으로 대납을 금했음에도 이전과 같이 수렴한다면 더욱 가혹한 것으로 여겨 마땅히 능지함이 가하도다!

예종은 단호히 엄벌을 표명했다. 일순 국문장은 정적과 함께 얼어붙었다. 명命을 어길 시에는 능지처사도 불사하겠다는 천명이었다. 공신들의 등줄기는 서늘해질 수밖에 없었다. 예종은 공신들의 지나친 면죄특권도 못마땅히 여겨 근시일 내로 손을 보겠다는 생각을 하고 있었다. 뇌물을 주고 벼슬자리를 사고파는 분경은 물론 가진 것 없는 민인들의 세금을 선납해주고 후에 몇 배를 징수하는 대납권과 지나친 면죄특권을 인정하지 않으려는 예종의 의지는 몹시 강했다. 그래선지 민인들은 예종의 처결을 반겼다. 반면에 공신들은 나락으로 떨어지는 심정을 맛보며 속으로 분개했다.

부왕 세조의 통치를 지켜보면서 공신들의 존재를 인정해야 하는 것은 수긍했으나 강력한 왕권을 행사하고 싶었던 예종은 공신들에 의해 좌지우지되는 조정을 개혁하고 완벽히 장악하고 싶어했다. 그러했기에 훈구공신들에게 유난히 관대하며 밀착해 있는 모후 정희왕후와도 빈번

하게 의견충돌을 빚기도 했다. 적은 보령에 힘은 미약했으나 예종은 공신들에게 휘둘리지 않으며 스스로 뜻을 세워 통치하고 싶은 임금이 되고 싶었다. 공신들로서는 그야말로 예상 밖의 난적을 만난 것이나 다름없었다.

원상들과 대신들은 서둘러 사정전으로 전부 나아갔다.
진시辰時에 전하께서 자미당에서 훙서薨逝하셨사옵니다!
내관 안중경이 곡읍을 하며 예종이 승하하였음을 알렸다. 그러자 대신들 모두가 통곡을 시작했다. 1469년 11월 18일이었다. 왕위에 오른 지 일 년 삼 개월이 지난 이십 세가 되던 때였다.
예조판서는 들어와 봉시奉視하라!
대비 정희왕후가 내린 명命을 안중경이 선포했다. 겸판서 신숙주는 도승지 권감과 함께 자미당으로 들어갔다. 입직한 도총관 노사신도 놀란 기색으로 사정전에 모습을 보였다. 원상들은 숙의하여 도총부 군사들로 하여금 궁궐 문을 굳게 지키도록 했다.
−나라의 큰일이 이에 이르렀으니 불가불不可不 성상을 일찍 결정하여야 한다는 생각이오.
자미당 밖으로 나온 신숙주는 근심스러운 표정을 짓고서 생각을 밝혔다. 다른 원상들과 대신들도 신숙주의 생각에 별다른 이의를 나타내지 않았다. 도승지 권감은 하성군 정현조로 인하여 정희대비에게 아뢰도록 했다.
−청하오건대 속히 성상을 정하여서 나라의 근본을 굳게 하소서. 이

것은 나라의 큰일이므로 결정을 오래 미룰 수가 없는 것이옵니다.

정현조가 들어가 원상들과 대신들의 뜻을 정희대비에게 친히 계달하였다. 원상들은 몇 번씩이나 친히 계달토록 했다. 자식을 잃은 모후의 애통한 심정보다 임금의 부재를 당장 염려하고 있는 그들이었다. 여하튼 나라를 위해서라는 명제가 있어 가능했다. 이윽고 강녕전의 편방으로 대비가 나왔다. 그리고 원상들과 도승지를 비롯한 대신들을 불러 들어오게 했다. 신숙주, 한명회, 구치관, 최항, 조석문 등의 원상들과 영의정 홍윤성 좌의정 윤자운, 우의정, 김국광, 도승지 권감 그리고 한계희, 임원준 등이 들어갔다. 정희대비는 말없이 한동안 슬피 울기만 했다. 원상들과 대신들도 함께 울었다.

―신 등은 다만 전하의 옥체가 미령未寧하다고 들었을 뿐이고 이에 이를 줄은 생각지도 못하였사옵니다!

신숙주는 나지막이 허망함을 강조했다.

―주상이 족질을 앓았다 해도 매일 문안을 하였으므로 생각하기를 병이 중하면 어찌 이와 같이할 수 있겠는가 하고 심히 염려하지 않았는데 이제 이에 이르렀으니 장차 어떻게 하겠는가. 누가 주상자主喪者로서 좋겠는가?

정희대비는 눈물을 멈추지도 못하고 화성군 정현조와 도승지 권감에게 물었다.

―신 등이 감히 의의할 바가 아니니 원컨대 대비마마의 전교를 듣고자 하옵니다?

신숙주는 당치 않다며 부복하듯 몸을 더욱 낮추었다.

―원자는 심히 어리고 월산군은 병약한 탓이니 비록 어리기는 하나 세조께서 일찍이 자을산군의 도량을 칭찬하여 태조에 비하는 바에 이르기도 하였으니 자을산군으로 주상을 삼는 것이 어떠하겠는가?

정희대비의 생각은 즉흥적인 것이 아니었다.

―진실로 마땅하다고 생각되옵니다!

신숙주는 목이 메었고 눈물을 멈추지 못했다. 원상 대신들도 모두 신숙주와 같았다.

―나라의 액운이 이에 이르렀으니 어찌하겠사옵니까. 엎드려 원하건대 종묘와 사직을 염려하여 슬픔을 조금 누르시고 사군嗣君을 잘 조호하여 비기를 보존하게 하소서!

정희대비를 위무하는 한명회의 목소리는 떨렸다. 자을산군은 다름 아닌 한명회의 사위였다. 정희대비와 한명회의 사전교감을 원상들이 반대할 이유는 없었다.

―이곳 강녕전은 번거로움이 크니 신 등은 사정전 뒤뜰로 나가 속히 일을 의논하고자 하옵니다.

영의정 홍윤성이 나서 대비에게 하직을 아뢰었다.

그들은 세조의 업보로 여기고 싶지 않은 것이다. 어쩌면 무관한 것을 의도하는 것인지도 모른다. 세조의 장남인 의경세자가 왕위에 오르지도 못한 채 19세에 요절을 하였고 차남인 해양대군 예종은 세조의 뒤를 이어 보위에 오른 지 일 년 삼 개월이 지난 때에 급서하였음에도 말이다. 이것을 어찌 세조의 업보라 하지 않을 수 있을 것인지 그들 외에는 나라의 민인들 모두가 그렇게 생각할 텐데도 말이다. 어린 조카의 왕위를 찬탈하려 숱한 대신들과 일족들을 죽였으며 멸문지화를 당하게 하였고 동복형제들과 귀양을 보낸 조카 단종마저 기어이 죽이고야 말았던 세조의 업보라 실로 여기지 않을 수는 없는 것이다.

정말이지 하늘이 세조에게 벌을 내리지 않는다면 세조의 일그러진 욕망 때문에 참혹하게 죽임을 당하고 고통을 받았던 수많은 영혼들은 하늘을 원망하며 영구히 구천을 떠돌지도 모를 일이다. 어쩌면 세조는 저지른 죄의 대가를 이토록 가혹하게 받게 될 줄은 차마 몰랐었다며 돌이킬 수 없는 후회를 부여잡고 저승에서 그칠 줄 모를 자책의 눈물을 한없이 쏟고 있을지도 모를 일이다. 현덕왕후의 저주 때문이 아닌 하늘의 응징이라 해야 맞았다. 참으로 하늘이 공평하게 다스려야 세조에 의해 능지처사를 당하며 죽어간 사람들과 살았으나 생生을 도륙당한 사람들의 영혼도 잠잠히 안식할 수 있을 테니 말이다.

신숙주와 최항은 서로 의논하여 교서를 초안했다. 한명회와 권감은 위사衛士 이십여 명을 거느리고 자을산군의 본저로 가서 맞아오기로 했다. 하지만 미처 계달하기도 전에 자을산군이 이미 예궐하여 있음을 알게 되었다. 도승지 권감은 병방승지 한계순을 보내어 자을산군이 부인을 본저에서 맞아들이게 했다.

―신 등은 대비께옵서 당장 청정聽政을 하심이 마땅한 것임을 계청드리옵니다!

신숙주는 차분히 나서서 대비의 수렴청정을 주청했다.

―나는 박복하여서 일이 이처럼 되었으니 심신을 화평케하기 위하여 스스로 수양을 하려 하오. 또 나는 문자文字가 부족하지만 수빈은 문자

도 밝고 사리에도 통달하니 가히 국사를 잘 다스릴 것이오!

정희대비는 정중히 사양하며 며느리 수빈 한씨를 천거했다.

-예부터 고사가 있고 또한 온 나라 신민들의 여망도 소신들의 뜻과 다르지 않은 것이라 생각되옵니다.

한명회의 주청에서는 간곡함이 묻어나왔다.

-나보다는 수빈이 적임자인 것이오. 그리들 알고 일을 이어가시오!

정희대비는 별 망설임도 없이 거듭 사양을 했다.

-신 등이 그윽이 생각하오건대 나라가 성상의 슬픔을 만나 근심이 연달아 일어났사옵니다. 세조대왕께서 향년이 길지 못하였사온데 이제 대행대왕께서도 갑자기 만기를 버리시었고 계사가 유충하여 온 나라 신민들이 당황하여 어찌할 바를 못 하오니 부디 왕대비 마마께옵서는 슬픔을 조금 누르시고 종묘와 사직의 중함을 생각하시어 위로는 옛 전례를 생각하옵시고 아래로는 여정輿情에 따라 함께 듣고 재판하시다가 사군嗣君께옵서 능히 스스로 총람總攬할 때를 기다리시었다가 정사政事를 돌려주시오면 이보다 더 다행한 일이 없겠사옵니다.

신숙주의 거듭된 주청은 거부할 수 없을 만큼 언사가 유려했고 속속들이 일리가 있었다.

-……원상들의 뜻이 정녕 그러하다면 내 어찌하겠소!

한참을 말없이 생각에 잠겨 있던 정희대비는 결국 원상들과 대신들의 계청을 받아들이겠다고 수락을 했다. 어차피 형식적인 과정이었다. 수순대로 흘러가고 있음을 서로 모르지 않았다. 어린 자을산군을 보위에 올리겠다는 대비의 생각과 자을산군의 장인인 한명회와 오래전부터 한배를 타고 있던 정난공신들의 생각이 다를 리 없었다. 그들의 뜻은 이미 한곳으로 흘러가고 있었다.

족질로 오래 고생은 하였으나 예종은 정사를 보지 못할 정도는 아니었다. 임금이 급서하였음에도 조정은 혼란에 휩싸이지도 않았고 크나큰 비통에 잠기지도 않았다. 원상들은 예종이 승하한 당일에 자을산군을 옹립하여 즉위시키려 했다. 승하를 예상이라도 한 것처럼 새벽이었는데도 승정원에는 신숙주, 한명회 등 여덟 명의 원상들이 모여 있었다. 그들이 사정전으로 나아가자 내관 안중경이 예종의 훙서를 알렸다. 예정되어 있는 것처럼 원상들은 정인지의 아들 하성군 정현조를 보내 정희대비에게 아뢰도록 했다. 마치 짜놓은 듯 일사천리로 움직였다.

실로 놀라운 것은 그것만이 아니었다. 다름 아닌 부패 가능성이 없는 한겨울에 훙서 한 지 이틀도 지나지 않아 염습한 것이다. 그때 옥체가 변색된 것이 밝혀졌다. 독극물 중독을 의심하기에 충분했다. 하지만 어의를 처벌해야 한다는 일부 승지들과 사헌부 대신들의 주장은 받아들여지지 않았다. 그럴 생각이 없는 것처럼 정희대비와 원상들은 어의 처벌을 더 논하지 않기로 했다. 그런 때문에 예종이 갑자기 훙서한 원인은 끝내 밝혀질 수 없었다. 의구심만이 짙게 남아 있을 뿐이었다. 심증은 그리 의미가 없었다. 정희대비와 원상들의 생각은 단지 한곳을 향해 있었다.

# 공신功臣

　　　　　　　　　　조정은 대왕대비와 원상들이 이끌어나갔다. 성종의 장인인 한명회를 비롯한 정난공신들의 세상이 다시 도래하였다 해도 틀릴 것이 없었다. 대왕대비의 수렴청정은 곧 그들이 하는 통치나 마찬가지였다. 서로 필요하여 한배에 올라탔기에 저버릴 수도 없는 관계였다. 13세로 보령은 유충幼沖했으나 성종은 사리판단이 미흡하지 않았다. 조모인 대왕대비의 섭정이 끝날 때까지는 대왕대비와 원상들의 뜻에 반하는 언행을 삼갈 것이라며 스스로 다짐을 하기도 했다. 용상에 올랐으나 어차피 자신의 치세가 아니라는 것을 모르지 않았다. 친정親政을 해야 진정한 왕권을 갖게 되는 것을 깨닫고 있어서였다.

　-전하께서 성군이 되어 길이 태평 치세를 열어갈 수 있도록 소신들은 목숨을 아끼지 않고 보필을 할 것이옵니다!

　신숙주의 충심 어린 맹세는 가식이나 허언이 아니었다.

　-원상들께서 잘 이끌어주리라 믿고 있음이오!

　영민한 성종은 원상들의 존재감을 익히 인정하고 있었다.

　-성은이 망극하옵니다!

　신숙주는 엎드려 부복했다. 원상들도 모두 망극하다 하며 신숙주와 같이 납작 엎드렸다.

―세조대왕 때부터 나라를 함께 이끌어온 원상들이 아닙니까. 주상께서는 원상들의 충심을 늘 헤아려야 할 것입니다!

대왕대비는 당연하다는 듯 원상들을 추켜세웠다.

―대왕대비 마마의 가르침을 명심할 것이옵니다!

성종은 그지없이 공손했다. 원상들이 조정에 있어야 조정이 안정되고 보위에 오른 유충幼沖한 손자 성종을 내내 지켜줄 수 있다는 것이 대왕대비의 생각이었다. 수렴청정은 자신이 한다 해도 뒤를 받쳐주는 원상들이 없다면 예기치 못한 일들로 인해서 손자의 왕위가 언제든 흔들릴 수도 불안해질 수도 있다는 염려 때문이었다. 이유를 불문하고 어린 나이에 용상에 올랐다가 세상을 떠난 단종의 궤적이야말로 답습되어서는 안 될 두려운 그림자일 수밖에 없을 테니 말이다. 사실 차남 예종이 그처럼 일찍 세상을 떠날 줄 몰랐던 대왕대비는 용상에 오를 가능성이 전무했던 자을산군이 한명회의 여식과 혼인을 하게 되었던 것을 실로 다행이라 여기고 있었다. 하늘의 뜻이 있었다고 여기기까지 했다.

―전하께옵서는 반드시 성군이 되실 것이옵니다!

정창손의 표정에는 예견의 확신이 서려 있었다.

―그러하옵니다. 신이 생각하기에도 전하께옵서는 반드시 태평 치세를 열어갈 것이옵니다.

영의정 홍윤성의 칭송에는 희락의 심리가 확연히 깃들어 있었다. 기쁘고 즐겁지가 않을 리 없는 원상들이었다.

―성군이 되실 것이옵니다. 전하를 보필하는 데 한 점 소홀함이 없도

록 신은 이 한 몸을 아끼지 않을 것이옵니다.

보란 듯이 충성을 맹세하는 김질의 언사는 듣기에 거북할 정도였다.

―전하께옵서 열어가는 이 나라는 길이 태평 치국을 구가하게 될 것이옵니다.

구치관은 목소리를 낮추어 조용히 아뢰었다. 마치 진심의 역설을 보여주려는 듯했다. 용상에 올라앉은 성종임금을 향한 원상들의 칭송과 예찬으로 인해 대전大殿에는 훈훈한 기운이 감돌았다. 그야말로 조정과 나라는 태평성대를 눈앞에 맞이하는 듯했다.

세조의 비妃인 정희왕후 대왕대비 윤씨는 섭정을 통해 실권의 정점에 되도록 오래 머물고 싶어했다. 권력의 욕망과 집념은 지아비 세조 못지않았다. 예종의 자子인 손자 제안대군이 보위에 올라야 했으나 고작 네 살로서 나이 어린 점이 마음에 걸렸다. 단종의 그림자를 걷어내지 못한 것이다. 하지만 오로지 그 이유라면 의경세자의 장남이며 자을산군의 형인 월산대군이 왕위에 오르는 것이 순리였다. 그러나 허약한 체질이란 이유를 들어 월산군을 배제하고 그 아우인 자을산군을 용상에 앉힌 것이다. 정난공신으로 세조의 최측근이었으면서 원상 중에서도 최고 권신이라 할 수 있는 한명회의 사위라는 점이 주된 이유였다. 그리고 대왕대비에게는 또 하나의 다른 이유가 있었다. 자을산군보다도 3세가 많은 월산군이 보위에 오르면 그만큼 수렴청정 기간이 짧아진다는 점이 내키지 않아서였다. 그러함에도 만약 월산군이 한명회의 사위였더라면 그때는 어쩔 수 없이 월산군을 필시 선택했을 터였다.

기실 13세의 성종이 나름으로 어느 만큼 상황을 판단할 수 있다 해도 조모인 대왕대비의 내밀한 권력욕까지 완벽하게 간파한다는 것은 무리였다. 다만 한 해 한 해 나이를 쌓아가며 대왕대비의 수렴청정이 끝나기를 인내하겠다는 내심은 누구에게도 엿보이거나 흘리지 않으리라고 성종은 거듭 다짐했다. 말할 나위 없이 당장은 대왕대비의 존재와 권세가 필요했다. 만에 하나 어떤 연유로 인해 대왕대비의 섭정이 근일 내에 중단이 된다 해도 국사國事를 알 리가 없고 유충한 자신이 제대로 치세를 펼칠 수 없다는 것을 모르지 않아서였다. 용상에 오른 임금이었으나 주장을 크게 내세우거나 목소리를 높일 수도 없었다. 주어진 소임과 한계를 익히 알기에 그저 쉼 없이 학문에 정진하면서 대왕대비와 원상들이 살피는 나랏일을 제대로 배우고 익히고 싶은 것이 성종의 생각이었다.

대왕대비와 성종이 함께 숭문당으로 나아갔다. 곧이어 원상 한명회, 도승지 정효상, 우승지 이숭원이 들어와 아뢰었다.
―정승이 다시 원장圓杖을 사용하도록 청하였다는데 그것이 무슨 뜻이오?
대왕대비는 이해할 수 없다는 표정을 지으며 물었다.
―지금 도적들이 도처에 성행을 하는데 심지어 경성에서는 흉포한 강도까지 생겨났다 하옵니다. 이런 때를 당하여 중한 형벌을 쓰지 않으면 이들을 그치게 하기가 어렵겠습니다. 신이 듣건대 지난번에 원장을 사용하여 도적들이 서로 경계하기를 차라리 장사치가 될지언정 조심하여 도적질하지 말자고 하였다 하옵니다. 원장을 혁파한 뒤부터 도적들이 더욱 심해진 것입니다. 옛날 명나라 황제가 법을 세울 때 비록 너그

러웠다고 하나 당시 바늘 하나를 도둑질 한 자도 모두 사형에 처하였기 때문에 길거리에 떨어진 물건을 사람들이 줍지 않았다고 하니 지금 중한 형벌을 쓰는 것만 같지 못하옵니다.

한명회는 원장圓杖의 필요성을 매우 강조했다.

-원장圓杖은 사람을 상하게 하는 수가 매우 많으니 금후로는 도적질 한 정범자 이외에는 함부로 사용을 말도록 해야 할 것이오!

-분부대로 하겠사옵니다.

한명회는 연신 고개를 주억였다.

-도적으로서 도망 중인 자들을 각도에 이문移文하여 반드시 이를 체포하게 하였는데 지금 한 고을에서도 체포하여 아뢰지 아니하니 이는 필시 수령들이 마음을 쓰지 않는 소치일 것입니다. 금후로는 여러 도道로 하여금 달 말에 도적들을 포획하였는지 여부를 기록하여 아뢰게 하시옵소서.

우승지 이승원은 지방 수령들의 나태한 실무를 점검해야 한다는 의견을 올렸다.

-경卿의 말이 옳도다. 그리하도록 하라!

대왕대비는 흔쾌히 받아들였다. 성종은 대왕대비와 대신들이 논하는 정사政事를 묵묵히 지켜보고 있었다. 밤낮으로 학문에 매진하고 또 정사를 제대로 배우고 익혀서 증조부 세종처럼 칭송받는 명군이 되고 싶었다. 세월이 빨리 흘러갔으면 하는 안타까움도 견뎌야 한다고 생각했다.

성종은 면복 차림으로 백관을 거느리고 인정전 뜰에 나아갔다. 장순왕후의 묘에 청송부원군 심회를 보내어 옥책을 올리고 영돈녕부사 윤사흔에게는 금보를 올리게 했다.

　후사가 되고 자식이 되어서는 마땅히 효경의 마음을 다하여야 하는 법인데 이러한 사실이 있고 이러한 명분이 있는데 어찌 존숭하는 법전을 거행하지 않으리까? 바라옵건대 충감을 굽히시어 특별한 칭호를 받으시옵소서. 공손히 생각하건대 성품은 곤유에 합하시고 덕은 천견보다 훌륭하옵니다. 일찍이 이극의 배위가 되어 아름다운 범절은 우빈을 좇으시고 양궁兩宮을 사랑하시어 아름다운 덕음은 주사보다 뛰어나옵니다. 어이하여 상복을 갖추기도 전에 난어를 그렇게 빨리 타시었습니까? 신은 외람되게 잔약한 자질을 가지고 욕되게 영서令緖를 계승하게 되었사옵니다. 수유하신 융화를 우러르오니 애모함이 더욱 깊사옵니다. 이에 홍효를 공경히 현양하여 삼가 존호를 올리기를 '휘인소덕 장순왕후'라 이르오니 깊은 정성을 살피시어 영구히 현부하여 주시기를 바라옵니다.

　성종은 향례를 행하여 이같이 옥책에 올려 추존을 했다. 한명회의 여식인 장순왕후는 예종의 정비正妃로서 예종에게 양자로 입적되어 왕위에 오른 성종으로서는 왕실의 법도로 따진다면 모후가 되는 셈이었다. 성종은 진심으로 곡진히 행하였다. 장순왕후의 소생은 아니나 제안대군이 오를 용상을 가로챈 것만 같은 마음의 빚을 아직은 말끔히 떨쳐낼 수가 없었다. 하지만 성종으로서는 일말의 자책도 할 필요는 없었다. 왜냐하면 의경세자가 세상을 떠나게 되었을 때 원손인 월산군이 왕위를 이어받았어야 했으나 나이가 어리다는 이유로 세조는 차남이었던 해양대군을 세자로 옹립했기 때문이다. 조부 세조와 대왕대비와 원상들의 뜻에 달려 있을 뿐이었다. 그런데도 한쪽에 자리 잡은 마음의 빚은 그림자처럼 달라붙어 있었다.

선정전에 나아가 선비들을 책문策問하는 성종의 소양素養에 좌의정 최항, 좌찬성 노사신, 예조참판 어세경은 놀라움을 금치 못했다. 날을 더해갈수록 성종의 학문적 탁월함이 드러나고 있어서였다.

내가 과덕하고 우매한 몸으로 큰 왕업을 계승하여 지키게 되었다. 우러러 선대先代의 시절의 순화함을 생각하여 지치에 이르기를 도모하고 하늘을 공경하고 백성을 권장하기에 밤낮으로 경계하고 두려워하였건만 어찌하여 근년 이래로 흉년이 서로 잇따르고 또한 지금도 봄 농사가 바야흐로 한창인데 천기가 때를 넘겼는가? 아니면 나의 형정이 마땅함을 잃어서 정성이 하늘에 이르지 못하고 은택이 백성에게 다하지 못하여 원망이 화기를 손상시켜 그의 감응으로 이를 부른 것인가? 어떻게 하면 이 몸이 덕을 잃지 않고 조정의 궐闕 함이 없이 중화하고 위육의 지극한 공효를 거둘 수 있겠는가?

수령은 백성의 부모이므로 이를 임용할 때에는 인재를 널리 자문하여 신중히 선택하여서 어질고 유능한 사람을 힘써 구하여 수령을 맡겼거늘 어찌하여 청렴하고 고유한 자는 적고 탐오한 자만이 자주 들리는가? 어떻게 하면 열 읍이 모두 현량한 관리를 얻어서 삼이의 정사를 오늘날에 다시 볼 수 있게 되었는가? 군사는 국가의 간성干城이므로 내가 일찍이 진념하여 그 번들고 쉬는 것을 고르게 하고 그 청정을 넉넉히 하여 때때로 점고하고 열병해서 훈련이 태만하지 아니하였으며 그 액수를 감하여 필요하지 않은 인원을 제거하였거늘 어찌하여 군사가 정강하고 용력 있는 자는 적고 파리하고 약한 자가 많은가? 만약에 급한 일이 생긴다면 장차 이들을 어디에 쓰겠는가? 어떻게 하면 군사가 모두 정강해서 다투어 나아가고 과감하게 굳세어지겠는가?

국토를 넓히고 백성을 많이 모으는 것은 왕정에서 먼저 해야 할 바다. 삼봉도는 우리 강원도 지경에 있는데 토지가 비옥하고 백성들이 많이 가서 거주하기 때문에 세종조 때부터 사람을 보내어 이를 찾았으나 얻지 못하였다. 어떻게 하면 그 땅을 얻어서 거민을 많게 할 수 있겠는가? 혹자는 말하기를 해도海道가 험조하여 비록 그 땅을 얻는다고 하더라도 무익하니 버려두는 것만 같지 못하다고 하는데 이 말은 어떠한가? 무릇 이 몇 가지 일을 경제지책經濟之策이 아닌 것이 없으니 이러한 것은 그대들 대부들도 또한 일찍이 강구하여 진달進達하고자 한 것일 것이다. 그대들은 각기 마음을 다하여 대답하라. 내 장차 쓸 만한 인재가 있는가를 볼 것이다.

조정 대신들은 물론이고 책문에 참석한 선비들은 성종의 소양과 군왕적 자질에 경탄을 금치 못했다. 보령寶齡이 유충幼沖하였기에 놀라움은 더 컸고 존숭尊崇의 마음도 커질 수밖에 없었다. 왕위에 오른 지 3년째였다.

극심한 가뭄에 곡식과 과수는 말라 죽어갔다. 민인들은 재앙이 따로 없다며 비를 뿌리지 않는 하늘을 연일 원망했다. 임금과 조정의 근심도 날로 깊어만 갔다. 급기야 영의정 신숙주는 사직의 글을 올렸다.

신은 성품이 본래 어리석고 게다가 늙고 병들어서 지난번에도 여러 차례 아뢰었으나 윤허允許를 입지 못하였사옵니다. 지금 전하께서 삼궁三宮에 효도를 다하고 바르게 다스리며 민폐를 힘써 제거하는데 천재가 경계를 보이는 것은 허물이 곧 신에게 있으니 영화를 탐하여 의를 상하게 하고 어진 이를 막아 비방을 초래하는 것은 옳지 않사옵니다. 청하오건대 신을 파직하고 어진 이를 택하여 맡기고 전철을 고치어 수성하여서 하늘의 꾸짖음에 답한다면 매우 다행하겠사옵니다.

 예전의 대신들은 몸은 비록 물러가 살더라도 임금을 잊은 바가 없었는데 하물며 신은 일찍이 열성列聖의 지우知遇를 받고 마침내 전하의 돌보아주심을 입어 금일에 이르렀으니 어찌 감히 스스로 모면하기를 바라서 결연히 인퇴引退하고 돌아보지 않겠습니까? 신이 듣건대 성인聖人은 미세한 것을 보고 그 시초를 생각하였다 하옵니다. 순임금이 말하기를 하늘의 명령을 받들어 어느 때건 힘쓰고 무슨 일이건 빌미를 살피어 조심해야 한다 하였습니다. 또 부열傅說은 말하기를 임금이 성스러워지면 신하는 명령하지 않아도 그 뜻을 받들 것이니 누가 감히 임금의 아름다운 명령을 공경하고 따르지 않겠습니까? 하고 또 말하기를 오직 배우는 데에 있어서는 뜻을 겸손히 하여야 하고 언제나 민첩하기에 힘쓰면 그 학문의 수양이 곧 이루어질 것이니 진실로 이런 마음을 품고 있게 되면 도道가 그 몸에 쌓이게 될 것이라고 하였으니 이는 모두 옛 성현들이 사업을 베푸는 것에 있어서 만세에 교훈을 남긴 것이옵니다.

 전하께서 지금 강구하고 계시나 고인의 글을 보고 반드시 몸에 체득하고 일에 징험하여 작은 것을 보고 그 시초를 생각한 뒤에야 고인의 뜻을 얻어서 치도治道에 보탬이 있을 수 있는 것이옵니다. 신이 감히 순임금과 부열傅說의 말을 가지고 당면한 지금의 일을 준거하는 것은 각기 징험 되는 바가 있고 일의 단서가 되어서 혹시 빌미에서 생긴 것인가 하여

서이옵니다. 엎드려 원하오건대 전하께서는 마음을 가라앉히고 몸소 체험하여 징험하시기를 작은 것에서부터 하고 마지막은 삼가기를 처음부터 하면 천재天災가 그칠 뿐만 아니라 또한 천휴天休를 영원토록 보전할 수 있을 것이니 신이 비록 물러가더라도 물러가지 않은 것과 같사옵니다.

영의정 신숙주는 지속하는 가뭄의 재앙에 사직辭職의 글을 올렸다. 재상으로서 재앙의 허물이 자신에게 있음으로 돌리며 사직의 윤허를 간곡히 청하였다. 감히 모면하기를 바라는 것이 아님을 역설하기도 했다. 임금이 지향해야 하는 길을 충심으로 충언하기도 했다. 세조의 충신인 신숙주의 진심이 묻어나는 글이었다. 좌의정 최항과 우의정 성봉조 역시 사직하기를 청했으나 성종은 윤허하지 않았다.

가뭄의 재앙이 어찌 경卿들의 소치이겠는가? 허물이 실로 나에게 있으니 경들은 모두 사직하지 말도록 하라.

성종은 천재의 위기 앞에서도 흔들리지 않았다. 인내하며 극복할 수 있다고 생각하고 있는 것 같았다.

경연經筵이 끝나자 임사홍은 기다렸다는 듯이 대간들을 과죄할 것을 청했다.

ㅡ대간은 임금의 이목耳目이니 정치의 득실과 민간의 휴척을 대간이 아니면 얻어들을 때가 없사옵니다. 종척과 대신에 이르기까지 감히 그른 일을 하지 못하는 것도 또한 대간의 탄핵을 두려워하기 때문이옵니다. 전하께서 염려하며 부지런히 다스리기를 도모하고 구언求言하기를 목마른 것과 같이하여 비록 말이 맞지 않을지라도 또한 모두 관대하게

용서하였사오나 요새는 간관 말을 잘 받아들이지 아니하니 이는 비록 간관이 용렬하여 족히 천청을 움직이지 못하였기 때문이나 성덕을 손상시킴이 어찌 크다 하지 않겠사옵니까? 청하오건대 김지경, 김계창, 방호련 등을 과죄하여 기강은 엄하게 하시오소서!

임사홍은 대간들을 처벌할 것을 강하게 계청했다.

―방호련이 종친과 결탁하였으니 그의 조짐이 염려되옵니다. 천하의 일은 작을 때에 방비하는 것이 귀하옵니다.

대사간 성준이 뒤를 이어 이내 아뢰었다.

―노성老成한 사람은 임금이 마땅히 친근해야 하느니라. 더구나 나와 같은 어린 임금이겠는가? 박시형이 본부와 의논하지 아니하고 홀로 원상을 파할 것을 아뢰었으니 김지경이 피혐시킨 것은 특히 작은 과실이라 할 수 있을 것이다.

성종은 문제를 크게 삼으려 하지 않았다.

―옛날에 자사子思가 구변을 위후衛侯에게 말하여 이르기를 어찌 두 개의 달걀로 간성干城의 장수를 버리겠습니까? 하였는데 이것은 전국시대의 어수선한 때이었으므로 사람이 취할 만한 재주가 있으면 그 과실은 무시하고 거두어 썼지마는 지금은 융성한 때이니 과실이 있는 사람을 취하여 탁용할 필요는 없는 것이옵니다.

임사홍은 생각을 굽히지 않고 재차 아뢰었다.

―김계창이 대간이 되어서 말을 하지 않고자 한다고 하였으니 대단히 바르지 아니한 사람이므로 이미 의금부로 하여금 국문케 하였느니라. 종친은 아직 어리니 죄를 줄 수가 없고 방호련의 죄는 내가 마땅히

생각하여 보겠느니라!

스스로 어린 임금이라 칭하였으나 성종의 판단과 소신은 대신들을 압도하고도 남았다. 대신들은 대간의 과죄에 관하여 더 청하지 못했다. 성종은 임금의 위엄을 빠르게 갖추어나갔다.

대사헌 윤계겸 등이 상소를 올려 권신權臣 한명회를 탄핵했다.

한명회가 대왕대비께 아뢰기를 노산군이 나이가 어렸는 데도 도와서 보호해줄 사람이 없었기 때문에 간신들이 난을 꾸미게 된 것이라 하였는데 한명회가 감히 노산군을 전하께 견주어서 말을 할 수 있는 것이옵니까? 또 말하기를 중궁中宮이 아직 정해지지 않았으니 정사政事를 주상께 되돌리는 것은 진실로 불가합니다, 라고 하였는데 전하께옵서는 반드시 중궁의 내조를 기다린 다음에야 만기를 청단할 수가 있다는 말이옵니까? 이러한 따위의 말들은 신하로서 마땅히 말할 바가 못 되옵니다.

그러한데 노산군을 가지고 구실을 삼는 것은 이는 차마 입에 내지 못할 말일뿐만 아니라 또한 차마 귀로도 듣지 못할 말인데 한명회가 무슨 마음으로 차마 이런 말을 할 수가 있었겠습니까? 전하께서 춘추가 이미 장성하시고 학문이 이미 이루어져서 서정의 만기를 다스림이 법도에 맞지 아니함이 없으심은 온 나라의 신민들이 다 아는 법인데 한명회만이 홀로 알지 못하고서 이와 같은 말을 하였겠사옵니까? 대저 사람들은 반드시 그 미세한 행동에서 보는 법이니 한명회는 작은 일에서도 오히려 이러한데 큰일에서도 오로지 이러한 마음을 가지고서 처리하지 않겠사옵니까? 그가 나라의 대사大事를 그르칠 것을 여기에서 징험할 수 있으니 그 말이 결코 충성스러운 데에서 나오지도 아니하였고 나라를 걱정하는 데에서 나오지도 아니한 것입니다.

　오직 신 등만이 이를 알뿐만 아니라 조정 가운데 사대부도 이를 알지 아니함이 없으니 전하의 고명하신 자질로서 이를 모르시겠사옵니까? 그렇다면 원상이라 하여 그를 용서하여 줄 수도 없습니다. 한명회의 말이 오로지 전하께만 죄를 지은 것이 아니오라 조정에도 죄를 짓고 또 만세의 공론에도 죄를 지은 것입니다. 전하께서 비록 한명회를 아끼신다고 하더라도 공론은 어길 수가 없사옵니다. 엎드려 바라오건대 그 죄를 다스리도록 명하시어 신민들의 분憤을 풀어주시오소서.

　권세가 막강할수록 강한 견제세력이 등장하는 법이었다. 대사헌 윤계겸과 유자광 등은 공론임을 들어 한명회의 죄를 물을 것을 압박하고 나섰다. 훈구대신들의 견고한 아성을 무너뜨려야 한다는 강고한 의지를 드러낸 것이라 할 수 있었다. 하지만 성종은 일말의 고민조차 없이 불가하다 했다. 원상들의 충심을 모를 리가 없는 성종은 소소한 실언으로 일축했다.

　원상의 우두머리이며 조정의 막강한 실권자인 한명회는 대사헌의 상소에 흔들릴 인물이 아니었다. 조정의 모든 상황과 흐름을 꿰뚫고 있는 한명회는 정공법을 택했다.

　신은 본래 재능이 없었으나 다행히 세조대왕을 만나고 나라의 몹시 어려운 때를 당하여 권간權奸들이 역란을 꾸미는 음모에 분격해서 그들을 제거하고 사직을 안정시키려고 마음먹었사옵니다. 그런데 신이 겨우 조그마한 수고를 나타내어 드디어 대난을 평정하고 외람되게 여산대하의 명세에 의탁하여 예모를 섬기기에 이르렀고 금일에 이르도록 옛 신하를 버리지 아니하시어 신에게 벼슬길에 오르도록 허락하여 백료百僚의 우두머리가 되게 하였사옵니다. 신은 비록 노둔하지만 나라만 생각할 뿐이었습니다. 여러 왕조의 지우知遇하신 은혜를 보답하고자 하여 몸이 죽은 다음이라야 그만두는 것이 신의 뜻이었습니다!

한명회는 자리에 연연하지 않겠다며 오히려 사직의 상소를 올렸다. 그러자 성종은 원성군 안중경을 한명회의 집으로 보내 선온宣醞을 하사했다. 하지만 한명회는 사은하고 다시 글을 올려 사직하기를 청했다.

지난번에 대왕대비께서 정사政事를 되돌리시고 전하께서 사양하시어 청하시던 때를 만나서 모두 천고에 없었던 훌륭한 덕이고 아름다운 일이었으나 신은 그 사이에서 회천回天의 힘이 없고 도리어 불측한 죄를 지게 되었습니다. 대신과 대간들이 탄핵하여 마지않으니 신은 스스로 용납할 여지가 없어서 한 번 죽기만을 기다리고 있을 뿐입니다. 전하께서 너그러이 용서하여주시고 곧 어찰을 내리시니 신은 글을 받들고 감읍하여 목놓아 울기를 스스로 그치지를 못하였습니다. 신이 한 가지 마음을 가진 것을 전하께서 모두 알고 계신다는 것 때문이옵니다.

유자광이 신의 마음을 알지 못하고 부도하고 무례하다고 지목하여 죄와 허물을 얽어서 씌우니 이것이 신의 골수에 통렬히 들어와서 스스로 변명하지 아니하는 까닭이옵니다. 그러나 유자광이 신의 마음을 알지 못하고서 무례하다고 지목한 것은 우선 그대로 두고 논하지 아니하겠으나 유자광이 비어飛語를 가지고 신을 모함하려 하고 전하께 꺼리는 바가 없으니 옳다고 하겠습니까? 신은 나이가 이미 소모하고 병에 걸리기도 하여 여러 번 직사를 사양하였으나 끝내 윤허를 받지 못하였사옵니다.

돌아보건대 조그마한 도움도 드리지 못하여 매양 걱정하는 마음만은 품고 부족한 것을 두려워하니 원컨대 전하께서는 신의 두려워하여 몸 둘 바가 없는 처지를 불쌍히 여기시어 신의 무거운 직책을 해임하여 보내어 전야田野에 돌아가서 종시終始의 은혜를 보전하게 하여 주신다면 심히 다행함을 이기지 못할 것이옵니다.

노회한 원상 한명회는 신진들의 무례함에 극도로 분노했다. 성종이 자신의 손을 잡아줄 수밖에 없다는 것을 익히 알고 있었으나 한명회는 재차 사직의 상소를 올려 억울함을 표출했다. 윤계겸과 유자광 등이 이유 같지 않은 이유를 들어 자신을 탄핵하여 조정에서 밀어내려는 술수를 간파한 것이다.

경卿은 의심하지 말라. 내가 어찌 정승의 마음을 알지 못하겠는가? 일전에도 여러 번 사직하기를 청하였으나 내가 모두 윤허하지 아니하였는데 어찌 다시 이와 같이 하는가? 만약 나의 지극한 생각을 몸받지 아니하고 굳이 사직하고자 한다면 이것은 잘못이 아닐 수가 없도다.

성종은 사직상소의 글을 돌려주며 전교를 내렸다.

성상의 은혜가 실로 망극하옵니다! 그러나 신이 백료의 우두머리에 있으면서 이같이 탄핵을 당하였으니 비록 능히 스스로 죽지는 못할망정 무슨 면목으로 사람들을 보겠습니까?

한명회는 겸양한 기색을 취하면서도 억울한 마음을 선뜻 풀지 않았다.

유자광의 잘못은 비단 나 한 사람만이 아는 것이 아니라 모두가 함께 아는 바이니 그것을 의심하지 말도록 하라!

성종은 모든 정황을 가늠하고 있음을 단호히 표명했다. 한명회는 상소를 멈추었다. 한명회의 뜻대로 탄핵은 무효가 되는 것으로 귀결되고 있었다. 조정의 실권을 쥐기 위한 세력다툼의 기운이 짙게 번지고 있었으나 신진들은 원상들의 적수가 되지 못했다. 더구나 한명회에게는 말할 것이 없었다. 한명회는 세조를 용상에 올린 일등공신이었다. 세조가의 혈통으로 왕위를 이어가고 있는 형국에서 한명회의 존재감은 여전히 견고할 수밖에 없었다.

성종은 사저에 있을 적에 한명회의 막내 여식과 혼인을 했다. 하지만 공혜왕후는 성종이 왕위에 오른 지 5년 만에 병으로 세상을 떠났다. 그 후로 2년여가 지나는 동안 성종은 왕후를 맞이하지 못했다. 달리 어떤 이유가 있어서는 아니었다. 왕실과 조정의 공론과는 달리 간택을 서둘 것이 없다고 여겨서였다.

중궁中宮은 백성의 어머니이다. 오랫동안 적당한 사람을 구하기 어려웠는데 숙의 윤씨는 현숙한 덕이 일찍 나타나서 진실로 규칙에 합당하므로 위로 의지를 받들어 중궁을 정위正位하는 것이니 그 사실을 중외에 효유曉諭하도록 하라.

중궁전을 더는 비워둘 수 없음을 알게 된 성종은 숙의 윤씨를 왕후로 삼겠다는 뜻을 밝히는 전교를 내렸다. 성종의 총애를 받았던 숙의 윤씨는 회임 중이었다. 숙의 윤씨의 친정 모친 신씨 부인과 신숙주는 사촌 간이었다. 대왕대비도 숙의 윤씨가 중궁이 되는 것을 인정했다. 후궁이 왕후의 자리에 오르는 것은 애초에 왕후로 간택이 되는 것보다도 그 감격이 더 클 수밖에 없었다. 드러낼 수 없다 해도 어느 후궁인들 왕후의 꿈을 꾸지 않은 이는 없을 터였다. 집현전 학사 출신인 평범한 가문의 윤기견과 부인 신씨의 여식인 숙의 윤씨는 후궁이 되어 궁궐에 들어온 지 몇 해 만에 꿈처럼 정말 왕후가 되었다.

대왕대비는 수렴청정을 끝내겠다는 교지를 내렸다. 성종이 20세가 되는 즉위한 지 7년이 되는 1476년 1월 13일이었다. 원로대신들은 물론 성종 역시 반대하며 뜻을 거두어줄 것을 간청하고 나섰다. 그러나 대왕대비의 뜻은 확고하기만 했다. 승정원에 명하여 언문 서신을 써서 원상들에게 전하도록 했다.

내가 본디 자식이 없는데도 대신들이 굳이 청하고 주상께서 나이가 어리신 이유로 어찌할 수 없어 힘써 같이 정사를 청단했던 것인데 이제 주상께서 장성하고 학문도 성취되어 모든 정무政務를 재결하여 그 적당함을 얻게 되었다. 더구나 조정에는 정승과 육조와 대간이 있으니 내가 일찍이 사사辭謝하려고 하였으나 뜻밖에 중궁이 홍서하여 궁중의 일이 대부분 처리하지 못한 것이 있었던 까닭으로 시일을 미루어 지금에 이르게 된 것이다. 여러 사람의 뜻은 대비가 되었으니 무슨 근심이 있겠는가? 고 말하지 않겠는가마는 나는 다만 세조대왕과 주상에게 욕되게 함을 두려워한 것이 일찍이 하루라도 마음속에 풀리지 않았던 것이다.

세조대왕께서는 내가 있는 까닭으로서 척속들의 소원을 묻고는 자주 작록을 주었으므로 내가 매양 그치기를 청하였는데 하물며 이와 같은 때에 감히 척리에게 사정을 쓰겠는가? 윤사흔이 의정議政이 된 것도 또한 주상의 명령인 것이다. 더구나 해당 관청에서 도량과 재간에 따라 이를 임용하는 것이겠는가? 만약 한결같이 척리라 하여 이를 물리친다면 또한 통하지 않는 것이 아니겠는가? 내가 여러 가지로 생각해보아도 나의 처사는 반드시 그릇된 까닭으로 일마다 나를 지적 하더라도 드러내어 변백할 수가 없다. 무릇 수재水災를 만나게 되어도 나에게 인유因由된 것이 두려워서 잠을 자지 못한 것이 한두 날이 아니었다. 연전에는 시절이 더욱 불손하였기 때문에 내가 정치에 참여하는 것은 더욱 싫어하는 바이다. 이에 사사하는 사정을 감추어 경卿들에게 알린다.

대왕대비는 수렴청정을 거두려는 연유를 소상히 밝혔다. 성종에게 전하는 심경 또한 서신 속에 담겨 있다 해도 과언이 아니었다.

-오늘날의 태평한 정치는 태상太上의 보도한 힘이었습니다. 더구나 수렴청정하는 것은 스스로 고사故事가 있는데 또 무엇을 혐의스럽게 여기겠사옵니까? 더욱이 소인의 말을 어찌 돌볼 수가 있겠사옵니까? 태상이 만약 그같이 하신다면 동방의 종묘사직과 억만창생에 어찌 되겠사옵니까?

한명회는 헤아리고도 남을 심정을 강조하며 사사辭謝의 뜻을 거두어 줄 것을 간곡히 청했다.

-경卿 등에게 가부可否를 취하려는 것이 아니라 다만 경 등으로 하여금 이를 알도록 하는 것뿐이다.

대왕대비의 뜻은 완고했다. 학문이 깊은 장성한 임금이 능히 정사政事를 살필 수 있다는 확신이 들어서였다. 수렴청정을 거두겠다는 것일 뿐 다른 마음이 깃들지 않은 진심이었다.

-나는 자질이 본디부터 민첩하지 못하고 학문도 또한 성취되지 못

하여 모든 일을 우러러 아뢰었던 것은 경 등이 아는 바인데 지금 대비께서 정사를 나에게 돌리려고 하므로 내가 이를 청하였으나 윤허하지 않으시었고 원상 등이 또한 이를 청했으나 윤허하지 않으시었다. 경 등은 곧 나의 시종하는 사람이니 나의 말로써 청해보도록 하라!

성종은 도승지를 불러 재차 청을 올리도록 했다. 임금의 명을 받든 도승지 유지는 선정전 뒤의 내문으로 나아가서 나인을 통해 대왕대비께 아뢰었다.

-제가 학문이 성취되지 못하여 모든 정무를 오로지 대비의 지획指劃을 받들어 오늘날에 이르게 되었으니 모름지기 원상의 청을 따르소서!

형식적이라 하지 않을 수 없어도 성종으로서는 엎드려 소원하는 심정으로 청을 올렸다.

-처음에는 주상께서 나이가 어리기 때문에 내가 국정에 참결하였지만 지금은 임금의 학문이 고명하니 무슨 일인들 혼자 처리할 수 없겠소?

-제가 만약 학문이 성취되어 큰일을 결단하라 한다면 여러 신하들이 당연히 저에게 정사政事를 돌려주기를 청할 것인데 지금은 원상들이 저에게 정사를 돌려주지 말도록 청하고 있으니 원컨대 이를 따르소서!

-주상께서 이미 내 뜻을 잘 알고 있음이오. 나는 지식이 적고 우매한 자질로서 국정에 참여해 청단했으니 사필史筆을 더럽힐까 두려운 것이오. 지금부터는 임금이 혼자 결단하고 늙은 대비에게는 편안히 잠자도록 하는 것이 또한 옳지 않겠소?

대왕대비는 추호도 뜻을 굽힐 생각이 없었다. 성종이 이미 자신의 속뜻을 헤아리고 있음도 알고 있었다.

―내가 간절히 이를 청하였으나 윤허하지 않으시니 원상들이 마땅히 이를 다시 생각해보라!

성종은 대왕대비를 직접 면대한 후에 선정전으로 나아가 원상들과 승지를 불러들였다.

―신이 이미 의정부와 충훈부의 대신들을 불렀으니 장차 같은 말로써 청할 것이옵니다.

성종의 심경을 헤아린 한명회가 곡진히 아뢰고 나섰다.

―좌의정이 이미 왔으니 어찌 모두 도착하기를 기다리겠는가?

성종은 여느 때와는 달리 느긋하지 않았다. 한명회의 뜻이 곧 원상들의 뜻이란 말이었다.

―우리 조정에서는 세종께서 승하하시고 문종께서 일찍 별세하셔서 노산군이 왕위에 오르니 나라 일이 날로 그릇되므로 세조께서 정난定難하였지만 오히려 성삼문 등의 변고가 있었으며 예종조에 이르러서는 남이의 난이 있었는데 주상께서 즉위한 이후로 아무 일도 하지 않아도 저절로 다스려진 정치에 이를 수 있게 된 것은 모두가 태상께서 보도하신 힘이오니 청하오건대 정사를 돌려주지 마시오소서.

결론이 난 것임을 누구보다도 잘 알고 있었으나 한명회는 임금과 대왕대비의 뜻을 아우르며 주어진 책무를 다하려 했다.

―내가 이 마음을 가진 지가 오래되었는데 때마침 중궁이 불행하게 된 때문에 머뭇거리면서 이제까지 이르게 되었도다. 더구나 외간外間의 말이 이와 같은 것을 들으니 내 마음에 편안하겠는가? 경卿 등의 말을 따를 수가 없도다.

대왕대비는 번복할 수 없음을 분명히 했다.

―지금은 중궁이 정해지지 않았으니 어찌 마땅히 정사를 살피겠사옵니까? 만약 지금 정사를 사피辭避하신다면 이는 동방의 창생을 버리는 것이옵니다. 또 신 등이 상시로 대궐에 나아와서 안심하고 술을 마시게 되는데 만약 그렇다면 장차는 안심할 수가 없을 것이옵니다.

다시 청하여보라는 임금의 명에 한명회가 거듭 나서서 아뢰었다.

―소인들의 말은 셀 필요가 없사옵니다. 다만 종사의 큰 계책을 생각하시옵소서.

김국광이 나서서 아뢰었다.

―오로지 소인의 말 때문이 아니오. 내가 이 마음을 가진 지가 오래되었소. 더욱이 밖에서는 삼공三公이 정무를 보좌하고 백사百司가 직무를 분담하고 있으니 내가 어찌 감히 쓸데없이 있겠소. 또 부왕께서 만약 있다 하더라도 이미 왕위를 전하셨으면 어찌 다시 국사를 참여해 들을 수가 있겠소?

대왕대비는 만류하는 원상들의 입장을 헤아리며 설득을 마다하지 않았다.

―사필史筆을 더럽힐까 두렵다고 하였사오니 비록 정사를 청단함은 꺼리신다고 하여도 그러나 질의할 만한 일과 궁중의 모든 일을 어찌 참여해 들지 않겠사옵니까? 대비마마의 명을 따르지 않을 수가 없을 것이라 생각되옵니다!

도승지 유지는 대왕대비의 뜻을 받들어야 하는 의견을 피력했다.

―어찌하겠는가? 정승 등이 바로잡고 보좌하는 데에 있을 뿐이로다.

백사百司들이 내가 나이 어리다 하여 해체됨이 없지 않을 것이니 이런 이유로서 포고布告하도록 하라.

성종은 이같이 어명을 내린 후에 잠시 눈을 감았다가 떴다.

-중앙과 지방에도 알아듣도록 전교傳敎하는 것이 어떻겠사옵니까?

-그리하도록 하라!

성종은 도승지 유지의 건의를 담담히 받아들였다. 조모인 정희대비의 수렴청정을 벗어나 이제 독단으로 국사를 이끌어가야만 했다. 그야말로 만감이 교차했다. 일면의 두려움이 없지는 않으나 고대하였던 순간이었다. 성종은 지하에 잠들어 있는 조부 세조대왕과 보위에 오르지 못하고 세상을 떠난 아버지 의경세자를 떠올렸다. 두 분께서 기뻐하실 태평 치세를 반드시 열어갈 것이며 이어받은 가문의 혈통으로 종사를 길이 이어가게 하겠다는 다짐을 했다.

내가 어린 나이로서 들어와 대통을 계승하였으니 깊은 못가에 간 듯 얇은 얼음을 밟는 듯 조심하고 두려워서 성취할 바를 알지 못하였다. 우러러 생각하건대 자성 대왕대비께서 타고난 자질이 깊고 아름다웠으니 다만 모후의 의범이 일찍부터 나타날 뿐 아니라 조종祖宗의 전고典故도 갖추어 체험했음으로 이에 국정을 들어 우러러 지획을 받은 지가 이제 8년이나 되었다. 아! 대왕대비의 보도하는 힘이 있지 않았다면 어찌 지금의 편안함에 이르렀겠는가? 내가 바야흐로 우러러 힘입어 그 성취하는 법을 영원히 받으려고 하였었다. 그러나 바로 금년 정월 13일에 삼가 의지를 받았는데 '내가 나이 장성하고 학문이 성취되었다 하여 군국軍國의 모든 정무政務를 나의 혼자 결단에 맡긴다'고 하셨다. 명령을 듣고 매우 두려워하고 있는데 어찌 능히 감내하겠는가? 고개를 숙이고 엎드리어 이를 청하기를 두세 번에 이르고 승지와 원상들도 또한 이를 청했으나 되지 않았다.

내가 생각하건대 온 나라의 번거로운 사무로 성체를 수고롭게 하는 것도 또한 편안히 봉양하는 도리가 아니므로 이에 마지못해서 지금부터는 무릇 나라의 모든 정사는 내 뜻으로서 결단하고 다시는 대왕대비께 아뢰어 처결하지는 않을 예정이다. 다만 덕이 적은 몸이 또 받드는 데가 없게 되면 하루 동안에 온갖 중요한 정사를 능히 미치지 못한 점이 없겠는가? 이에 나는 더욱 조심하고 힘써서 잠자고 밥 먹는 일까지 잊고서 조종의 어렵고 중대한 부탁과 신민들이 우러러 바라는 마음을 저버리지 않기를 바라고 있으니 중앙과 지방의 신하들도 또한 나의 지극한 회포를 본받아서 그 직무에 조심하고 근실하여 함께 다스림에 이르게 하라. 그대 의정부議政府에서는 중앙과 지방에 알아듣도록 타이르라.

성종은 이같이 의정부에 전지를 내렸다. 바야흐로 성종의 시대가 열리고 있었다.

숙의 윤씨가 중전으로 봉해졌다. 성종은 인정전으로 나아가 밀성군 이침과 좌찬성 노사신을 보내 교명과 책보를 내렸다.

예전의 현명한 임금이 국사를 다스림에 있어서 반드시 내치를 먼저 함은 그 근본을 바르게 한 것이다. 내가 어린 몸으로 대통을 이어받아 영구히 부하해야 할 중한 책임을 생각하건대 반드시 내좌內佐하는 현명한 사람의 도움에 힘입어야 하는데 중궁의 자리가 빈 지 여러 해가 되었다. 이에 대왕대비의 의지를 받드니 궁궐은 주장하는 사람이 없을 수 없으므로 현숙한 자를 간택하여 내정을 총괄하게 해야 한다고 하셨다. 그대 윤씨는 일찍이 덕행으로 간선되어 오랫동안 궁궐에 거처하면서 정숙하고 신실하며 근면하고 검소한 데다 몸가짐에 있어서는 검소하고 공경하였으므로 삼궁三宮에게 총애를 받았다. 이에 예법을 거행하여 왕비로 책봉한다. 천지의 자리가 정해지면 만물이 생육되고 군후君后가 덕이 합하면 만화의 터전이 이룩된다. 마땅히 은총의 칙명을 받들어 시종 한결같은 덕으로 공경할지어다.

하늘이 만물을 내는 데에는 반드시 땅의 받드는 것을 기다리고, 임금이 나라를 다스리는 데에는 실로 음교의 도움에 힘입는 것이니 이에 이루어진 법에 따라 휘칭의 의식을 거행한다. 생각하건대 그대 윤씨는 성품이 부드럽고 아름다우며 마음가짐이 깊고 고요하여 총애가 이미 깊고 모의로서의 민망도 합당하므로 은총의 법을 더하여 위호를 바르게 한다. 규목의 은혜가 미치니 풍화는 이날에 근본 하였고 과질의 경사가 뻗치니 본손과 지손이 백세에 굳건하리로다.

성종은 실로 숙의 윤씨를 인정했고 원했다. 더구나 자신의 핏줄을 회임하였다는 사실에 성종의 마음은 숙의 윤씨에게 더욱 빠져들었다. 숙의 윤씨는 왕후 없이 두 해를 지내온 성종으로부터 그야말로 꿈만 같은 선택을 받은 것이다.

내외명부內外命婦가 새 왕후에게 진하陳賀하였다. 영의정 정창손은 백관을 거느리고 나아가 맞이하고 전문箋文을 올려 하례를 했다.

임금의 배필로 오르시니 모두 적의의 성함을 보게 되었고 중궁의 지

위로 칭호를 정하시니 이에 보책의 영광을 받게 되었사옵니다. 기쁨은 신민에 넘치고 경사는 종사에 이어지옵니다. 공손히 생각건대 마음가짐이 깊고 고요하시며 덕은 유순하고 아름다우시어 관저의 요조숙녀를 구하는 데에 합하셔서 휘음徽音을 이어받았으며 계명의 경계하는 도를 본받아 풍화의 터전이 마련되었으니 복록이 무궁하고 인륜의 도가 지금부터 비롯되옵니다. 신 등은 외람되게도 좋은 세대를 만나 훌륭한 의식을 흔쾌히 보게 되었사옵니다. 수壽, 부富, 다남多男하시도록 화봉인의 삼축을 본받으며 본손과 지손이 백세에 번창하도록 주아의 시詩로 화답하옵니다.

정창손은 깊숙이 허리를 숙여 중전의 자리에 오른 숙의 윤씨에게 극진한 공경의 예를 표하였다.

보책寶冊이 뜰에 휘날리니 견천에 합한 이를 구함이 마땅한데 중궁의 정위正位가 그릇되게도 과덕한 몸에 미치었습니다. 분수에 넘치는 일이라 몸 둘 바를 모르겠습니다. 삼가 생각하건대 성품이 용렬하고 문벌이 미천하여 계명의 경계함이 없었는데도 4년 만에 빈嬪이 되었고 인지의 어짊이 없으니 감히 성화聖化를 도울 수 있겠습니까? 그리고 어찌 은총이 뜻밖에 천품에 내릴 줄을 기대하였겠습니까? 삼가 성사盛事는 예禮로 인하여 일어나고 교화는 가까이로부터 베풀어집니다. 하늘은 반드시 땅에 힘입는 것이므로 이에 시작을 엄정히 해야 하고 외치는 내치로 말미암는 것이므로 이에 인륜의 시초를 삼가는 것입니다. 그런데 마침내 저같이 잔약한 자질로 하여금 특수한 은혜를 입게 하셨습니다. 비록 덕행은 부끄러우나 주周나라의 태사太姒를 사음嗣音하겠습니다.

왕후가 된 숙의 윤씨는 겸사히 사은의 전문을 올렸다. 믿기지 않는 광영에 순간순간 꿈이 아닐까란 생각이 들기도 했다.

성스러운 덕을 몸에 지니고 있으니 이륜이 밝게 베풀어지고 가인으로서 바른 위치에 있으니 복록이 더욱 충만하옵니다. 무릇 보고 듣는 자들이 누군들 춤추고 노래하지 않겠습니까? 삼가 생각하건대 총명예지하시고 강건剛健 수정粹精하시어 대왕께서 나라를 다스리심을 본받아 풍화가 안으로부터 비롯되었고 태사와 같이 훌륭한 이를 배필로 삼으니 천명이 아름답사옵니다. 책례冊禮가 갖추어지니 신민이 경사를 함께 하옵니다. 삼가 생각하건대 다행히 좋은 세대를 만나 훌륭한 의식을 보게 되었습니다. 지극히 아름다움을 칭송하며 화봉인華封人의 다남多男하시라는 축하를 본받아 충성을 배倍나 다하겠사옵니다.

영의정 정창손이 전문을 올려 성종에게 하례하였다. 배필을 맞는 임금을 축원하면서 경사의 기쁨을 한껏 드러내었다.

전대前代 제왕의 치적을 두루 보건대 대개 모두가 내후內后의 음陰으로 도운 공功이었다. 내가 대통을 이어 처음에 한씨를 비妃로 책봉하였으나 불행하게도 일찍 세상을 떠났으니 슬픈 마음 무어라 할 수 없다. 생각하건대 중궁은 덕德이 없으면 감당할 수 없으므로 적당한 사람을 얻기가 어려워서 자리를 비워 둔 지가 오래되었다. 이번에 대왕대비의 의지를 받드니 왕후의 자리는 오랫동안 비워둘 수 없고 내정은 주장하는 사람이 없을 수 없다고 하셨다. 내 생각으로는 건곤乾坤, 이기二氣, 교감交感으로 만물이 화생하여 군후君侯의 덕이 같아야 모든 업적이 이루어지는 것이다. 하물며 덕이 없는데 어찌 홀로 그것을 이룰 수 있겠는가?

돌아보건대 숙의 윤씨는 성품이 부드럽고 아름다우며 마음가짐도 깊고 고와서 일찍이 내선에 뽑혀 오랫동안 궁중에 거처하였다. 효성은 삼궁을 움직이고 공검은 일신에 현저하여 좌우에 있으면서 보필하게 되면 진실로 그 으뜸으로서 마땅하다고 여겼다. 이에 성화成化 12년 8월 초 9일에 옥책玉冊과 금보金寶를 내려 중궁의 자리로 정하고 이어서 대례大禮를 행하게 되었으니 어찌 너그러운 은전을 베풀지 않겠는가?

이달 초 9일 새벽 이전에 모반대역謀反大逆의 중한 죄를 범한 것을 제외하고는 이미 발각되었거나 발각되지 않았거나 이미 결정되었거나 결정되지 않았거나 모두 용서한다. 감히 유지宥旨 이전의 일을 가지고 서로 고발하여 말하는 자는 그 죄로써 죄를 주겠다. 아! 경사가 궁궐에 이어져서 이미 나라의 근본에 명분이 바르게 되었으니 뇌우雷雨와 같은 은혜를 베풀어 마땅히 백성에게 복이 고루 돌아가도록 해야 한다.

대신들의 전문을 받은 성종은 이같이 교지를 내려 반사頒赦하였다. 중전으로 맞이한 숙의 윤씨에 대한 성종의 마음이 교지에 그대로 담겨 있었다. 성상으로서의 위업을 갖추어나가는 것에 부족함이 없었다. 성종은 대신과 종친들을 불러 인정전에서 연회를 베풀었다.

권력을 나누어줄 수는 없어도 피를 나눈 일가는 왠지 모르게 끌리며 마음이 쓰일 수밖에 없었다. 예종의 딸인 정숙공주는 성종의 사촌누이였다. 성종이 예종의 양자로 입적되어 왕위를 계승한 것을 따지면 성종에게는 친누이나 다름없었다. 성종은 정숙공주의 안위를 적잖이 염려했다.

-내가 듣건대 정숙공주가 일찍이 예종을 여의고 임사홍에게 의지하

여 중히 여기기를 친아버지와 같이하고 일찍이 임사홍의 집에 있으면서 아버지로 불렀다고 한다. 그 사랑하고 중히 여김이 지극한 인정에서 나왔는데 정숙공주가 지금 밀성군의 집에 있으면서 임사홍의 일을 듣고 항상 슬피 울며 먹지 아니하니 거의 병을 이루었다.

내가 중사中使를 보내어 이르기를 임사홍이 죄를 범한 것이 깊고 중하여 용서될 리가 만무하니 지나치게 슬퍼하지 말라고 하였으나 오히려 먹지 아니하고 또 지금 상언을 하였는데 그 말이 심히 슬프고 가엾다. 그가 비록 여자일지라도 예종을 사모하는 정이 그칠 수 없는 데다가 임사홍을 보기를 예종과 같이하니 그 정情이 가긍하다. 열 명의 아들이 있어도 착하지 못하면 한 어진 딸만 못하다고 하였다. 내가 임사홍의 형장刑杖을 면제하여 속贖하게 하려고 하는데 어떠하겠는가?

주강晝講에 나아간 성종은 좌우의 대신들을 돌아보며 물었다. 물론 결론을 내어놓고서 설득을 하는 차원이었다.

―공주께서 슬퍼함은 진실로 가엾고 민망스러우나 이미 사형을 감한 것도 성상의 은혜가 지나치게 중한데 형장을 가볍게 속贖할 수는 없사옵니다.

강직한 성품을 지닌 좌찬성 홍응은 넘치는 은정이라며 부당함을 아뢰었다.

―경卿 등이 법을 고집하고 흔들리지 아니함은 진실로 아는 바이나 다만 공주가 본래 병이 있어서 이로 인하여 점점 더해질까 두렵고 또 공주의 일로 인해 삼전三殿께서 애처로워하시고 나도 또한 마음을 잡을 수가 없기 때문이다.

대신들의 뜻을 모르지 않으면서도 성종은 굽힐 생각이 없었다.

―일시의 은정恩情은 혹 이와 같을지라도 그로 인해 법을 굽힐 수는 없사옵니다!

홍응 또한 원칙의 소신을 굽히려 하지 않았다.

―신이 임사홍과 더불어 일찍이 동료가 되었으나 간 사람이 이와 같은 것을 알지 못하였사옵니다. 가까이 모시는 자리에 있으면서 대간과 교통하여 동렬同列을 공박해 모함하였으니 바로 죄의 괴수이옵니다. 김명성 등과 같은 두세 사람은 임사홍의 간사함을 알면서도 즉시 아뢰지 아니하고 친계함에 미쳐서도 바로 계달하지 않았으니 진실로 죄가 있으나 임사홍에 비하면 자연 중하지 않사옵니다.

도승지 손순효가 임사홍의 죄질을 상기시키며 면죄의 부당함을 거들었다.

―누구를 가볍다고 이르고 누구를 무겁다고 여기는가?

―김명성 등이 처음에는 박효원에게 속은 바가 되었다가 뒤에 박효원의 간사한 꾀를 깨닫고 의논하여 반격하려고 하였으나 한때의 동료이기 때문에 마침내 중지하고 실행하지 못하였으니 그 본래의 뜻은 임사홍과 같지 않습니다.

성종의 지적에도 손순효는 그리 당황하는 기색 없이 생각을 밝혔다.

―김명성 등은 간관으로서 그 도리를 잃었고 또 성상 앞에서 바로 계달하지 않았으니 죄가 또한 작지 않사옵니다.

홍응이 다시 나서서 아뢰었다.

―죄가 없다고 이르는 것은 옳지 못하다!

−이창신과 채수의 일은 증거 할 만한 것이 없어서 실정을 알아내기가 진실로 어렵사옵니다!

  −이창신이 임사홍에게 가서 어찌 말한 바가 없었겠는가? 전일에 대문大問하였을 때에 이 두 사람이 가장 말을 많이 하였으니 혹시 이러한 배척할 마음이 있어서 임사홍에게 와 말하고 그 뜻을 엿보았을 것이다. 이것도 또한 간사한 것이다.

  홍응의 생각에 한 치의 어긋남도 없음을 성종은 너무도 잘 알고 있었다. 다만 대신들이 임금의 사정을 무난히 받아들여 주었으면 하는 기대가 여지없이 무너지는 기분이 적잖이 씁쓸하기는 했다. 명분이 미약함에도 임금이라 하여 법을 어기며 밀어붙일 수는 없었다. 임사홍의 면죄는 그만큼 어려운 문제였다.

  정숙공주는 쉽사리 포기하지 않았다. 시부인 임사홍의 형장을 속贖해주기를 성종에게 또다시 간곡히 청했다.

  일에는 정한 법이 있으나 권도權道도 폐할 수 없다. 이 상언上言을 보건대 말이 매우 박절하니 내가 임사홍의 결장決杖을 속贖하려고 한다.

  정숙공주의 간청에 성종은 조정 대신들의 반대를 무릅쓰고 승정원에 전교를 내렸다.

  −사형을 감한 것도 중한데 형장을 속贖할 수는 없습니다!

  한명회가 임금의 뜻을 완곡히 반대하고 나선 것을 극히 이례적이었다. 받아들일 수 없음을 분명히 한 것이다.

  −임사홍 등은 장차 나라를 그르치게 하려고 하였는데 어찌 그 훈공勳功을 헤아리겠습니까? 임사홍의 죄는 결코 가볍게 논할 수가 없사옵

니다.

우참찬 유지는 듣기에 얼핏 거슬릴 만큼 억양을 높였다.

─대신과 대간들의 말이 진실로 옳으나 다만 오늘 낮에 삼전三殿에 문안을 하였더니 정숙공주가 병든 몸으로 와서 통곡하고 삼전께서도 슬프게 눈물을 흘리셨다. 대저 아들은 마음을 부모에게 순종하는 것을 효도로 삼는 것이다. 지금 삼전께서 편치 못하면 아들의 마음이 어떻겠는가? 경 등은 또 말하기를 이를 징계하지 않으면 장차 나라를 그르치는 데 이르게 될 것이라 하나 내가 비록 밝은 임금은 아닐지라도 어찌 노기와 왕안석 같은 자가 나와서 정사를 어지럽게 함이 있겠는가? 내가 진실로 사필史筆에서 나를 가리켜 소인을 알면서도 능히 엄하게 버리지 못했다고 할 것을 알고 있으나 내가 법을 굽혀 은혜에 따르는 것은 부득이한 것이다. 또 유자광은 선왕조 때의 구신舊臣으로 일찍이 함께 삽혈歃血 동맹하였는데 종사에 관계되지도 않는 일로써 하루아침에 형장을 가하는 것은 또한 의리에 옳지 못한 것이다. 가령 정승들이 죄가 있다면 일일이 매질하는 것이 옳겠는가?

대신들의 강개한 반대가 이어졌으나 성종은 부득이한 정황인 것을 세세히 설명하며 설득을 멈추려 하지 않았다.

─청컨대 훈적勳籍에서 삭제하고 가산을 적몰籍沒하소서. 예로부터 훈적에 있으면서 귀양 간 자는 있지 않았습니다.

몸은 바짝 낮추었으나 한명회 또한 굽히거나 물러서려 하지 않았다.

─김명성과 김괴 등은 임사홍이 박효원에게 은밀히 사주한 것을 알고 서로 면책하였으며 또 공박하여 다스리려고 하였는데 마침내 그렇게

못 한 것은 반드시 그 술책에 빠진 것이다. 형장을 속贖하는 것이 어떠하겠는가?

정숙공주의 눈물 어린 간청을 외면할 수 없는 성종은 어떻게든 대신들이 생각을 바꾸어주기를 바라고 있었다.

-임사홍 등은 사형을 감한 것도 족한데 이제 또 형장을 속하면 너무 가볍지 않겠사옵니까? 청컨대 가산을 몰수하고 훈적을 삭제하여 먼 지방으로 귀양을 보내소서. 또 지금 죄의 괴수에게 형장을 속하면 김명성과 김괴도 마땅히 속해야 할 것입니다.

한명회는 형평에 어긋나는 점을 아울러 강조했다. 임금과 대신들 모두 실로 곤혹스러운 일이 아닐 수 없었다.

-전하께서 공주의 일로 인해 특별히 임사홍의 형장을 속하시는 것은 그 허물을 아시면서 고의로 하시는 것이옵니다. 그렇다면 임사홍은 그만두고라도 그 나머지 유자광과 김언신, 박효원은 청컨대 법대로 처단하소서.

지평持平 강거효는 이어지고 있는 논쟁을 그만 접어야 한다고 생각했다. 임금이 작심한 것을 대신들이 끝내 꺾을 수는 없다는 생각이다.

-그들은 먼 지방에 귀양 보내고 김명성과 김괴는 형장을 속贖하라!

-예전에 이원은 정승으로서 제주에서 뇌물을 주는 구슬을 받고 공신에서 삭적削籍되어 먼 고을에 부처 되었었는데 세조조 때에 이르러 그의 사위 권남이 정승이 되어 다시 철권鐵券을 받았습니다. 오늘 삭적하였다가 내일 다시 주는 것은 오직 성상의 재결에 달려 있사옵니다.

신하 된 한계로서 어찌할 수 없이 임금의 뜻을 받아들일 수밖에 없는 한명회는 지난 세월의 일례를 들기까지 했다.

　-율문律文에 공신을 삭적하고 가산을 적몰籍沒한다는 것이 있사옵니다. 전하께서 이미 사형을 감하시고 또 형장을 속하시고 또 처자를 종으로 삼는 것을 면제하셨으니 그 나머지 조문條文은 청컨대 법대로 하소서.

　우참찬 유지의 어조는 차분하게 가라앉아 있었다. 체념한 듯했으나 실상은 법대로 다스려야 한다는 뜻이었다.

　-이는 반역이 아닌데 어찌 가산을 적몰하는 데 이르겠는가. 또 율문에 폐하여 서인庶人을 만들라는 문구도 없다. 그러나 정승들이 어찌 감히 옳지 못한 일로서 아뢰겠는가? 유자광을 공신적功臣籍에서 삭제하도록 하라!

　정숙공주의 처지와 간청 때문이었으나 지금과 같은 고민은 다시 없어야 했다. 임금이라 하여 사사로이 정리를 좇아 법도에 부합하지 않는 명령을 내리는 것이야말로 스스로 임금의 권위를 떨어뜨린다는 것을 학문이 우월하고 어리다 할 수 없는 성종이 모를 리는 없었다.


　승정원으로부터 소식을 전해 들은 성종은 몹시 기뻐했다. 지난밤에 중전 윤씨가 종사를 이어갈 원자元子를 생산한 것이다. 1476년 11월 7일이었다. 진시辰時에 종친과 대신들이 모두 예궐하여 임금께 칭하했다.

　-신 등은 기쁨을 이기지 못하여 하례를 드리오니 청컨대 백관의 하례를 예문禮文과 같이 시행하게 하소서.

　도승지 현석규는 기쁨으로 들떠있었다.

─경사가 오늘과 같은 적이 있지 아니하였으니 청컨대 경내에 대사령大赦令을 내려 널리 기쁜 마음을 일으키게 하소서.

좌승지 이극기도 기쁨을 감출 수 없는 기색으로 사면령을 건의했다. 성종은 지체하지 말고 시행할 것을 명했다.

참으로 왕실과 나라의 큰 경사가 아닐 수 없었다. 군왕의 나라에서 대통을 이을 왕자가 태어난 것은 나라의 온 민인들도 기뻐하고 남을 일이었다. 새로이 중전 간택 없이 후궁이었던 숙의 윤씨가 무난히 중전의 자리에 오르고 원자까지 생산하였다는 것은 왕실이 평탄하게 지속되어 갈 수 있는 기반이 되기에 충분했다. 정녕 하늘이 단죄를 끝낸 것인지는 알 수 없었다. 다만 세조의 두 아들인 의경세자와 해양대군 예종의 단명短命으로 조카 단종을 죽인 죄의 대가를 혹독하게 치르긴 하였으나 손자인 성종의 뛰어난 자질과 태평 치세 그리고 왕위를 이을 원자 생산까지 세조를 향한 하늘의 진노가 멈추었음을 짐작하기에 충분했다. 대왕대비를 비롯한 세조가의 사람들로서는 안도의 기쁨을 감출 수 없었다.

중궁전으로 향하는 성종의 머릿속에 태어난 원자의 얼굴이 상상되어 떠올랐다. 또 하나의 세상을 얻은 것처럼 가슴이 벅차오르기까지 했다. 중궁전에는 정희대왕대비와 인혜왕대비와 인수왕대비까지 세분의 대비가 이미 찾아와 있었다. 성종은 중전의 품에 안겨 있는 원자를 눈에 넣었다. 순간 자신의 핏줄이라는 감격과 아비가 되었다는 생각들이 중첩되면서 지금껏 느껴보지 못했던 미묘한 기분이 들기까지 했다.

─주상, 참으로 왕실과 나라의 경사가 아닐 수 없소. 어찌 이리 기쁠 때가 있단 말이오!

대왕대비는 눈물을 글썽이기까지 했다. 왕실의 웃어른으로서 장차 종사를 이을 왕통이 태어난 기쁨은 누구와도 비견할 수 없었을 터였다.
　-이와 같은 경사는 왕실과 종사를 위한 대왕대비마마의 기도 덕분이라 생각되옵니다!
　성종은 대왕대비의 심정을 헤아리고도 남았다.
　-지하의 세조대왕께서도 얼마나 기뻐하시겠소! 아마도 왕실과 종사를 위해 그곳에서도 부처님께 빌고 또 빌었을 것이오.
　-필시 그리하셨을 것이옵니다!
　성종은 지당하다는 듯 몇 번씩이나 고개를 주억였다. 그러고는 눈길을 돌려 원자를 다시 눈에 넣었다. 그 순간 아버지 의경세자를 일찍 여읜 자신의 유년 시절이 떠올랐다. 임금의 손자였으나 아버지를 상실한 헛헛한 마음은 실로 형언할 수 없을 정도였다. 대놓고 내색할 수는 없었으나 일찍 세상을 떠난 아버지를 그리워하며 혼자서 눈물지었던 적도 여러 번 있었다. 명운은 하늘의 뜻이라지만 원자를 위해서라도 너무 일찍 떠나서는 아니 된다는 마음의 다짐을 했다. 성종은 오래도록 원자에게서 눈을 떼지 못했다.
　태조께서 나라를 세우시고 조부인 세조로부터 이어 물려받은 나라를 융성하게 만들어 반드시 태평치세太平治世를 열어가겠다는 포부를 곱씹으며 성종은 서책을 정독했다. 밤이 깊었지만 피곤함도 잊은 채였다.
　-전하, 밤이 깊었사옵니다. 그만 침소에 드시오소서!
　당직 승지가 낮은 음성으로 채근을 했다.
　-지금 시각이 어찌 되었느냐?

-자시子時가 지났사옵니다.

-벌써 그리되었단 말이냐. 알았느니라!

성종은 서책을 덮고 자리에 누웠다. 하지만 단잠에 빠져들지 못하고 뒤척였다. 치세의 기틀을 공고히 하기 위해서는 먼저 임금의 학문이 우월해야 하고 그리해야 나라를 다스리는데 필요한 안목과 식견이 높아지리라는 생각을 했다. 성종은 왕위에 오르지 못하고 세상을 떠난 아버지를 떠올렸다. 흔적 없는 아버지의 용상도 자신의 몫이라고 생각했다. 훗날 보위에 오를 원자에게 반드시 태평성대太平聖代한 나라를 물려주고 싶었다. 성종은 밤이 깊어가는 것도 잊은 채 융성한 나라를 꿈꾸고 있었다.

# 폐서인廢庶人

한명회의 권력도 기울어져 갔다. 당대의 최고 권세가인 것은 사실이었으나 절정 이후의 쇠락이 확연히 드러나고 있었다. 세조의 최측근으로 정난공신靖難功臣이며 원상 중의 으뜸인 천하의 한명회이지만 세월 속의 변화와 육신의 노쇠를 막을 수는 없었다. 쟁취한 자에게 한세월 머물게 되나 때를 맞추어 떠날 채비를 갖추는 것이 또한 권력의 속성이었다. 신진들은 한명회를 그리 두려워하지 않는 듯했다.

−신 등이 의금부에서 이종생을 추핵한 문안을 보니 장 1백 대의 죄로 이전의 일에 비겨서 결단하였고 또 전하의 명에 따라 한명회를 추국하지 않았습니다. 이제 이종생은 한 방면을 맡은 대장으로 성상께서 변방을 나누어 맡기신 중임을 생각하지 않고 그것이 미치지 못할세라 마음을 기울여서 권세 있는 집을 섬겨 장삿배를 엄습하여 물건을 빼앗았으며 정귀함은 무관에 급제하여 관원으로 임명된 사람인데도 다 가두어 순월旬月을 지체하여 두었습니다. 국법을 두려워하지 않고 세력에 붙어서 아첨한 것이 이와 같으니 그 죄를 엄하게 다스려 먼 곳으로 귀양 보내어 뒷사람들을 경계해야 마땅한데도 사유赦宥 이전의 일이라 하여

놓아준다면 형정刑政을 매우 잘못하는 것이거니와 간사한 사람이 어찌 경계되겠습니까? 한명회는 훈공勳功을 믿고 기염氣焰을 펴서 이종생을 시켜 최호, 이의석을 순치로 하여 남의 재물을 빼앗게 하였으니 그 죄가 큰데 그대로 두고 죄를 묻지 않는 것이 옳겠사옵니까? 삼가 바라건대 한명회를 추국하여 그 죄를 묻고 아울러 이종생, 최호, 이의석 등의 죄도 다스려서 뒷사람들을 징계하소서.

대사헌 윤계겸이 어전御殿에 들어 훈구공신 한명회의 죄를 추국할 것을 주장했다. 원상의 권력도 더는 두려움의 대상이 아니었다. 한명회도 예외는 아니었다.

－절도사의 인印을 써서 과오로 범한 것은 이종생의 죄이나 사유赦宥는 백성에게 신의를 보이는 것인데 이제 소급하여 논한다면 신의에 있어서 어떠하겠는가? 과인이 보기에 이일은 또 상당上黨이 아는 것이 아닐 것이다.

성종은 의금부에서 이종생을 조율한 계본을 대간들에게 보이게 하며 한명회의 무고함을 역설했다. 성종으로서는 한명회의 죄가 있든지 없든지 그를 추국한다면 그것은 곧 원상들과의 정치적 결별을 뜻하는 것이 될 수밖에 없기 때문이었다. 곤혹스럽고 부담스러운 결단을 섣불리 내릴 수는 없었다. 원상들이 여전히 조정의 든든한 버팀목인 것을 부인할 수도 없었다. 공혜왕후가 이미 세상을 떠났다 해도 한명회는 또한 자신의 장인이기도 했다.

－이종생 등은 이미 파직하였고 또 대사大赦를 지났으니 의금부의 계본啟本대로 하는 것이 어떻겠습니까?

영의정 정창손이 대신들과 의논한 중론을 아뢰었다.

−죄를 범한 것이 매우 중하면 사유를 지났더라도 별례로서 논하여 처단하여서 징계를 보인 전례가 있으니 이종생은 고신告身을 거두고서 부처付處하고 최호, 이의석은 고신을 거두는 것이 어떠하겠습니까?

임원준은 상당부원군 한명회를 거론하지는 않았으나 이종생 등의 죄를 묻지 않을 수 없다는 주장을 폈다.

−한명회는 훈구대신으로서 권세가 가장 강성하여, 하고자 하는 것이 있으면 무엇이든 뜻대로 하였는데 이번에 또 수령守令을 강제하여 남의 재물을 빼앗게 하였고 절도사 이종생, 홍주목사 최호, 판관 이의석은 뜻에 아부하고 순종하여 불법을 감행하여서 조관朝官을 가두기까지 했습니다. 이는 한명회가 있는 줄만 알고 국법이 있는 줄 모르는 것이니 그 죄악으로 말하면 무엇이 이보다 크다 할 수 있겠습니까? 사유 이전의 일이라 하여 아주 놓아주고 다스리지 않는다면 권세 있는 신하가 무엇을 꺼리겠으며 세력에 아부하는 무리가 무엇에 징계 되겠습니까? 신 등은 한명회가 임금을 속이고 사리私利를 행한 죄와 이종생이 권세 있는 신하에게 아부한 죄를 법으로 엄하게 다스리는 것이 어떠할까 하옵니다.

대사간 최한정은 한명회와 이종생 등이 지은 죄를 엄히 다스려야 하는 공정의 당위를 상기시키기까지 했다.

−신 등이 뜻은 이미 차자箚子에 죄다 아뢰었으니 다시 의논하여 아뢸 것이 없사옵니다. 신 등은 이종생 등이 범한 것이 사유 이전에 있었던 일이기는 하나 근일 검거한 수령, 만호萬戶도 다 사유를 지났으나 모두 파출하였으니 이제 이종생 등도 죄를 논하여 처단해서 뒷사람들을

징계해야 마땅하다고 생각하옵니다.

대사헌 윤계겸의 어조는 사뭇 무례하다 싶을 정도로 강개했다. 엄벌의 소신을 굽힐 뜻이 전혀 없는 듯했다.

―의금부에 사유赦宥 이전에 소급하여 논論한 전례를 상고하여 아뢰도록 하라.

성종은 결국 대신들의 일관되고 완고한 뜻을 헤아려 받아들였다. 한명회의 면죄부가 그리 정당하지 못한 것을 인정한 셈이기도 했다. 어쨌든 성종은 원상 한명회를 외면하지는 않았으나 한명회의 막강한 권세가 쇠락의 길로 접어든 것은 틀림없었다.

한명회의 죄를 물어야 한다며 대사헌 윤계겸이 또다시 아뢰고 나섰다. 며칠이 지나지 않아서였다.

―이종생, 최호 등은 다 죄를 받았는데 한명회만은 그대로 두고 죄를 묻지 않았사옵니다. 신 등이 서경書經을 보니 덕德을 세우는 일에 있어서는 더욱 조장하기를 힘쓰고 악惡을 제거하는 일에 있어 서는 근본을 끊기를 힘쓴다 하였습니다. 이제 이종생 등이 장사하는 물건을 겁탈하고 죄 없는 사람을 가둔 것은 한명회가 평소에 위세를 길러 청탁을 마음대로 행한 소치이니 수종首從을 나눈다면 한명회가 죄인의 우두머리가 될 것인데 전하께서는 관여하지 않았다 하여 도리어 허물이 없는 처지에 두어 그 관록과 직위를 여전하게 하시니 어찌 예전에 악을 제거하는 일에 있어서 근본을 끊기를 힘쓴다는 뜻이 되겠습니까? 삼가 바라 건데 한명회에게 사정을 두지 말고 지극히 공정하게 하여 여망을 시원하게

하소서!

—신 등이 의금부의 문안을 가져다 보니 이종생이 말하기를 한명회의 서신에 따라 하였다 하였습니다. 이것이 어찌 한명회에게 관계되지 않은 것이겠습니까? 한명회와 이종생은 그 죄가 같사옵니다.

지평 윤기반은 의금부의 문안을 확인하였다며 한명회에게 명백히 죄가 있음을 주장했다.

—당초에 한명회가 청한 것이 아니고 이종생이 먼저 서신을 보내어서 한명회가 답한 것이다. 그러니 한명회에게 관계된 것이 아니고 이종생의 잘못이다.

대신들의 반복적인 공세적 주장에도 성종은 무너지지 않았다. 흡사 팽팽한 줄다리기를 계속 펼치고 있는 것만 같았다.

알고도 남음이지만 권력이 유장할 수 없다는 것이 한명회는 설핏 서글프게 여겨졌다. 정난공신으로서 원상으로서 오랜 세월 동안 권세를 누려온 몸이었다. 영의정의 자리에도 올랐고 여식이 왕후가 되기도 하였다. 임금을 제하고 자신만큼 막강한 권력을 손에 쥐었던 이가 없다는 자부심도 넘쳤다. 하지만 그 권세도 심하게 흔들리고 있으며 이제 얼마쯤은 내려놓아야 하는 지경에 다다랐다는 것을 한명회는 자각하고 있었다. 한명회로서는 선수를 칠 수밖에 없었다.

—전하! 신이 군기시제조軍器寺提調가 된 지 거의 10년이 되었습니다. 이제는 그만 사직하기를 청하옵니다.

한명회는 경연에 나아간 성종을 문안하며 사직하겠다는 뜻을 밝혔다. 막강하고 엄중한 권력직책에서 물러나겠다는 것은 자신의 죄를 추국하라며 연일 상소를 올리는 대신들에게 더는 권력의 자리에 머물지도 연연하지도 않겠다는 생각을 밝힌 것이나 다름없었다. 또 대신들의 연이은 공세를 방어하며 자신을 지켜주려 기진 애를 쓰는 임금의 짐을 속히 덜어주기 위함이기도 했다.

―군기시제조는 경卿이 아니면 안 되니 사직하지 말도록 하라!

돌연한 사직의 청에 성종은 일순 당황한 기색이 역력했다.

―일전에 경준이, 신에게 문객門客이 있다 하였고 사간원에서도 권세가 가장 강성하다 하였으니 신은 황공하여 견딜 수가 없사옵니다. 평소에 공무로 집에 찾아오는 사람을 남들이 보고 문객이 있다고 하나 대저 이른바 문객이란 그를 위하여 분주하고 봉사하는 무인武人 같은 것을 말하는데 이것이 어찌 문객이겠습니까? 그러나 집에 찾아오는 객이 한 사람도 없으면 어찌 남의 말이 있겠습니까? 청컨대 부디 사면하여 주소서.

한명회의 사면의 청請에는 억울함이 분연히 깃들어 있었다.

―의혹하지 말고 사직하지 말도록 하라!

―권세가 가장 강성한 자는 죄가 죽어 마땅하고 문객이 있으면 죄가 역시 죽어 마땅하니 성명聖明이 아니시면 신이 어찌 목숨을 보전할 수 있겠사옵니까? 바라오건대 성상의 덕德을 입게 하여주소서!

사직의 청은 가식이 아니었다. 억울함의 토로와는 별개였다. 노회한 한명회는 상황판단이 빠르고 정확했다.

―……정승이 보전保全이라는 말까지 하므로 억지로 따를 수밖에 없도다.

성종은 어쩔 수 없다는 표정을 지어 보였다. 한명회를 위해서도 사직을 받아들이는 것이 현명한 처사일 것 같다는 생각에 도달한 듯했다. 한명회의 힘을 빼놓아야 대신들의 이목도 견제도 수그러들 것이기 때문이었다.

그러했음에도 소용이 없었다. 한명회가 군기시제조를 사직했으나 대사간, 대사헌을 비롯한 대신들의 일관된 주장은 수그러들 것 같지 않았다. 흡사 창과 방패를 연상케 했다. 절호의 기회를 절대 놓치지 않고 한명회를 반드시 주저앉히겠다는 뜻이었다. 그렇게 하여 훈구대신들의 영향력을 무력화시키고 조정의 실권을 쥐려는 것 같았다. 한명회를 그대로 면죄하는 것은 공평한 이치에 어긋난다는 대신들의 주장은 정당하기에 충분했으나 성종의 주장은 명분이 매우 미약했다. 기회를 놓치지 않으려는 대신들은 집요했고 성종도 또한 뜻을 굽히려 하지 않았다.

―성상께서 대간에게 이종생의 추안을 보라 하셨사옵니다. 신 등이 보건대 김영수가 추국할 때에 이종생이 말하기를 한명회가 서신을 보내어 김성이 면포 1백 필을 싣고 제주로 가서 오래 나타나지 않다가 이제 홍주에 왔다 하였고 그 물건들을 찾아서 거두어 보내고 엄하게 징계하라 하였다 하였으니 이를 보면 한명회가 서신을 보낸 것이 분명하옵니다. 청컨대 그를 국문하소서.

사간司諫 윤민이 경연을 마친 성종에게 나아가 아뢰었다.

―내가 추안을 상고할 때에 이종생의 서신은 보았으나 정승의 서신을 보지 못하였는데 경卿 등은 보았는가?

성종은 좌우의 대신들을 번갈아 바라보며 물었다. 원상 한명회를 포기하지 않으려는 심산을 굳힌 것 같았다.

―보지 못하였사옵니다. 다만 이종생이 한보에게 서신을 보내었는데 상당군이 답을 한 것이옵니다. 상당군이 신에게 말하기를 내가 처음에 이종생에게 서신을 보낸 것이 아니라 하였습니다.

김질은 임금과 한명회를 대놓고 두둔했다.

―이종생을 국문하면 실정을 알아낼 수 있을 것이옵니다. 그러나 옥사가 이미 결단되었으니 다시 논하는 것은 옳지 못할 듯하옵니다.

도승지 현석규는 임금과 대신들의 상충을 무마하려는 듯이 아뢰었다.

―세조께서 재위하실 때 신이 주서注書로 있었는데 이시애가 발설하기를 신숙주, 한명회가 모반하였다 하였습니다. 이시애가 처형되자 세조께서 신숙주, 한명회에게 말하기를 경卿 등은 대신으로서 경계하고 삼가지 못하여 흉악한 사람이 구실로 삼게 하였으니 경들의 잘못이라 하였습니다. 이제 이종생은 죄를 받았는데 성상께서 훈구라 하여 죄주지 않으시면 뒷사람들이 징계 될 것이 없을 것이옵니다.

장령掌令 경준은 세조의 현명한 다스림을 꺼내 들어 성종의 과단을 압박했다.

―이는 이종생의 잘못이며 정승에게 관계된 것이 아니다.

성종의 방패는 예상을 뛰어넘을 만큼 견고했다. 창이 몹시 예리했으나 방패는 뚫리지 않았다. 대신들에게 결코 무너지질 수 없다는 생각에서였다.

―전일 수교受敎에 사유赦宥 이전의 일이라도 물론 하고 죄를 주고 잡거나 고발한 자는 상을 주라 하셨으나 이제 김민의 어미가 상언하니 성상께서 특별히 용서하라고 명하셨습니다. 청컨대 그를 국문하소서.

―전일의 수교는 다만 한때 미워서 한 말일 뿐이다!

사간 윤민이 공의에 어긋나는 점을 꺼내 들었으나 성종은 한때의 생각이었을 뿐이라며 일축을 했다. 성종은 끝내 흔들리지 않았고 대신들 누구도 더는 입을 열지 않았다. 대신들의 명분은 정당했으나 끊임없이 임금을 압박할 수는 없었다. 임금의 뜻이 결론인 것을 인정하지 않을 수는 없었다. 한명회의 추국에 관한 문제는 이처럼 일단락되어 가고 있었다.

원자에 이어 둘째 왕자까지 낳았음에도 자신을 총애하지 않고 후궁들을 가까이 하는 성종에게 중전 윤씨의 불만은 커져만 갔다. 그런 중전 윤씨는 성종이 자주 찾는 두 명의 후궁을 죽일 목적으로 근자에는 중궁전에 독약을 숨겨놓았다가 발각되었다. 삼 대비전의 분노는 이루 말할 수 없을 정도였다. 특히 임금의 모후인 인수대비의 분노는 더욱 심했다. 공손하고 검소하며 조심성 있는 중전이 돌변하여 극심한 투기를 부리는 것을 이해할 수가 없었다. 더구나 가장 웃어른인 대왕대비의 책망에도 잘못을 뉘우치기는커녕 손으로 턱을 고이고 성난 눈으로 노려보며 대들기까지 하는 패악마저 서슴지 않았다. 임금을 향한 독점욕에 눈이 멀어 중전으로서의 품위와 도리를 저버리고 있는 중전이었다.

성종의 고민은 깊어지고 있었다. 간택령도 마다하고 자신이 원하여 선택한 중전이었다. 성종은 중전의 충격적인 돌변과 숨겨놓았던 비상砒礵이 떠오를 때마다 몸서리를 쳐야만 했다. 단지 후궁들만이 아닌 자신에게로 독약이 쓰일 수도 있었다는 다분한 가능성 때문이었다. 후궁들과의 동침을 언급하며 임금인 자신에게 험악한 언사를 거리낌 없이 쏟아붓기까지 하는 중전이었다. 성종과 중전 윤씨의 위험한 갈등은 이처럼 정점으로 치닫고 있었다.

도를 넘어선 중전 윤씨의 언행은 극에 다다르고 있었다. 중전에게서 완전히 마음이 떠난 성종은 중전의 생일이었음에도 불구하고 후궁 엄소용의 처소로 향했다. 반면 밤이 되도록 중궁전을 찾지 않는 성종이 후궁의 처소에 들었다는 사실을 알게 된 중전은 분함에 부들부들 몸을 떨기까지 했다. 감정을 절제하지 못한 중전은 기어이 엄소용의 처소로 쳐들어가듯이 찾아갔다.

-전하, 오늘이 무슨 날인지 정녕 모르시는 것이옵니까?

중전의 모습은 이미 정상이 아니었다. 싸늘한 눈빛에는 적의가 가득 서려 있었다.

-중전은 이 무슨 무례한 짓이란 말이오!

설마하니 후궁의 처소에 불쑥 쳐들어오듯 하리라고는 생각지 못한 듯 당황스러움과 노여움이 중첩된 성종의 기색은 몹시 낯설 정도였다.

-무례한 짓이라 하셨습니까? 그것이야말로 이 몸이 전하게 드리고 싶은 말이옵니다.

분기가 치밀어 오른 때문인지 중전의 목소리는 격하게 떨렸다.

-중전은 그만 돌아가시오!

성종은 평정심을 찾으려 애를 썼다. 분칠을 한 듯 용안은 어느새 하얗게 변해 있었다. 중전 윤씨는 성종과 엄소용을 싸잡아 노려보다가 찬바람을 일으키며 돌아섰다. 임금과 중전의 관계는 도무지 제자리로 돌아갈 수 없을 것만 같았다.

투기심을 크게 불러일으킨 중전의 기세는 자신이 낳은 원자가 있어서였다. 이변이 없는 한 성종의 뒤를 이어 보위에 오를 원자의 생모가 바로 자신이라는 것에 끊임없이 자만심이 솟아오르고 있는 탓이었다. 중전의 도리를 망각한 채로 임금과 대비에게도 안하무인의 행태를 보이는 중전 윤씨는 매우 위태로운 길을 가고 있다는 것을 자각하고 있지도 못하는 것 같았다.

자시子時경에 중궁전을 찾은 성종의 용안은 몹시 차갑게 굳어 있었다.

─중전의 체통을 제발 지키시오! 정녕 부끄럽지도 않단 말이오?

성종은 노기 가득한 눈빛으로 중전을 쏘아보았다. 이대로 지나칠 수가 없어 밤이 늦었음에도 중궁전을 찾은 것이다.

─체통이라 하였고 부끄러움이라 하였습니까. 밤이면 밤마다 후궁들을 끼고 도는 전하의 체통은 정녕 지켜지고 있는 것이옵니까? 참으로 부끄러워해야 할 사람은 바로 전하가 아니옵니까!

중전은 기다렸다는 듯 성종의 핀잔을 반박하고 나섰다. 독기가 잔뜩 오른 심사는 임금이라 해도 그리 두렵지 않은 것 같았다.

─중전이 후궁들을 투기한다는 것은 참으로 있을 수 없는 일이란 것을 모르시오?

─투기가 아니고 전하의 지나친 여색을 바로 잡으려는 것이라 해야 맞는 것이겠지요!

성종이 한껏 음성을 높였으나 중전 윤씨는 조금도 당황하는 기색 없이 지나친 여색이 문제인 것으로 받아쳤다.

─이 정도로 마음이 삐뚤어지고 말이 통하지 않는 중전이었단 말이

오. 내가 이전에 사람을 잘못 보아도 아주 단단히 잘못 본 것이 맞는 것 같소!

성종의 용안은 심하게 일그러졌고 어조는 싸늘했다.

−말이 통하지 않는 것은 바로 전하가 아니옵니까! 그리고 저를 삐뚤어지게 만든 것도 바로 전하가 아니옵니까?

중전은 대들며 밀치듯이 성종에게로 바투 다가섰다. 하지만 성종은 더는 말을 나눌 의미가 없다는 듯이 홱 돌아서 방을 나서려 했다. 그 순간 화를 이기지 못한 중전이 손가락을 세워 성종의 용안을 훑어내렸다. 가히 치명적인 행위였다. 손톱자국이 선명하게 그어진 성종의 용안에 이슬 크기만 한 핏방울들이 금세 맺혀 들었다. 일말의 예상도 할 수 없이 순식간에 일어난 일이었다. 중전 윤씨는 이성을 잃은 것이 틀림없는 듯했다. 참으로 주워 담을 수 없고 되돌릴 수 없는 일이 임금과 중전 사이에서 벌어지고 말았다. 용안의 손톱자국과 흘러내리는 피를 눈으로 확인한 중전은 그제야 당황한 기색을 보였다. 손바닥으로 용안을 쓸어내린 성종은 핏빛처럼 충혈된 눈으로 중전을 노려보다가 조용히 방을 나섰다.

전날 밤에 승지를 통해 명命 받은 삼정승과 대신들은 이른 시각에 모두 예궐을 했다. 영의정 정창손, 상당부원군 한명회, 청송부원군 심회, 광산부원군 김국광, 우의정 윤필상 등은 영문을 알 수 없는 탓에 궁금증에 사로잡힌 표정들을 짓고서 선정전으로 입시했다. 승지와 사관들도 자리를 같이했다. 성종의 안색은 마치 긴 고초에 시달린 것처럼 몹시 어둡고 괴로워 보였다.

-중궁의 일을 경卿들에게 말하는 것은 진실로 부끄러운 일이라 하겠다. 그러나 일이 매우 중대하므로 말하지 않을 수가 없게 되었다. 어젯밤에 입직한 승지와 더불어 이를 의논하고자 하였으나 생각해보니 대사를 두 승지와 결단할 수는 없었으므로 인해 이에 경들과 의논하고자 하는 것이다. 옛사람이 이르기를 선경삼일先庚三日 후경삼일後庚三日이라고 하였으니 내가 어찌 생각하지 않고 함이겠는가? 부득이하여서 그러는 것이다. 지금 중궁의 소위所爲는 길게 말하기가 어려울 지경이다.

　내간에는 시첩의 방이 있는데 어젯밤에 내가 그 방에 가 있을 때 중궁이 아무 연고도 없이 들어왔으니 어찌 그와 같이하는 것이 마땅하겠는가? 이전에 중궁의 실덕失德이 심히 커서 일찍이 이를 폐하고자 하였으나 경들이 모두 불가하다고 말하였고 나 또한 중궁이 뉘우쳐 깨닫기를 바랐는데 지금까지도 오히려 고치지 아니하고 더욱이 나를 능멸하는 데까지 이르렀다. 이것은 비록 내가 집안을 다스리지 못한 소치이기는 하지만 국가의 대계를 위해서 어찌 중궁에 처하게 하여 종묘를 받드는 중임을 맡길 수 있겠는가?

　내가 만약 후궁의 참소하는 말을 듣고 그릇되게 이러한 거조를 한다고 하면 천지와 조종祖宗이 위에서 질정質正해줄 것이다. 옛날에 한漢나라의 광무제光武帝와 송宋나라의 인종이 모두 왕후를 폐하였는데 광무제는 한 가지 일의 실수를 분하게 여겼고 인종도 작은 허물로 인했던 것이나 중궁의 실덕은 한 가지가 아니니 나에게 있어서는 그렇지가 않다. 만약 일찍 도모하지 않았다가 뒷날 큰일이 있다고 하면 서제噬臍를 해도 미치지 못할 것이다. 그러니 이제 마땅히 폐하여 서인庶人을 만들려는데 경들은 어떻게 여기는가?

　성종은 폐서인의 당위를 세세히 설명했다. 과정의 절차를 지키려는 것일 뿐 이미 결심은 굳힌 후였다.

　-이제 상교上敎를 받으니 중궁이 실로 승순承順하는 도리를 잃어서 종묘의 주인을 삼는 것이 불가하다고 하였습니다. 상교가 이에까지 이르렀으니 신들이 어떻게 하겠습니까?

　영의정 정창손은 당혹해하면서도 임금이 숙고한 결단을 받아들일 수밖에 없다고 아뢰었다.

　-신臣은 더욱 간절히 우려합니다. 성상께서 칠거七去로써 말씀하시니 신은 말을 할 수가 없사옵니다. 그러나 다만 원자께서 있어서 사직의 근본이 되는데 어떻게 하겠습니까?

　한명회는 말을 아끼면서도 원자의 존재를 상기시켰다.

　-사세事勢가 이에 이르렀으니 어찌할 수가 있겠사옵니까!

　우의정 윤필상은 임금의 뜻이 번복될 수 없다는 것을 나서서 확인해 주는 듯했다.

　-태종께서 일찍이 원경왕후와 화합하지 못하여 한 전각에 벽처하게 하고 그 담장을 높게 하였는데 이것이 선처하는 도리였습니다. 지금도 역시 별궁別宮에 폐처廢處하도록 하는 것이 좋겠습니다!

　청송부원군 심회는 사안을 적절히 아우를 수 있는 방도를 제안했다.

　-경경卿들은 사의事宜를 알지 못한다. 한漢나라 성제成帝가 갑자기 붕어한 것은 누구의 소위所爲였던가? 대저 부덕한 사람은 비의非義한 것을 많이 행하는 것인데 일의 자취가 드러나게 되면 화禍는 이미 몸에 미

**폐서인廢庶人** … 199

친 뒤이다. 큰일을 수행함에 있어 만약 일찍 조처하지 아니하였다가 만연이 된 뒤에는 도모하기가 어려운 것이다. 만일 비상非常한 변이 생기게 되면 비록 경들이 나를 비호하고자 하더라도 미치지 못할 것이다.

성종의 결심은 바뀔 여지가 전혀 없을 만큼 확고했다. 대신들과의 인견은 어차피 절차에 불과할 뿐이었다.

―중궁의 실덕할 바가 가볍지 아니하니 진실로 이를 폐하는 것이 마땅하겠습니다. 그러나 원자를 탄생하였고 대군을 나았으므로 국본國本에 관계되는 바이니 폐하여 서인으로 삼는 것은 옳지 못하옵니다. 청컨대 위호位號를 깎아 내리어 별궁에 안치하는 것이 어떻겠습니까? 원자는 장차 세자로 봉封할 것인데 어머니가 서인이 되면 이는 어머니가 없는 것이 되니 천하에 어찌 어머니가 없는 사람이 있겠습니까?

도승지 홍귀달은 임금과 중전과 원자의 입장을 결여 없이 헤아리어 아뢰었다.

―강봉降封하면 이는 처妻로써 첩妾을 삼는 것이니 크게 옳지 못하다!

성종은 고개를 내저으며 불가함을 강하게 표현했다.

―중궁은 중국 천자天子에게 명命을 받아서 이미 위호位號가 정당하고 원자를 탄생하였으며 또 국본이 되어 관계된 바가 매우 중하니 갑자기 폐하는 것은 옳지 못하옵니다. 옛날 송나라 인종은 곽후郭后를 폐하여 옥청 중에 두었으니 원컨대 별궁에 옮겨두고서 그 허물을 뉘우치기를 기다리는 것이 어떻겠습니까?

좌부승지 김계창은 비유를 들어가며 폐위를 반대하는 이유를 아뢰었다.

―만약 그렇다고 하면 전일의 일로 경계할 줄 알아야 할 것이다. 근

자에 또 그 침실을 따로 하고 자신自新하기를 바랐으나 그래도 고치지 아니하였는데 능히 허물을 뉘우치겠는가? 만일 허물을 뉘우칠 기미가 있다고 하면 내가 어찌 감히 폐한다고 하겠는가?

성종은 뉘우침에 관한 여지를 몹시 회의적으로 여기고 있었다. 이미 마음의 문이 빈틈없이 닫힌 듯했다.

-중궁이 전에도 잘못된 행동이 있어서 성상께서 이를 폐하고자 하였으니 또한 조금이라도 반성하는 것이 마땅한데 또 오늘과 같은 일이 있었음에 뒷날 반드시 이것이 습관이 되어 잘못된 일을 할 것이므로 한 나라의 모의母儀로서는 불가하다고 생각되옵니다.

좌승지 김승경은 반성 없는 중전의 폐위가 마땅하다는 의견을 피력했다.

-모후母后를 폐치하고 어찌 경이輕易하게 사제私第로 돌아가게 하겠습니까! 더욱 미안한 일이 될 것이옵니다.

우승지 이경동은 에둘러 폐위를 반대했다. 아룀에서는 적잖은 고민이 묻어나왔다.

-성상의 하교下敎가 이러하니 신으로서는 그 사이에서 감히 무어라고 말할 수가 없사옵니다.

우부승지 채수는 이럴 수도 저럴 수도 없는 신하의 고민을 토로했다.

-출궁出宮시킬 여러 가지 일을 차비하도록 하라!

성종은 인견을 더 지속하지 않으려 했다. 느긋하지 못한 심사가 고스란히 드러나 보일 정도였다.

-모든 일은 이미 갖추었사옵니다. 다만 중궁은 이미 모의母儀로 있

없는데 사제私第로 돌려보내는 것은 옳지 못하옵니다!

도승지 홍귀달은 임금의 성급한 결정이 자못 마음에 걸렸다.

―모시던 귀빈貴賓이 비록 죄고罪辜에 저촉되었다 하더라도 오히려 사제로 돌려보내지 아니하는데 하물며 왕비이겠습니까? 원컨대 그대로 두고 여러 번 생각하소서.

―경卿들은 출궁할 여러 가지 일만 주선하면 그만인데 무슨 말이 그리 많은가?

좌부승지 김계창의 거듭된 반대의견에 성종은 버럭 성을 냈다.

―이미 폐하였는데 어찌하여 다시 견책을 가하는 것이옵니까? 하물며 이미 중궁이 되어 나라의 모의가 되었고 또 원자를 탄생하여 나라의 근본이 되었는데 하루아침에 강등을 시키어 서인을 만들어 사제로 돌아가게 하면 사론士論이 어떠하겠습니까? 청컨대 별전에 폐하는 것이 좋을 듯하옵니다.

영의정 정창손이 나서 별궁에 거처하게 할 것을 간곡히 아뢰었다.

―별전別殿에 두면 견책하는 그 뜻이 없는 것이다. 만약 그 아들이 주기主器가 되면 마땅히 추봉追封할 것인데 지금 서인을 만드는 것이 어찌하여 무엇이 상하겠는가?

성종의 결심은 흔들림 없는 육중한 바위처럼 요지부동이었다.

―별전에 폐하는 것이 사제에 돌려보내는 것과 무엇이 다르겠습니까? 원컨대 다시 여러 번 생각하소서.

―별전에 안치하는 것이 좋을 듯하옵니다!

―어찌 별전을 새로 건립하겠는가? 정승들은 나가도록 하라. 내 뜻이

이미 정해졌으니 결단코 고칠 수가 없다. 경들이 물러나지 않으면 내가 안으로 들어가겠다.

청송부원군 심회, 우의정 윤필상이 숙고하여 생각을 바꿀 것을 잇따라서 주청하였으나 성종은 일말의 여지도 없을 것을 분명히 각인시키려 했다. 성종은 화를 억누르며 용상에서 일어섰다.

정승과 승지들이 나가지 않고 머물러 있자 성종은 속히 나가도록 내관에게 재차 명을 하였다.

─신 등이 반복하여 생각해보니 후궁이 비록 죄가 있어 견책을 당하더라도 오히려 사제로 돌려보내지 아니하는데 하물며 왕비이겠습니까? 이미 중궁의 정위正位가 되었고 또 원자를 탄생하였는데 이제 여염에 거처하면 소인들이 성음을 접할 수 있을 것이니 이는 매우 옳지 못한 것이옵니다. 청컨대 자수궁에 처하게 하는 것이 어떻겠사옵니까?

도승지 홍귀달은 안으로 다시 들어가 부당함을 재차 아뢰었다.

─사제에 폐거廢居하게 되면 모자母子가 서로 보는 것도 또한 인정에 기뻐하는 바이다. 그대들이 만약 혹시 다시 아뢰면 장차 대죄를 가할 것이다!

성종의 전교에는 대신들을 향한 솟구치는 화를 차마 억누르고 있는 심정이 담겨 있었다.

─우리 조정에서는 조종祖宗 이후로부터 이러한 일이 있지 아니하였으니 후세에 반드시 오늘날의 일로써 법을 삼을 것이옵니다. 청컨대 경솔히 거행하지 말고 다시 대비께 아뢰는 것이 어떠하겠습니까? 신이 비록 죄를 받는다 하여도 차마 생각하고 있는 바를 말하지 않겠습니까?

오늘의 거조는 오직 신 등과 정승만이 알고 외정에서는 모두 다 알 수 없었으니 청컨대 군신을 임석시켜 교서敎書를 반포하고 종묘에 고한 연후에 폐하는 것이 어떻겠사옵니까? 옛날 세종께서 김빈金嬪을 폐할 때에도 오히려 교서를 반포하였는데 하물며 왕비이겠습니까? 다만 전지만을 내리는 것도 예禮에 합당한지 못한 듯하옵니다. 종묘에도 오히려 고해야 하는데 지금 대왕대비가 위에서 계시니 더욱이 품禀하지 않을 수가 없습니다.

홍귀달의 아룀은 조종과 왕실을 위한 신하 된 충심이었다. 임금의 뜻이 과하다는 생각에서였다.

-교서를 반포하고 종묘에 고하는 것은 아뢴 바가 마땅하다. 중궁의 정위正位는 길사吉事이었는데도 내가 오히려 군신을 참여시키지 아니했는데 하물며 이러한 흉사이겠는가? 권정례禮停權로서 행하도록 하라. 또 동부승지 외에는 모두 다 옥獄에 가두게 하라!

예고된 분출이 아닐 수 없었다. 성종은 자신의 뜻을 꺾으려 하는 승지들을 전부 하옥하라는 명을 내렸다.

-승지들의 계옥繫獄은 무슨 일이옵니까?

영의정 정창손이 빈청에서 나와 급히 아뢰었다.

-이미 정승들과 더불어 의논해 결정하였는데 승지들이 오히려 대비께 아뢰기를 청하였으니 이는 다른 것이 아닌 그들이 윤씨를 구제하려는 의도이다.

성종의 진노는 조금도 수그러들 기미가 없었다. 임금의 단호한 결심을 대신들이 제대로 간파하지 못하고 있는 상황이 아닐 수 없었다.

―승지들이 무슨 다른 뜻이 있었겠습니까. 오늘은 일이 많으니 우선 용서하는 것이 어떻겠사옵니까?

한명회는 임금의 심기를 자극하지 않으려는 듯 기색을 살피며 더없이 공손히 아뢰었다.

―승지들이 대비께 아뢰기를 청한 것은 대비로 하여금 이를 중지하게 하고자 한 것이다. 그러나 내가 이미 두 번이나 아뢰었더니 대비께서 하교하기를 내가 항상 화禍가 주상의 몸에 미칠까 두려워하였는데 이제 이같이 되었으니 나의 마음이 도리어 편안하다, 라고 하였으니 남의 자식 된 자가 부모로 하여금 그 마음을 편안하게 하는 것이 또한 옳지 않겠는가? 또 이는 한 집안의 정사이니 내가 처치하는 데에 달려 있을 뿐이다. 대비께서 어찌 그릇되게 여기겠는가? 승지들은 육조의 참의參議로 개차改差하도록 하라.

중전을 폐하여 사제로 돌려보내겠다는 성종의 뜻은 그야말로 불변이었다. 임금의 확고한 뜻과 명분을 깨달은 정승들은 더는 아뢰어 청하지 못했다.

대사헌 박숙진 등이 중전 윤씨의 죄에 대해서 듣기를 청하고 홍문관 직제학 최경지 등과 성균관 유생들이 중전의 민가 폐출을 반대하는 상소를 연달아 올렸으나 성종은 전혀 개의치 않았다. 이미 결론 내려진 이후의 부질없는 아우성쯤으로 여겼다.

―빠르게 시작하는 길은 반드시 내치를 먼저 해야 함이니 돌아보건대 중전 윤씨는 후궁으로부터 드디어 곤극坤極의 정위正位가 되었으나

음조陰助의 공은 없고 도리어 투기하는 마음만 가지어 지난 정유년에는 몰래 독약을 품고서 궁인을 해치고자 하다가 음모가 분명히 드러났으므로 내가 이를 폐하고자 하였다. 그러나 조정의 대신들이 합사해서 청하여 개과천선하기를 바랐으며 나도 폐치廢置는 큰일이고 허물은 또한 고칠 수 있으리라고 여겨 감히 결단하지 못하고 오늘에 이르렀는데 뉘우쳐 고칠 마음은 가지지 아니하고 실덕失德함이 더욱 심하여 일일이 열거하기가 어렵다. 그러니 결단코 위로는 종묘를 이어 받들고 아래로는 나라에 모범이 될 수가 없으므로 이에 성화成化 15년 6월 2일에 윤씨를 폐하여 서인으로 삼는다. 아! 법에 칠거지악七去之惡이 있는데 어찌 조금이라도 사사로움이 있겠는가. 일은 반드시 여러 번 생각하는 것이니 만세를 위해 염려해야 하기 때문이다.

성종은 폐위의 정당성을 열거하며 중전을 폐하는 교서를 지체하지 않고 반포했다. 이로써 원자의 생모인 중전 윤씨는 폐출이 되어 서인의 신분이 되고 말았다. 그야말로 지나친 투기심의 발로가 빚어낸 참담한 결과였다. 성종은 중전을 폐한 일을 종묘에 고했다. 중궁전에서 별궁으로 거처를 옮긴 중전 윤씨는 자신의 폐위 사실이 믿어지지 않았다. 하루아침에 서인이 되어버린 자신의 처지가 현실이 아닌 악몽으로 여겨질 뿐이었다. 의도치 않았으나 임금의 용안에 상처를 낸 자신의 경거망동을 뼈저리게 후회를 했다. 하지만 이미 때는 늦었다는 사실이 더욱 미치도록 괴롭고 두려웠다. 그런 윤씨의 머릿속에는 오로지 원자 생각뿐이었다. 이제 원자만이 유일한 희망이었고 위안이었다.

성종은 고심 끝에 중궁을 폐출한 연유를 대소신료들에게 소상히 알리기로 했다. 폐출 문제로 대신들의 불만을 더 키워서는 안 되겠다는 생각에서였다.

　－일찍이 정승을 지낸 이와 의정부, 육조, 대간 등이 와서 아뢰기를 윤씨가 폐廢해져서 사제私第로 돌아간 것은 옳지 못하다고 하였으나 경卿 등은 내가 폐비한 연유를 알지 못하고 모두 다 이를 의심하니 내가 이렇게 일일이 면대하여 말하기로 했다. 경들은 나에게 대사大事를 가볍게 조처했다고 하는데 그러나 폐비를 내가 어찌 쉽게 했겠는가? 대비께서도 말씀하기를 화禍가 주상에게 미칠까 두려워하여 하루도 안심하지 못했으므로 드디어는 가슴앓이가 생겼는데 이제는 점점 나아진다, 라고 하였으니 이는 대비께서 폐비한 것으로 인하여 안심이 되었다는 것이다.

　지난 정유년에는 몰래 독약을 품고 사람을 해치고자 하여 주머니에 넣어두었으니 이것이 나에게 먹이고자 한 것인지도 알 수 없지 않은가? 무릇 사람을 해하는 여러 방법을 작은 책에 써서 상자 속에 감추어 두었다가 일이 발각된 후 대비께서 이를 취하여 지금까지도 갖고 있다. 또 엄씨와 정씨가 서로 통하여 윤씨를 해치려고 모의한 내용의 언문諺文을 거짓으로 만들어서 고의로 권씨의 거처에 투입시켰는데 이는 대개 일이 발각되면 엄씨와 정씨에게 해가 미치게 하고자 한 것이다.

　항상 나를 볼 때 일찍이 낯빛을 온화하게 하지 않았으며 혹은 나의 발자취를 찾아서 없애버리겠다고까지 말하였다. 비록 초부樵夫의 아내라 하더라도 감히 그 지아비에게 저항하지 못하는데 하물며 왕비가 임금에게 있어서이겠는가. 또 허물을 고치기를 기다려 서로 보도록 하겠다, 라고 하였더니 윤씨가 허물을 뉘우치겠다고 맹세하여 내가 이를 믿었건만 이제 도리어 이와 같으므로 전일前日의 말은 거짓 속이는 말이었다.

상참으로 조회를 받든 날에는 비妃가 나보다 먼저 일찍 일어나야 마땅한 것인데도 조회를 받고 안으로 돌아온 뒤에 일어나니 그것이 부도婦道에 있어서 있을 수 있는 일인가? 궁중에 있을 때에 항상 대신들의 가사家事에 대해서 말하기를 좋아하였으나 내가 어찌 믿고 듣겠는가? 내가 살아있을 때에야 어찌 일을 만들겠는가마는 내가 죽으면 반드시 난亂을 만들어낼 것이니 경 등은 반드시 오래 살아서 목격할 자가 있을 것이다.

성종의 어조는 차분했고 일말의 후회도 엿보이지 않았다. 반드시 해야 할 일을 처결했다는 안도감을 드러내지도 않았다.

-신臣 등이 별궁에 안치하고자 하는 것은 윤씨를 위함이 아니고 곧 원자와 대군을 위하는 것이옵니다.

잠깐의 침묵이 흐른 후에 영의정 정창손이 해명을 하듯 입을 열었다.

-비록 백 가지로 그대들이 말하더라도 나는 듣지 않을 것이니 물러들 가라. 내가 장차 언문諺文을 내어 보일 것이다!

폐위된 윤씨에 대한 성종의 감정의 골은 너무도 깊었다. 좋은 뜻으로 대신들을 입시하게 하였으나 결국 평심은 무너지고 말았다. 정승, 대간, 육조의 당상관들은 이내 빈청으로 물러났다. 인수대비는 내관 안중경으로 하여금 윤씨가 만들었다는 글을 가지고 와서 보이게 했다. 모두 다 언문이었다.

─이와 같은 방술方術을 윤씨가 어찌 능히 알았겠습니까? 반드시 지도한 자가 있을 것이니 청컨대 추국하여 죄를 정하게 하소서.

─이제 만약 이를 추국하려 하면 그 말이 만연하여 장杖 아래에서 그릇되게 죽는 자가 있을 것이니 그렇게 하지 말라.

대사간 성현이 확신하듯 아뢰었으나 성종은 무고한 피해자가 생길 수 있다며 받아들이지 않았다.

─지난해에는 중궁이 주상을 용렬한 무리라고까지 하였고 또 그 자취도 아울러 깎고자 하므로 주상이 부득이 정승들에게 알리게 된 것이다. 이제 원자에게는 가련한 일이나 주상의 근심과 괴로움은 곧 제거될 것이고 우리들의 마음도 놓일 것이다. 우리들은 항상 시물時物을 만나면 비록 이미 천신薦新하였더라도 오히려 차마 홀로 맛보지 못하고 반드시 다시 원묘原廟에 올리게 하고 난 다음에 이를 맛보는데 중궁은 우리들이 비록 간곡하게 타일러도 아예 천신할 마음을 두지 않고 모두 다 사사로이 써버렸다. 무릇 불의한 일을 행했을 때에 우리들이 보고 물으면 대답하기를 '주상이 가르친 것입니다' 하고 주상이 이를 보고 꾸짖으면 '대비가 가르친 것입니다'라고 하여 그 거짓된 짓을 행하는 것이 이와 같았다.

지난 정유년 3월 20일에 엄숙의가 정숙용과 더불어 중궁 및 원자를 모해한다는 글 두 통과 비상 약간과 압승책 한 권을 작은 상자에 담아 가지고 백저포 보자기에 싸서 권감찰의 집사람이라 일컫고 권숙의의 집에 던졌는데 권숙의의 집사람이 그 상자를 가지고 대궐에 들어와 숙의에게 바쳤다. 또 어느 날 봉보부인奉保夫人이 중궁의 침실에 나아갔다가 쥐구멍에서 먼저의 종이를 끄집어내어 취하여보고는 마음에 의심스러워서 대비전에 바쳤는데 그것도 숙배 단자의 종이였고 그전에 드러난 압승서와 빛깔이 같았으며 그 가위질하여 들쭉날쭉한 곳도 같았다. 이에 삼전三殿은 전일前日에 말뚝 박는 소리를 내었던 것은 반드시 책을 만들 때였을 것이라며 의심하였다.

중궁은 한 가지 감추는 것이 있어서 항상 친히 자신만 열고 닫았으며 다른 사람이 엿보는 곳을 허락하지 아니하였다. 또 작은 상자에 있는데 그것을 감추듯이 숨기므로 주상이 자못 이를 의심하여 중궁이 세수하는 틈을 타서 취하여보니 가운데 한 개의 작은 주머니가 있고 주머니 안에는 비상 가루가 있었으며 상자 안에 비상을 바른 건시乾柿 두 개가 있었으므로 주상은 그리고 나서 중궁의 소위所爲인 것을 알았던 것이다.

인수대비는 폐출된 윤씨의 패악한 소행들을 내관 안중경을 통하여 글로써 대신들에게 세세히 알렸다. 혹여 임금이 화를 입지 않을까 노심초사했던 심정이 고스란히 담겨 있었다.

-그때에 중궁의 시비侍婢의 공초供招로는 그 자세한 것을 알지 못하였습니다.

우부승지 채수가 나서서 바로 아뢰었다.

-그때에 지금의 우의정 윤필상과 평안도 관찰사 현석규가 명命을 받들어 한결같이 추국하였으니 윤필상을 불러서 물어보라!

성종은 당시의 상황을 소상히 알릴 필요가 있다는 생각을 한 것 같았다.

-지난 정유년 3월 29일에 신臣과 도승지 현석규에게 명하여 중궁의

시비 삼월이를 구현전에서 함께 추국하라고 하였는데 삼월이의 공초供招에 이르기를 그 글 두 통 중에 큰 통의 것은 저의 말로 윤구의 아내가 쓴 것인데 중궁의 어머니 대부인이 예궐할 때에 저도 따라 들어와서 그 다음 날, 글 가운데 말의 대개를 중궁에게 아뢰었습니다. 작은 통 안의 말은 제가 일찍이 이웃에 사는 전 곡성 현감 비첩의 집에 이르렀더니 그 첩인 젊은 여자가 언문 두 장을 가지고 보이므로 제가 묻기를 이 책은 어떤 일에 쓰이는 것이냐? 하니 대답하기를 방양하는 글이라 하였습니다.

그래서 마음속에 가만히 이를 기억했다가 그 뒤 7, 8일 만에 다시 그 집에 이르러 그 첩과 함께 방안에 앉아 서로 이야기하면서 그 방양하는 책이 북쪽 창 밑에 있는 것을 보고 첩이 규방에 들어간 틈을 타서 몰래 소매 속에 감추어 가지고 집에 돌아와 드디어 윤구의 아내에게 보이면서 이르기를 이는 악서惡書이다, 하니 받아서 이를 감추었습니다. 저와 반중班中의 계집종 시비가 다음 날에 대부인을 모시고 함께 방안에 앉아서 윤구의 아내 및 시비가 저희 지휘를 따라 언문으로 서로서로 등사하고 제가 연유를 갖추어 고하니 대부인이 대답하기를 이와 같은 음모가 만에 하나라도 폭로될까 크게 두렵다, 라고 하였습니다.

본문은 제가 즉시 찢어서 불에 태웠습니다. 그리고 그 작은 통은 저의 지휘대로 사비가 쓴 것이며 비상은 제가 직접 대부인에게 받아 그 글 두 통과 작은 책자 하나와 비상 한 봉을 작은 상자 속에 함께 담아 저포 보자기로 싸서 항상 차고 다니는 소서로 착함着銜하였습니다. 이에 그 달 20일 새벽을 틈타서 석동에게 주고 거짓으로 권감찰이 보내는 바라고 일컬어 권숙의 집에 투입시켜 그로 인하여 대궐로 들어가게 한 것이니 이것은 모두 다 대부인의 지휘입니다, 라고 하였습니다.

계집종 시비의 초사에 이르기를 글 가운데 언문글자는 윤구의 아내의 필적이며 그 작은 통 및 작은 책의 언자는 제가 한 바가 아닙니다, 라고 하므로 윤구의 아내에게 물었더니 대답하기를 본래 언문을 해독하지 못하므로 그 글과 작은 책은 제가 쓴 것이 아닙니다, 라고 하였습니다. 그래서 다시 삼월이에게 물었더니 다 분명하게 말하지 않고 다만 이르기를 제가 마땅히 실정을 다 말해야 하나 다만 말이 대내를 침노할까 두렵습니다, 라고 하였습니다. 그리하여 삼월이는 교형校刑에 사비는 강계부江界府에 장杖을 때려 유배시키도록 명하였던 것이옵니다.

우의정 윤필상이 중궁의 시비를 추국하였던 당시의 상황을 상세히 설명했다. 대신들은 더는 말이 없었다. 대전大殿에는 한참 동안 침묵이 흘렀다. 원자를 위함이라 하여도 더는 폐위된 윤씨를 옹호할 수 있는 명분이 없었다. 성종이 뜻한 대로 귀결되어갔다.

별궁에 머물던 폐비 윤씨는 대궐을 떠날 수밖에 없었다. 폐위의 전교가 내려지고 이틀 만에 사가私家로 나가게 되었다. 폐비 윤씨는 가마에 오르기 전에 편전과 삼 대비전을 향해 차례로 절을 올렸다. 그런 후에는 되돌아 중궁전을 넌지시 바라보았다. 눈가에는 원망과 증오의 눈물이 맺혀 있었다. 중궁전의 상궁들과 나인들은 말없이 눈물을 흘렸다. 폐비를 태운 가마는 작은 후문을 통해 궁궐을 빠져나갔다. 오가는 민인들은 가마 속의 사람이 폐위된 중전인 줄을 알아채지도 못했다.

폐비는 서러운 눈물을 주체하지 못했다. 마치 눈앞의 원자에게 원통함을 늘어놓듯 혼잣말을 하기도 했다. 제아무리 긴 세월이 흐른다 해도 기필코 살아남아 원자가 세자가 되고 마침내 보위에 오르는 날에 반드시 궁궐에 다시 들어와 대비전을 차지하고 앉아 자신을 모함하고 핍박했던 이들과 억울하고 분통했던 세월을 차근차근 곱씹을 것이라는 다짐을 가슴속에 되새겼다. 폐비에게 있어 원자의 존재는 삶을 체념할 수 없는 희망의 근원이었다. 하지만 원자는 모후인 윤씨가 폐위되어 사가私家로 쫓겨나는 것조차 인식할 수 없을 만큼 너무도 어렸다. 폐비의 더 큰 서러움은 그것에 있었다. 아득한 세월을 견뎌내야 한다는 것을 알면서도 왠지 모를 두려움이 물밀듯이 밀려들었다. 폐비의 뜨거운 고통에 아랑곳없이 한여름의 더위는 극심하기만 했다.

폐비 윤씨는 하루아침에 폐서인이 되어 궁궐에서 쫓겨난 자신의 처지가 믿기지 않았다. 나이 든 여종과 계집종이 궁궐에서 따라 나와 수발을 들고 있었으나 그들은 물론 어머니 신씨 부인과도 거의 말을 나누지 않을 만큼 입을 닫고 있었고 음식을 거르기도 일쑤였다. 폐비의 머릿속은 오로지 원자 생각뿐이었다. 무탈하게 성장하여 반드시 세자로 책봉이 되어야 했다. 하지만 엄숙의를 비롯한 후궁들의 소생인 왕자들이 있는 한 한시도 마음을 놓을 수는 없었다. 자신이 할 수 있는 것은 천지신명께 원자를 지켜달라는 기도를 밤낮으로 올리는 것뿐이었다. 폐서인이 된 사가에는 찾아오는 이 하나 없었으며 어명에 의해 집 밖으로는 일체 나갈 수도 없었다. 그야말로 숨을 쉬고는 있을 뿐 죽은 목숨이나 다를 바가 없었다. 무엇보다도 사무치도록 보고 싶은 원자를 볼 수 없고 만날 수 있는 일자를 기약할 수 없다는 사실에 폐비는 참담한 절망에 빠져들 수밖에 없었다. 폐비는 눈에 넣어도 아프지 않을 원자가 미치도록 그리울 때면 고이 보관해놓은 배냇저고리를 꺼내 찬찬히 어루만지거나 코끝에 대어 냄새를 맡아보며 무너져 내린 가슴을 달래기도 했다.

원자는 이조판서 강희맹의 사저私邸에서 자라고 있었다. 대궐에서 나온 이후로 원자의 소식조차 전해 들을 수 없었던 폐비 윤씨는 사무치도록 보고 싶은 원자 때문에 이미 마음에 병이 생긴 것을 깨달았다. 저녁 밥상을 거들떠보지도 않은 폐비는 나이 든 여종에게 내내 담아두었던 속내를 내비쳤다.

-내가 이대로 계속 지내다가는 얼마 못 가 숨통이 끊어질 것만 같구나. 오늘 밤 사람 눈에 띄지 않을 야심한 시각에 원자를 잠깐 보면 어떠하겠느냐?

폐비는 이조판서 강희맹의 집에서 자라고 있는 원자를 이 밤에 만나기를 원했다.

-아니 될 말이옵니다! 대궐에서 알게 되면 참으로 큰일이 나시옵니다.

나이 든 여종은 펄쩍 뛰듯 하며 행여 누가 들을까 싶다는 듯 손바닥으로 자기 입을 가렸다.

-대감도 자식들을 키우고 있는 아비일 텐데 잠깐 눈에 넣고 돌아서겠다는 어미의 심정을 차마 거절이야 하겠느냐?

-아마도 마마의 청을 단박에 거절할 것이옵니다. 자칫 대감의 목숨이 달아날 수도 있을 텐데 그걸 감수하려 하지는 않을 것이옵니다.

-이대로 가다가는 정녕 내가 죽거나 미쳐버릴 것만 같구나!

긴 한숨을 내쉬며 탄식하는 폐비의 눈자위에 이내 눈물이 맺혀 들었다.

―원자마마를 생각해서라도 부디 참고 견디셔야 합니다. 그것만이 원자마마와 마마를 위하는 길이옵니다.

여종은 위험스럽게 흔들리는 폐비의 마음을 단단히 고정시켜야 한다는 생각을 했다.

―우리 원자가 너무도 보고 싶구나!

폐비는 쓰러지듯 방바닥에 엎어져 천륜의 그리움을 토해냈다. 여종은 소리 없이 흐느끼며 방을 나섰다. 미천한 여종이어도 애끓는 모정의 아픔을 모를 리는 없었다. 하지만 온 마음을 다해 모셔야 하는 폐비를 지키기 위해서는 자신부터 사사로운 연민에 사로잡히지 않아야 했다. 폐비의 안위는 자신이 어떻게 모시느냐에 달렸다는 생각이 들어서였다.

원자의 소식을 은밀히 알아 오겠다는 나이 든 여종의 말에 폐비 윤씨의 안색은 더없이 밝아졌다. 어찌 자라고 있는지 종종 소식만이라도 들을 수 있다면 꽉 막혀 굳어버린 가슴이 조금은 뚫릴 것도 같았다. 어떻게든 소식을 알아 오겠다는 여종의 각오가 눈물이 나도록 고마웠다. 직접 볼 수는 없어도 원자의 근황을 전해 들을 수 있다는 것은 절망의 틈 속에서 번져 나오는 한 줄기 빛이나 다름없었다. 사실 원자가 존재하지 않았더라면 폐비는 이미 심신이 피폐해진 폐인이 되어 있을지도 모를 일이었다. 폐비에게 아들 원자는 살아가야 하고 살아남아야 하는 절대적 이유이고 의미였다. 세자로 책봉된 원자가 장차 보위에 올라 어미의 충격적인 폐위와 원한 맺힌 치욕을 반드시 신원伸寃해 줄 날을 고대하며 어떤 고통이라도 참아내고 살아남아야 한다는 생각을 폐비는 곱씹고 또 곱씹었다.

# 적장자嫡長子

　　　　　　　　　　　원자의 세자책봉과 더불어 폐비 윤
씨에 대한 동정론이 대두되었다. 시독관侍讀官 권경우는 경연 중에 폐
비의 처우에 관한 생각을 조심히 아뢰었다.
　-신이 전일前日에 죄를 지어 외방에 있다가 조정에 돌아와서도 시
종侍從의 반열에 참여하지 못하였으므로 비록 생각한 것이 있어도 감히
상담하지 못하였습니다. 폐비 윤씨는 지은 죄가 매우 크므로 폐위하는
것이 마땅합니다만 그러나 이미 중전이 되었던 분이니 이처럼 무람없이
여염에 살게 하는 것은 온 나라의 신하와 백성들이 마음 아프게 여기지
않는 이가 없습니다. 옛사람이 이르기를 떨어진 장막을 버리지 아니함
은 말馬을 묻기 위함이다, 라고 하였습니다. 임금이 사용하던 물건은 비
록 수레와 말이라도 감히 무람없이 처리하지 못하는 것은 지존을 위해
서입니다. 신의 생각으로는 따로 한 처소를 장만하여주고 관官에서 공
급을 하여줌이 좋을 듯하옵니다.
　-경卿들의 생각은 어떠한가?
　성종은 언성을 높여 물었다. 편치 않은 기색이 확연히 드러났다.
　-지존이 썼던 물건도 함부로 하지 않는 법이옵니다. 윤씨의 죄를 정

할 때에 신이 승지로 있으면서 이창신과 더불어 중궁에서 나온 언문을 번역하여 그의 죄악상을 길이 후세에까지 보이도록 청하였습니다. 그렇기에 신이 누구보다 잘 알고 있습니다. 그러나 이미 지존의 배필로서 국모가 되었던 분인데 이제 폐위되어 여염에 살게 하는 것은 너무나 무람없는 듯하니 온 나라의 신하와 백성들이 누구라도 애처롭게 여길 것이옵니다. 그리고 또 흉년이 들었는데 아침저녁으로 공급되는 것이 또한 어찌 넉넉할 수 있겠습니까? 신은 처음 폐위를 당하였을 때에도 따로 처소를 정하여 공봉供奉하기를 청하였습니다.

대사헌 채수는 마치 기다렸던 것처럼 막힘없이 소회를 밝혔다.

—신 등은 전일에도 이러한 뜻을 아뢰었습니다. 대저 지존께서 쓰시던 것은 아무리 미소한 것이라도 외처外處에 두지 못하는데 하물며 일찍이 국모가 되었던 분은 어떠하겠습니까?

영의정 한명회도 생각이 다르지 않았다. 원자가 세자로 책봉이 되고 장차 보위에 올라 생모의 폐위와 예우를 들추어내기라도 한다면 자칫 단죄의 소용돌이에 휘말려 크나큰 고통을 당할 수도 있다는 생각을 염두에 두고 하는 말 같았다. 노회한 한명회의 직관과 판단은 남달랐다.

—윤씨의 죄는 이루 다 말할 수가 없다. 당초에 그의 시비侍婢를 치죄治罪하였을 적에 내 마음에는 폐위를 하고자 하였으나 대신들의 말이 있었기 때문에 억지로 참아서 중지하고 그가 허물을 고치기를 기다렸다. 그런데도 달라지는 것이 없으므로 내가 삼전三殿에 품지하여 위로는 종묘에 고하고 아래로는 대신들과 의논하여 폐출시켜서 외처로 내보낸 것이다. 내가 어찌 털끝만치라도 사사로운 노여움이 있어서 그러

하였겠는가? 만일 국모로서의 행동이 있었다면 마땅히 국모로서 대우하였을 것이다. 이미 서인庶人이 되었는데 여염에 살게 하는 것이 어찌 무람하다고 하겠는가? 그런데 경들이 어찌 국모로서 말하는가? 이는 다름이 아니라 원자에게 아첨하여 후일의 지위를 위하려고 하는 것일 것이다.

성종은 화를 내듯 했다. 중전을 폐위한 것은 결코 사사로움 때문이 아니라며 매우 격앙된 감정을 내보였다. 성종의 극한 비난에 대신들은 당황해하지 않을 수가 없었다.

-당치 않으시옵니다. 신 등은 다만 원자마마와 왕실의 위엄을 생각하여 아뢰었을 뿐이옵니다!

대사헌 채수의 목소리는 현저히 힘이 빠져 있었다.

-윤씨가 나에게 곤욕을 준 일은 이루 다 말을 할 수가 없다. 심지어는 나를 가리키면서 말하기를 발자취까지도 없애버리겠다고 하였다. 그러니 나를 어떠한 사람으로 생각해 이러한 말을 하였겠는가? 또 곶감에 비상을 섞어서 상자 속에 넣어두었으니 무엇에 쓰려는 것이겠는가? 반드시 나에게 쓰려는 것일 터인데 종묘와 사직이 어찌 편안하겠는가? 지난번 삼 대비전에 문안하였더니 대비께서 말씀하기를 이제 윤씨와 비록 거처를 달리하고 있으나 마음은 편하다. 하였다. 부모 된 마음으로도 이와 같은데 그대들의 마음만 유독 어찌 그러한가? 그의 부도不道함을 보면 목숨을 보전한 것만도 다행이다. 내 나이 젊으나 사람의 일이란 알기 어려우니 만일 일찍이 계책을 도모하지 아니한다면 후일의 화를 미리 헤아릴 수는 없다. 원자도 효자가 아니라면 그만이지만 효자가 되고

자 하면 어찌 어미로 여기겠느냐? 비록 나의 백 세 뒤에라도 저를 어찌 감히 내가 거처하던 집에 살게 하겠는가?

자신을 독살하려 했다고 믿고 있는 폐비에 대한 성종의 증오와 적의감은 대신들이 생각하는 그 이상으로 컸다.

―윤씨를 특별한 처소에다 높이 받들려는 것이 아니옵니다. 근자에도 이영과 이준은 죄가 종묘사직에 관계되었으므로 나라에서 외방에 추방하겠지만 또한 그에게 옷과 음식을 공급해 주었습니다. 그러니 이제 윤씨도 유폐시키되 옷과 음식은 공급함이 좋을 듯하옵니다.

대사헌 채수는 폐비의 죄를 부정하거나 지위를 높이려는 것이 아니며 옷과 음식만은 공급해 주자는 뜻이라고 해명을 했다.

―근래에는 도적이 들기도 하였다 하옵니다.

권경우는 임금의 노기에도 주눅 들지 않았다. 폐위되었으나 원자의 모후이어서 왕실의 체면과도 직결되지 않겠습니까? 라는 말은 차마 잇지 않았다.

―나라에서 도적을 체포하라는 명을 이미 내렸으니 잡게 되면 마땅히 그 죄를 다스리면 된다. 그런데 윤씨가 도둑맞은 일이 어찌 나라에 관계되기에 그렇게 말을 하는가? 윤씨의 죄악에 대하여 마땅히 대의로써 단죄해야 하겠지만 내가 참고 그를 단죄하지 않았으니 그가 목숨을 보존한 것만도 다행이라 할 것이다. 그와 같은데 그를 공봉供奉하고자 함은 어째서인가? 그대들이 만일 그 가난하고 헐벗음을 불쌍히 여기는 것이라면 어찌하여 그대들의 녹봉으로써 공급하지 않는가? 그대들은 경연관으로서 나의 뜻을 알 만한데도 말하는 것이 이와 같으니 그대들

은 과연 윤씨의 신하인가, 이씨의 신하인가? 참으로 나는 알지 못하겠다. 이는 반드시 윤씨의 오라비 등 불초한 붕반을 인연하여 서로 퍼뜨려서 말하기 때문인 것이다.

성종은 대신들의 주장을 반박하며 대놓고 냉소를 했다. 함께 붕당을 조성하고 있는 것이라고 억지로 몰아가며 극심한 분노를 표출하기까지 했다. 폐비 윤씨에 대한 성종의 반감은 그야말로 극에 다다라 있었다.

성종은 폐비 윤씨의 오라비들을 의금부에 하옥하라 명했다. 더불어 윤씨의 인척들을 추궁해 윤씨의 집에 출입한 사람들과 윤씨가 몰래 외출하여 방문한 곳을 알아내라고 사헌부에 명했다. 그리고 억지스럽게도 대신들이 윤씨의 궁핍한 처지를 어찌 알게 된 것인지 그 경위를 추궁하기까지 했다. 직접 확인을 하겠다는 생각으로 폐비의 집에 내관을 보내 근황을 살피게도 했다. 하지만 앞서 인수대비의 내밀한 명을 받은 내관은 원자마마가 보위에 오를 날을 학수고대하며 짙게 분칠을 하는 것을 거르지 않을 정도로 편안히 잘 지내고 있다며 거짓으로 보고를 했다. 혹시나 하는 일말의 기대를 하지 않은 것이 그나마 다행으로 여길 정도로 성종은 절망했다. 폐비의 심정과 근황이 임금인 자신에게 올바로 전달되지 않는 것까지 성종이 알 수는 없었다. 실상 폐비는 사가로 쫓겨나온 후에 지나치게 과했던 자신의 잘못된 행실에 대하여 눈물지으며 뉘우치고 후회를 했다. 생활 또한 궁핍하기 이를 데가 없었다. 그러한 사실을 성종이 알 수 없었기에 어쩌면 성종과 폐비 윤씨 내외의 인연은 더는 연결될 수 없는 운명인지도 모를 일이었다. 더구나 폐비에 대한 인수대비의 미움은 성종보다도 컸다.

후궁들의 처소로 가지 않은 성종은 홀로 침전에 들어 깊은 고민에 빠져들었다. 한때는 지극히 애모하였던 후궁으로서 급기야 중전으로 맞이하여 부부의 연을 맺기까지 했던 윤씨였다. 더구나 원자를 낳은 생모이기도 했다. 하지만 절망의 크기만큼 그에 대한 성종의 미움은 컸다. 성종은 괴로워하지 않을 수 없었다. 뜬눈으로 밤을 지새우다시피 한 성종은 급기야 폐비 윤씨의 사사賜死를 결심했다. 깊은 고민 탓에 용안은 어둡게 그늘이 졌고 눈은 붉게 충혈되어 있었다. 오경五更이 지나면서 뿌옇게 날이 밝아왔다. 대왕대비전으로 가기 전에 성종은 침전에서 일어선 채로 한동안 서성이기까지 했다. 평소보다 빠른 시각의 문안에 대왕대비는 적잖이 의아해했다. 영문을 알 길 없으나 심상찮게 여기는 기색이 역력했다.

-윤씨를 사사하는 전교를 내릴 것이옵니다!

성종은 따로 이유를 설명하지 않았다. 그럴 필요는 없었다. 대왕대비전의 침소에 무거운 정적이 흘렀다.

-······그리 결심을 한 것이오?

-그리할 것이옵니다!

-주상께서 그리 결심하셨다면 나는 따를 것이오!

음성은 낮았으나 대왕대비는 입술에 잔뜩 힘을 주고 말했다. 손자인 임금이 더는 갈등을 겪지 않길 바란 때문 같았다. 대왕대비전을 나선 성종은 곧바로 인수대비전으로 갔다.

-잘 결심하였습니다. 윤씨는 안됩니다!

폐비에 대한 극렬한 미움을 가지고 있는 인수대비의 생각은 단호했다. 개과천선하지 않으며 변화도 없는 폐비에게 어떠한 선처도 필요치 않다는 뜻이었다.

-밤새 고민을 했지만 윤씨를 용서할 수는 없을 것 같습니다.

성종은 길게 고개를 가로저었다.

-암요! 그렇고말고요.

가라앉아 있던 분기가 도로 솟는 듯이 인수대비의 눈빛에 이내 열기가 감돌았고 미간에는 주름이 깊게 파였다. 아들인 임금의 용안을 할퀴어 상처를 내고 비상을 몸에 지닌 채로 임금의 목숨마저 노렸다고 믿고 있는 인수대비의 증오심은 성종과 하등 다를 바가 없었다. 아니 그 이상일 수도 있었다. 안순 왕대비는 단호히 자신의 의견을 내지는 않았다. 다만 중전으로서 할 수 없는 폐비의 악행을 익히 알고 있기에 달리 반대를 하지는 않았다. 오죽하면 그러한 결심을 하였겠느냐는 생각으로 임금의 뜻을 받아들일 뿐이라는 입장이었다.

대전大殿에 입시한 의정부와 육조의 대신들은 좌우로 나뉘어 도열했다.

-윤씨가 흉험하고 악역한 것을 이루 다 말할 수 없다. 당초에 마땅히 죄를 주어야 했지만 우선 참으면서 개과천선하기를 기다렸다. 기해년에 이르러 그의 죄악이 매우 커진 뒤에야 폐비하여 서인으로 삼았으나 그때도 차마 법대로 처리하지는 아니하였다. 이제 원자가 점차 장성하는데 사람들의 마음이 이처럼 안정되지 아니하니 오늘날에 있어서는 비록 염려할 것이 없다고 하지만 후일의 근심을 이루 다 말할 수 있겠는가? 경들은 각기 사직社稷을 위하는 계책을 진술하라.

사사賜死의 당위를 토로하는 성종의 음성은 가늘게 떨렸다. 숨소리조차 들리지 않을 만큼 무거운 적막이 감돌았다. 폐비의 사사를 전혀 예상 못 한 것은 아니었던 대신들은 각기 저마다의 생각들에 이내 휩싸이는 듯했다.

-후일에 반드시 발호할 근심이 있으니 미리 예방하여 도모하지 않을 수가 없사옵니다.

임금의 생각이 완전히 굳어져 있음을 깨달은 정창손은 조심스레 동조의 뜻을 피력했다.

-신이 항상 봉원부원군과 함께 앉았을 때에는 일찍이 이 일을 말하지 아니한 적이 없사옵니다.

정창손과 뜻이 같은 의견을 냈으나 한명회의 표정은 어딘지 모르게 어두웠다. 어쨌든 돌이킬 수 없는 지경이 되었다고 여기는 것은 다르지 않았다.

-다만 원자가 있기에 어렵사옵니다!

-내가 만일 큰 계책을 정하지 아니하면 원자가 어떻게 하겠는가? 후일 종묘와 사직이 혹 기울어지고 위태한 때에 이르면 그 죄는 나에게 있는 것이다.

원자를 의식하지 않을 수 없다는 정창손의 말에 성종은 원자를 위해서 자신이 미리 계책을 정해야 한다고 역설했다.

-마땅히 대의로써 결단을 내리어 일찍이 큰 계책을 정하셔야 합니다.

한명회는 심히 염려스러운 표정을 지어 보였다.

-신이 기해년己亥年에는 의논하는 데 참여하지 못하였습니다만 대

저 신첩臣妾으로서 독약을 가지고 시기하는 자를 제거하고 어린 임금을 세워 자기 마음대로 전횡하려고 한 죄는 하늘과 땅 사이에 용납할 수 없습니다. 그러니 이제 마땅히 큰 계책을 빨리 정하여야 합니다. 신은 이러한 마음이 있은 지 오래됩니다만 단지 연유가 없어서 아뢰지 못하였사옵니다.

임금의 완곡한 뜻을 헤아린 예조판서 이파는 듣기 민망할 정도로 대세에 편승하는 입장을 취했다.

―후일에 그가 발호跋扈하게 되면 그 후환이 어찌 크지 않겠느냐? 어떻게 하여야 하겠는가?

―여러 의견들이 모두 옳게 여기고 있습니다!

좌우를 바라보며 성종이 묻자 정창손은 나서서 모두가 같은 의견임을 아뢰었다.

―좌승지 이세좌는 윤씨의 집으로 가라. 그리고 윤씨를 그 집에서 사사賜死하라! 또 우승지 성준은 이 뜻을 삼 대비전에 아뢰도록 하라.

성종은 급기야 폐비 윤씨를 사사하라는 명을 내렸다. 대전大殿에는 일순 동지섣달 냉기처럼 찬 기운이 감돌았다. 도열해 있는 대신들 모두가 의견은 같다 했다.

―신은 얼굴을 알지 못하니 청컨대 내관과 함께 가고자 하옵니다!

폐비의 얼굴을 알지 못하는 좌승지 이세좌의 표정은 이미 굳어 있었다. 성종은 내관 조진에게 명하여 이세좌를 따라가도록 했다. 조진의 표정도 이세좌처럼 급격히 굳어지고 있었다.

폐비 윤씨는 성품이 본래 흉악하고 위험하여서 행실에 패역함이 많앉다. 지난날 대궐에 있을 적에 포악함이 날로 심해져서 이미 삼전三殿에 공순하지 못하였고 또한 과인에게 흉악한 짓을 함부로 하였다. 과인을 경멸하였고 심지어는 발자취까지 없애버리겠다고 말하였다. 다만 이러한 것은 더 말할 것 없다.

항상 스스로 말하기를 내가 오래 살면 장차 할 일이 있다고 말하기도 하였다. 그가 만일 흉악하고 위험한 성격으로 임금의 권세를 잡게 되면 원자가 현명하더라도 그 사이에서 어찌하지를 못하여서 발호跋扈하는 듯이 날로 더욱 방자하여질 것이다. 나의 생각이 여기에 미치면 참으로 한심하다. 이제 만일 우유부단하여 큰 계책을 일찍이 정하지 아니하면 나라의 일이 구제할 수 없는 데까지 이르러 후회하여도 미치지 못할 것이니 내가 참으로 종묘와 사직의 죄인이 될 것이다. 이에 금년 8월 16일에 폐비 윤씨를 그의 집에서 사사賜死한다. 이는 종묘와 사직을 위하는 큰 계책으로서 그렇게 하지 않을 수 없다. 이를 한성과 지방에 포고하라.

이윽고 폐비를 사사하라는 전교가 내려졌다. 임금이 다스리는 나라에서 임금의 뜻은 법이며 길이었다. 성종은 살아서 호흡하는 폐비를 끝내 용납하지 않았다.

―어떤 약藥이 사람을 죽일 수 있는가?

―비상砒霜만 한 것이 없습니다.

좌부승지 이세좌의 물음에 내의內醫 송흠은 흠칫 놀라는 기색이었다. 궁궐은 숨소리도 들리지 않을 만큼 적막했고 경직되어 있었다. 돌아오지 말고 폐비의 집에서 유숙하라는 명이 이세좌에게 추가되었다.

폐비윤씨는 온기 없고 초라하기까지 한 사가私家의 마당 한가운데에 체념 서린 기색으로 조용히 앉아 있었다. 사사하라는 전교가 내려졌다는 소식을 접하고서 서럽고 두려운 비통의 눈물을 한참 흘린 직후였다. 내관 조진과 내의, 내금위 군사들을 데리고 폐비의 집으로 들어선 좌부승지 이세좌는 몇 걸음 떨어진 폐비의 앞에 서서 임금의 교지를 읽어 내려갔다. 흡사 주위의 모든 것들이 굳어버리는 듯했다. 폐비는 사약이 담겨 있는 사발 대접을 선뜻 집어 들지 못했다.

-원자가 보고 싶소. 마지막으로 우리 원자를 보게 해주시오!

그리될 수 없다는 것을 모를 리 없으면서도 폐비는 살아생전에 끝내 원자를 보지 못하고 세상을 떠나야 하는 처지를 더욱 애통해했다. 이세좌는 아무런 대답도 하지 않았다. 아니 할 수가 없었다. 다만 뒤에 서 있는 내금위군 군관에게 눈짓을 보냈다. 오래 지체할 시에는 억지로 마시게 할 수밖에 없다는 표시였다. 폐비는 일어나 높은 하늘을 한번 올려다보았다. 그런 후에 궁궐 쪽을 향해 임금에게 큰절을 올렸다.

-건원릉 가는 길목에다 나를 묻어주시오. 장차 보위에 오를 우리 원자의 능행 가시는 모습을 먼발치에서나마 지켜보고 싶소!

폐비는 좌승지 이세좌를 쳐다보았다. 다름 아닌 성종에게 전하는 부탁이었다. 이윽고 폐비는 사약이 담긴 사발 대접을 극히 떨리는 두 손으로 집어 들었다. 잠깐 머뭇거렸으나 폐비는 결국 사약을 두세 모금 들이마셨다. 그러자 이내 거친 기침과 함께 진한 피를 연신 토해내기 시작했다. 옆으로 쓰러진 폐비의 입에서 흘러나온 피가 흰 비단 적삼을 흠뻑 적셨다.

-어머니, 훗날 원자가 보위에 오르거든 어미의 피 묻은 이 적삼을 꼭 전해주시어요!

이승에서 남긴 폐비의 마지막 말이었다. 지아비 성종으로부터 버림받고 사사賜死되면서 남긴 폐비의 피맺힌 유언이었다. 숨이 끊기기 직전의 가물거리는 의식의 끝점에서 한순간 원자의 모습이 떠올랐다가 사라졌다. 지아비 성종과 시모 인수대비로부터 철저히 버림을 받은 폐비 윤씨는 이렇게 허망하게 생을 마감했다. 일곱 살 원자는 모후가 죽어간 사실도 까닭조차도 알지 못했다. 혹여 어린 원자에게 그 사실을 전언하는 자가 있다면 그가 누구든 죽음을 면치 못할 일이었다.

폐비가 사사된 소식을 접한 정순왕후는 골똘히 생각에 사로잡혔다. 수양대군 세조를 떠올렸다. 죽이지 않을 수도 있었을 테지만 결국 그리 된 것은 세조의 업보 때문이라 여겨졌다. 부부의 연을 맺고 원자까지 생산한 폐비를 끝내 죽음으로써 끝을 냈다는 사실에 일순 어지럼증이 느껴지면서 가슴 가운데가 찔리듯이 아파왔다. 연유를 떠나 폐비의 사사는 염통이 오그라들 만큼 충격이었다. 세조의 죄업에 대한 대가로서 그 일족의 운명적인 잔혹사일 것이라는 생각이 들기까지 했다. 숙부 수양대군에게 왕위를 빼앗기고 죽음까지 당한 지아비 단종임금을 떠올렸다. 시누이 경혜공주의 아들인 정미수를 양자로 삼고 그의 어머니가 되어 극진한 보살핌을 받으며 평탄한 일상을 보내고 있으나 정순왕후의 영혼은 한시도 수양대군을 놓친 적이 없었다.

폐비윤씨가 사사된 직후 대사헌 채수는 옥중에서 자신의 죄를 뉘우치는 상소를 올렸다. 설마하니 폐비를 사사까지 할 줄은 몰랐기 때문이었다. '신은 외로운 사람으로서 본래 의지할 만한 친족이 없는 몸으로 성상께서 발탁하여 주시는 은혜를 입어서 이에까지 이르렀으니 무엇을 더 바라겠습니까? 다만 충성으로서 나라에 보답하려 하므로 아는 것은 말하지 않을 수 없다고 스스로 생각하였습니다. 다만 신의 마음이 미혹한 탓으로 한갓 망령된 생각에 폐비에 대한 대우는 가후賈后처럼 하는 것이 옳다고 여겼습니다. 그래서 권경우가 계달할 때에 신이 또한 망령되게 화의군, 귀성군이 유폐되었던 예를 들어 아뢰었던 것입니다. 이는 신이 망령된 생각으로 헤아린 소치일 뿐이며 신은 조금도 다른 마음이 없었던 것입니다. 전일前日 하문下問하였을 적에 신이 품었던 생각을 다 진술하였으니 무슨 말을 더할 것이 있겠습니까? 이제 옥중에 있으므로 유사有司가 힐문詰問하고 추궁하니 신은 다만 통곡하면서 대궐을 바라보며 가슴을 치고 통책할 따름이옵니다.

신은 재주와 덕이 없으면서 성상의 은덕을 지나치게 입었는데 조금이라도 보답하지 못하고서 이제 또 망령된 생각으로 헤아려 성상께 충효하지 못하였습니다. 또 신께 양친兩親이 있어 다 나이 늙고 병까지 있는데 신의 잘못 때문에 몹시 슬피 울면서 하늘에 호소하게 되었습니다. 신이 이렇게 임금과 어버이에게 불효하였으니 그 죄를 어찌 도피하겠습니까? 다만 신의 기질이 잔약하여 다른 사람과는 달라서 만약 장형杖刑을 더하여 추국하면 운명殞命할 것이 틀림없을 텐데 이를 아뢰지 않는 것도 전하를 속이는 것이 되는 것입니다. 신이 비록 보잘것없으나 십여 년 동안 시종하던 구신舊臣이옵니다. 빌건대 전날의 일을 생각하셔서

신의 목숨을 살려주시어 개과천선할 길을 열어주셔서서 신은 하늘에 울부짖으며 통곡함을 금할 수가 없사옵니다.'

폐비를 사사한 임금의 결단에 채수는 극심한 두려움을 느끼고 있었다. 견디기 힘든 추국이 더해지는 것을 피하고 싶은 마음이 간절한 그는 부복하는 심정으로 읍소를 했다.

―그대는 전일前日에 말한 것을 반드시 옳다고 하느냐?

성종은 뉘우치는 채수의 진심을 확인하고 싶어 불러 물었다.

―신이 한갓 옛 역사만 보았으므로 일의 대체를 알지 못하고 함부로 아뢰었던 것이니 신에게 참으로 죄가 있사옵니다!

―나는 그대를 강개한 자로 여겼기에 전일에 그대를 불러 금대金帶를 띠어 주고 대사헌에 발탁하여 임명하면서 그대에게 말하기를 너무 가볍게 하지도 말고 너무 무겁게 하지도 말라, 하였었다. 그런데 지금 이러한 짓을 하였으니 그대의 강개함이 과연 어디에 있느냐? 내가 장차 그대를 대죄로 처치하지 못할 것 같은가?

성종은 폐비에 관한 뜻을 완강히 반대하였던 채수에게 험한 감정을 숨기지 않았다.

―신이 미혹하여서 망령된 생각을 고집하였으니 죄가 만 번 죽어도 마땅하옵니다!

임금의 생각이 어떻게 미칠까 두려운 채수는 떨리는 마음을 주체하지 못했다.

―무릇 사람은 자기의 허물을 아는 이가 드물다. 그런데 그대들은 이미 잘못된 줄을 알고 있으며 또한 모두 시종하던 신하들이다. 만일 그대

들의 죄를 논한다면 마땅히 중한 법으로 처치하여야 하겠지만 이제 특별히 사면한다. 이제부터 나라에 답하도록 하는 것이 좋은 것이다!

성종은 냉엄히 꾸짖은 후에 대사헌 채수와 시독관 권경우의 죄를 사하여 주었다.

-전하의 하해와 같은 성은이 망극하옵니다!
-성은이 망극하옵니다!

채수와 권경우는 크게 감격하여 눈물을 흘리며 물러났다.

-윤씨는 전일前日에 비상으로 사람을 죽이고자 하였다가 이제 도리어 자기 몸을 죽인 것이 되었다.

성종은 폐비의 사사에 대한 심정을 담담히 토로했다. 자신의 악행으로 인해 스스로를 죽인 것과 마찬가지라는 뜻이었다.

-진실로 성감聖鑑이 아니었으면 어찌 능히 이같이 밝게 처단하였겠습니까?

영의정 정창손이 나서서 현명한 처사였다며 추켜올렸다.

-박영번 같은 자는 이미 두 차례나 고신하였으니 그를 내버려 둠이 어떠한가? 그리고 문절은 단지 한 차례만 형문刑問하였으니 형刑을 더함이 어떠하겠는가? 또 윤구 등을 형추刑推한 계목啓目을 보이도록 하라.

-박영번과 문절은 무식한 무리들이니 내버려 둠이 좋을 듯하옵니다. 다만 윤씨의 어미는 화근이 될 것이니 모두 먼 지방으로 유배하는 것이 어떠하겠습니까?

정창손은 재상들이 숙의한 의견을 아뢰었다. 성종은 그 뜻을 받아들여 어미와 윤씨의 형제인 윤구, 윤후, 윤우 등에게 각기 장杖 1백 대를 때린 후에 외방에 안치하도록 명을 내렸다. 폐비 윤씨가 사사된 직후에 그의 사가私家의 일족들은 이같이 처리되었다. 날을 거듭해갈수록 흘러가는 세월만큼씩 폐비는 희미해질 수밖에 없었다.

해가 지나 원자의 나이는 여덟 살이 되었다. 원자를 세자로 책봉하겠다는 성종의 생각은 변함이 없었다. 성종은 의정부와 육조의 당상관 이상의 대신들을 대전大殿으로 불렀다.

-내가 옛일을 보건데 여덟 살에 세자를 봉하는 것이 예例인데 이제 원자의 나이가 여덟 살이므로 명위名位를 정할 만하다. 조서詔書에 만약 주청할 일이 있거든 모름지기 한명회를 보내라고 하였는데 지금 상당부원군이 아무런 탈이 없으니 보낼 만하다는 생각이다. 경卿 등의 뜻은 어떠한가?

성종은 세자책봉에 관한 사신으로 한명회를 명나라에 보내겠다는 생각을 밝혔다.

-세자책봉을 청하는 것은 빨리 거행하는 것이 마땅하옵니다. 그러나 이를 주청할 때에 인준하는 회답의 칙서를 겸해서 청하여 사자使者에게 바로 부쳐 보내게 하면 저절로 폐단이 없을 것이옵니다. 한명회를 성지聖旨를 받들어 보내야 하는 것은 피할 수 없을 듯하며 한명회가 들어오면 별헌을 면제할 수 있다고 하였으니 이와 같으면 비록 들여보내더라도 가하겠지만 만약 진짜 성지가 아니라면 별헌을 반드시 없애지를 못할 것이며 중국 사신의 술책 속에 떨어져서 후세의 웃음거리가 될까 신 등은 두렵사옵니다.

윤사흔, 심회, 윤필상, 홍응 등의 대신들과 의논한 뜻을 영의정 정창손이 나서서 아뢰었다.

 -한명회는 외국의 소신小臣인데 예전에 비록 일찍이 중국조정에 들어갔었다 하더라도 황제가 어찌 지금까지 기억하고 있겠습니까? 이는 반드시 중국 사신이 한 짓이며 참으로 성지가 있었던 것은 아닌 듯싶습니다. 이것은 작은 일이므로 따라도 무방하겠으나 뒤에 이보다 큰일이 있어서 또한 성지라고 한다면 하나하나 들어주고 따르겠습니까? 처음에 삼가지 않는다면 끝에 가서 생기는 폐단을 구제할 수 없습니다. 또 세자책봉을 청하는 것은 반드시 한명회가 가야만 인준을 얻는 것도 아니옵니다!

 노사신은 윤호, 어세공, 손순효 등과 의논한 뜻을 나서서 아뢰었다.

 -한명회를 들여보내는 일을 성지라고 말하였으면 그것이 옳지 않은 것이라고 미리 탐지하여 보내지 아니할 수는 없습니다. 또 중국 사신이 말하기를 한명회가 들어오면 별헌을 없앨 수 있다고 하였으니 우선 그의 말을 따르면 혹시 면제할 도리가 있을 것이옵니다!

 이극배가 나서서 강희맹, 허종, 이승소, 정괄, 이덕량 등과 의논한 뜻을 아뢰었다.

 -신자가 군부君父의 명령에 대해서는 물불을 감히 가리지 못할 것입니다. 더구나 이 주청을 신하의 영광인데 신이 어찌 감히 사양하겠습니까? 다만 신의 나이 이제 곧 70세가 되므로 아침에 저녁을 염려할 수 없으니 군명을 욕되게 할까 두렵사옵니다!

 신하로서 임금의 명을 영광으로 받들 것이라면서도 한명회는 노쇠한 육신을 또한 염려했다.

―경卿 등의 뜻은 어떠한가?

성종은 좌승지 이세좌와 좌부승지 강자평을 바라보며 물었다.

―조서詔書에 한명회를 들여보내라는 일은 반드시 사신의 계책일 것이옵니다. 지금 황제가 오직 정동의 말만 듣는데 이제 만약 상당부원군을 보내지 아니하면 그가 반드시 노여워하여 거짓말을 꾸며서 다른 변고를 만들어 일이 생길 것은 틀림이 없을 것이옵니다!

이세좌는 깊숙이 허리를 숙인 채로 의견을 아뢰었다.

―황제의 명령이 있고 정승도 몸에 병이 없으니 사양하지 말고 가도록 하라!

잠시 생각에 잠겨 있던 성종이 이윽고 한명회에게 사신의 명을 내렸다.

―명나라 조정에서 만약 폐비 윤씨의 일을 물으면 어떻게 대답을 해야 하겠습니까?

―폐하여 사제私第에 있고 대답하는 것이 가하다. 만약 끝까지 묻거든 근심에 시달리고 파리해져서 죽었다고 대답하는 것이 가할 것이다!

한명회의 물음에 마치 대답을 준비해놓은 듯 성종은 일체의 망설임이 없었다. 다만 사실대로 밝히라고 할 수 없는 떳떳지 못한 심정까지 드러낼 수는 없었다.

경복궁 사정전에서 왕세자의 책봉식이 거행되었다. 1483년 2월 6일이었다. 성종은 만감이 교차했다. 원자의 생모 폐비 윤씨를 사사하였으나 원자를 세자로 삼고 자신의 뒤를 이어 보위에 올리려는 뜻이 조금도 흔들리지 않았던 것은 아니었다. 원자를 세자로 삼는 것을 심히 못마땅히 여긴 인수대비의 심사를 극복하는 것은 무엇보다도 어려운 일이었다.

　세자를 세워 여정輿情을 붙잡아 매는 것은 대본을 위함이며 주기主器에는 맏아들만 한 자가 없으니 이는 실로 큰 이륜이다. 이제 지난날의 법도를 상고하여 금보옥책金寶玉冊을 내리노라. 너 이융은 그 경사 창진蒼震에 응하였고 그 상서 황리黃離에 부응했도다. 나면서부터 영리하여 일찍부터 인효仁孝의 성품이 현자하고 총명이 날로 더해가 장차 학문의 공이 융성할 것이니 마땅히 동궁에서 덕을 기르고 대업을 계승할 몸임을 보여야 할 것이다. 그래서 너를 세워 왕세자로 삼는다. 이에 총명을 받았으니 더욱 영구한 계책을 생각하라. 간사함을 멀리하고 어진 이를 친근히 하여 힘써 스승의 아름다운 가르침을 지키고 항상 깊은 못에 임하듯 얇은 얼음을 밟는 듯 조심하여 조종祖宗의 빛나는 발자취를 뒤따르면 이 어찌 아름답지 아니하랴!

　성종은 세자를 책봉하며 이같이 책문을 내렸다. 덕을 높이고 도를 즐기며 충신을 힘써 종사宗社의 근본을 튼튼히 하길 바라는 임금인 아비의 마음이 담겨 있었다.

　존귀한 자리에 계시어 천년의 통서統緒를 훌륭히 지키시고 동조東朝가 경사를 넓히어 백세의 본지가 번창하게 되었으니 종사가 길이 평안해지고 신민이 서로 즐거워합니다. 공경히 생각건대 조종의 행한 바를 다스림은 이미 옹목雍穆에 이르렀으며 장자로 적통을 세우니 예도가 바야흐로 융성한 책봉에 이르렀습니다. 전성前星의 더욱 빛남을 우러르고 소해少海가 거듭 윤택함을 바라봅니다. 신 등은 용렬한 품질로서 빛나는 의식에 참례함을 얻어 번창을 기원하고 노래하며 춤추면서 삼가 한 송漢頌의 축배를 올리옵니다!

책봉식이 끝난 후에 근정전에서 열린 연회에서 영의정을 비롯한 백관들은 온 마음으로 임금 성종에게 경하를 올렸다.

나라의 근본을 무강無疆하게 튼튼히 하고 세자를 세워 명분을 바로 하여 국운을 흔들리지 않게 이어나가야 한다. 원자 이융李㦕은 그 지위가 총애 받는 적자嫡子에 있고 성품이 온화하여 품위가 있어 만백성의 칭송을 받고 있으니 종사宗社로 이어지고 중외中外의 마음이 믿게 될 것이다. 기량이 이미 이루어져 능히 두어 자의 글을 깨우쳤으며 나이가 비록 어리나 삼조三朝의 예를 폐하지 아니하였다. 장자에게 대를 전함은 진실로 천하의 상경商經이며 어진 자에게 계통을 잇게 함은 한 사람의 사사로운 뜻이 아니다. 그러므로 세자의 소임을 기탁하여서 권한을 맡기니 바라건대 오궁五宮의 즐거움을 받들고 삼선三善의 덕을 온전히 하라. 비상한 경사에 즈음하여 마땅히 막대한 은전을 베푸노라!

성종은 세자책봉의 경사를 알리는 뜻으로 극악한 중죄인을 제외하고 죄인들을 전부 면죄하도록 은택을 베풀었다. 대를 이을 세자를 책봉한 성종의 큰 기쁨이 하교에 고스란히 담겨 있었다. 세자로 책봉된 이융은 자산군 성종의 장자이며 덕종으로 추존된 의경세자의 손자이며 수양대군 세조의 증손자였다.

대왕대비인 정희대비의 병세가 위독한 상태에 이르렀다. 정희대비는 세조의 왕후이며 성종에게는 조모가 되는 왕실의 최고 어른이었다.

―대왕대비 마마의 병세가 매우 심각하옵니다!

좌승지 김세적이 새벽녘에 온양에서 올라와 다급히 아뢰었다.

―병세가 지극히 중하여 어쩔 수 없으니 마땅히 모든 일을 미리 마련하라 하였습니다.

가승지假承旨 이유인은 대왕대비와 함께 온양에 머물고 있던 인수대비와 안순 대비의 뜻을 받들어 아뢰었다.

―지금 내 마음이 어지러워 명을 전할 수 없으니 모든 행사에 따른 일은 모두 먼저 시행하고 뒤에 아뢰도록 하라!

대왕대비가 위독하다는 전갈에 성종은 몹시 충격을 받은 듯했다. 이어 의정부와 육조에 명하여 흉례凶禮를 의논하게 하고 우의정 홍용, 좌참찬 이극종, 예조판서 이파에게 명하여 온양으로 가서 모든 일을 감독하여 다스리게 하고 또 공조판서 손순효에게 명하여 재궁梓宮을 모시고 온양에 나아가게 했다. 조정은 몹시 긴박하게 돌아갔다.

―대왕대비께서 3월 30일 술시戌時에 승하하셨사옵니다.

묘시卯時에 내관 박인손이 온양으로부터 돌아와 대왕대비가 세상을 떠났음을 아뢰었다. 마치 넋이 나간 것처럼 성종은 한참 동안 아무런 말도 하지 못했다.

정희왕후께서는 예묘의 빈천을 당하여 사군을 정하지 못하여서 인심이 위의危疑하자 즉시 대신을 불러 대책을 정하였는데 주상께서 이미 부름을 받들어 내전에 계시었으니 그 부탁하는 계교를 이미 스스로 판단한 것이었다. 또 힘써 대신의 청함을 따라 만기를 참결參決하시되 제일 먼저 경연을 열어 헌사를 접하도록 명하시고 부지런히 덕성德性을 훈도薰陶함에 힘쓰시며 폐정으로 백성을 병들게 한 자를 강구하여 모두 파罷하게 하셨다.

감사監司와 수령守令으로 배사하는 자는 반드시 인견引見하여 순순히 힘쓰도록 유시諭示하셨다. 또 명하여 사목事目을 지어 계칙하게 하고 풍속의 사치함을 근심하여 몸소 절검을 행하고 인도하시며 훈구를 위임하고 대간을 포상하셨다. 정종의 아들 미수를 독단하여 등용하신 것은 또한 의논할 만하지만 그러나 후사後嗣를 계승하는 중대함을 근심하여 그 허물을 몸소 떠맡으며 세조의 유교를 받들고 문종의 영령을 위로하여 먼 장래의 계책과 인후仁厚의 뜻을 베풀지 않음이 없으셨으니 그 공덕의 넉넉함이 또한 어찌 선은을 사양하겠는가?

대왕대비의 죽음에 조정에서는 이같이 추숭의 글을 지어 올렸다. 부인인 정희왕후가 아니었다면 세조는 보위에 오르지 못했을 수도 있었다. 수양대군이 조카 단종의 용상을 찬탈하기까지에는 부인 윤씨의 지아비 못지않은 야욕과 담력이 그 뒷받침을 해주었기에 가능했다. 당시 거사 실행을 망설이던 수양대군에게 손수 갑옷을 입혀주었던 부인 윤씨였다.

성종에게 있어 대왕대비의 의미는 각별할 수밖에 없었다. 대왕대비는 조모이면서 막강한 조력자였다. 세자의 신분으로 요절하여 왕위에 오르지 못한 의경세자의 차남인 나이 어린 손자를 보위에 올린 것은 역시 대왕대비였다. 그 이유가 어떠하든 조모인 대왕대비의 뜻이 있었기에 왕위에 오를 수 있었던 것을 성종은 결코 가벼이 여길 수가 없었다. 7년여의 수렴청정 동안에는 군왕의 왕도王道를 익힐 수 있도록 견고하게 왕권을 받쳐주었던 왕실의 최고 어른이었다. 모친인 인수대비가 있었으나 조모 대왕대비는 힘의 근원처럼 든든하고 존경스러운 존재였다. 그러한 대왕대비의 죽음 앞에 성종은 극심한 상실감과 좌절을 맛볼 수밖에 없었다.

커다란 슬픔 속에서도 성종은 종사宗社의 안정을 또한 생각했다. 한 배를 타고 있는 훈구대신들과 종친들 모두 대왕대비의 막강한 영향력의 지배를 받지 않은 이가 없었다. 그 존재만으로도 왕권에 더한층 힘이 실렸던 것은 사실이었다. 인수, 자순 양 대비가 있었으나 조정 대신들을 압도할 수 있는 위세를 지니고 있지는 못했다. 이제는 자력으로 용상의 위엄을 지켜가야만 했다.

수일이 지났으나 성종은 여전히 수라를 들지 못했다. 애통의 슬픔은 조금도 가시지 않고 있었다. 대신들이 염려하며 계속 아뢰었으나 알겠다고 할 뿐이었다. 영의정 정창손을 비롯한 조정 대신들은 대왕대비의 시호와 능호와 제례들을 의논하여 성종에게 아뢰었다. 지어미가 지아비를 따르는 것은 지극히 마땅한 것이어서 따로 일컬음 없이 능호를 세조의 광릉으로 함께 하는 것이 옳다고 했다. 다만 정자각이 한곳에 집합되어 있으면 일에 구애됨이 많으니 각각 세우는 것이 좋겠다는 의견을 냈다.

대군과 혼인하여 부부의 연을 맺고 조카인 어린 임금을 끌어내려 지아비는 그 용상을 차지하고 자신은 왕후에 올랐으며 그 후 오래도록 대비의 자리에 앉았던 정희왕후 대왕대비는 예禮대로 인연대로 지아비 세조의 곁에 묻히게 되었다. 지아비와 아들과 손자가 왕위에 오를 수 있도록 조력하고 영향력을 행사하였으며 존재 자체가 군림이었던 대왕대비였다.

어쩌면 눈을 감기 전에는 이승의 부질없음을 떠올렸을지도 모를 일이었다. 일찍 세상을 떠난 아들들인 의경세자와 해양대군 예종이 생각날 때마다 세상에 그리 오래 머물고 싶지 않은 심정을 간직하고 있어서였다. 아들들의 죽음을 그릇된 욕망의 응보應報로 순순히 받아들일 수는 없었으나 끝내 가릴 수 없는 내재의 두려움마저 피할 수는 없었다. 그러니 이승의 미련이 크게 남아 있을 리는 없었다.

세조가 잠들어 있는 광릉에 정희대비는 묻혔다. 1483년 6월 12일 인시寅時에 하관을 했다. 성종의 애통함은 너무도 커서 마음에 병이 생길 지경이었다. 성종은 예지를 내려 휘음徽音을 칭송하게 했다.

왕도가 이루어짐은 진실로 협력하여 도움에 의거했으니 대대로 동사彤史가 있어 밝고 밝게 기록했네. 우리 조정은 가법家法이 모두 바르니 성선聖善이 서로 이어 그 경사를 돈독히 하였네. 세종의 초년에 간택에 뽑혔고 배필이 되어 신극을 이으니 모두가 빈嬪을 본받았네. 불행한 일들을 만나 나라의 정세가 미약해지자 남몰래 신모를 도와주어서 보명이 이에 돌아왔도다. 예禮를 따라 화목함을 이루며 사기史記를 보고 시詩를 지었다네.

마음은 제사祭祀에 경건하였고 가르침은 굉영紘纓을 천명하였도다. 땅처럼 넓고 두터운 덕은 후세에 떨치고 전대前代보다 빛났네. 마음을 온화하게 가졌으니 명덕明德 같은 덕이고 선인宣仁 같은 인仁이었네. 높고 높고 높은 아름다움을 한 몸에 지녀서 번창한 신손神孫들이 자훈慈訓을 사모하였으니 힘써 선대의 공렬功烈을 빛내고 거듭 창성한 운運을 빛냈도다. 이에 효사孝思를 다하여 온 나라에서 받들었으니 거의 미수米壽

하여 길이 많은 복을 누리시리라 생각했었네.

지난번에 청질淸疾로 인하여 점점 옥체가 나빠지시었으나 봄날에 영위榮爲가 평온해졌다는 좋은 소식이 들끓어 도성 안에 기쁨이 가득 넘쳤는데 어찌 생각이나 했으랴. 천지의 신이 밤을 진동시키고 둥근 달은 허공에 잠겨버렸으니 삼조三朝를 살피지 못하고 팔송八松이 어두워졌네. 아아 슬프다! 만세를 축수함도 잠깐이었구나. 환패環佩를 버리고 영의靈衣를 걸쳤으니 이반夷槃이 둘러 있고 소유素帷를 펴놓았네. 아아 슬프다! 조관朝官들은 슬퍼하여 벽용하고 사반社飯을 생각하며 놀라 부르짖네. 어찌 보은할 것인가? 청문靑門은 영원히 막히고 자합紫闔은 길이 기울어지는구나. 아아 슬프다!

인산일因山日을 미리 점쳐서 좋은 날을 받았으니 위의威儀는 일찍이 갖추어지고 수레는 조촐하고 깨끗하다오. 부우鮒隅를 따라 무덤을 같이 하였네. 오동잎은 무성하게 우거졌고 봉황새는 청아하게 울어대누나. 속세의 더러움을 싫어하였고 수원羞原의 울창함을 즐기도다. 아아 슬프다! 이치는 굴신屈伸이 있고 운명도 시종이 있으니 망망한 감여를 누가 오래보겠나. 지덕至德의 영원함이여 오히려 도사에 힘이 될 것일세. 우리 성후聖后의 아름다움이여 홍조鴻祚와 더불어 무강無疆하겠고 만년토록 떨치리도다. 아아 슬프다!

과도한 예문일 수 있으나 조모 대왕대비에 대한 성종의 앙모의 마음은 어떠한 칭송으로도 부족할 따름이었다. 어린 나이였기에 온전히 헤아릴 수는 없었으나 성년이 되어 새겨보니 임금의 자리에 올려준 대왕대비의 은사恩師는 무엇으로도 갚을 길이 없다고 여겼을 정도였다. 성종의 상심은 심히 클 수밖에 없었다. 지문誌文에 이르기를 태후太后는 태어나면서부터 정숙하고 유순하였으며 자품이 남보다 뛰어나다고 했다.

무신년에 세조대왕이 처음으로 대궐에 나아가게 되자 세종대왕께서 현명한 배필을 골라 뽑는데 덕용德容이 있는 문벌로 뽑혀 빈嬪으로 들어와서 낙랑부대부인으로 봉해졌다고 했다. 양궁兩宮을 받들어 섬기는데 아침부터 밤늦게까지 몸소 살펴 성효誠孝를 극진히 다하였고 이로 말미암아 양궁이 총애하여 중궁中宮의 일을 태후에게 모두 맡겼다고 했다. 세조가 잠저에 있을 때부터 세상을 다스릴 큰 뜻이 있어서 서사書史에만 정신을 쏟고 사소한 사무에는 개의하지 않았는데 태후는 공손하고 겸손하여 부지런하게 내직內職을 잘 처리하였다고 기렸다.

임신년壬申年에 문종이 승하하고 어린 단종이 왕위에 있었으므로 종척宗戚과 권간들이 안팎으로 얽히고설켜 나라의 형편이 위태로워졌으므로 계유년에 세조께서 기회를 잡아 정난하였으며 태후도 계책을 같이 해서 임금을 도와 큰일을 이루었다고 했다. 세조가 임금의 자리에 오르자 왕비에 책봉되었고 황제가 사신을 보내서 관복을 내려주었으며 여러 번 채단綵段을 받았다 했다. 정축년에 신하들이 존호를 올려 자성 왕비라고 했다. 태후는 스스로 더욱 겸손하고 삼가니 비록 궁중에서 매일 행하는 섬세한 일이라 하더라도 반드시 임금에게 아뢴 뒤에 행하였다 했다.

무자년에 세조가 승하하자 태후는 애모하고 갱장하여서 세조가 평소에 즐겨 먹던 맛있는 음식이 있으면 차마 맛보지 못하였고 비록 채소라 하더라도 만일 천신薦新할 만한 것이 있으면 반드시 문소전文昭殿에 올린 뒤에야 감히 맛을 보았으니 성심으로 돈독하게 공경함을 오래되어도 게을리하지 않았다고 했다.

예종이 승하하자 계사를 정하지 못하였는데 태후는 우리 주상전하가 덕이 있고 명망이 있어 천명과 인심이 붙좇는다고 해서 대통을 이어받게 하였다 했다. 전하께서 태후에게 청정聽政할 것을 청하니 태후가 굳이 사양하였으나 계속 청하자 드디어 허락하였다 했다. 그러나 오직 군정軍政이 중요한 일이라고 해서 겨우 품결할 뿐이었는데 얼마 되지 않아 정사政事를 돌려주었다 했다.

성상께서는 보위에 올라 높여서 대왕대비로 삼고 신헌神憲의 호를 올렸다. 나라에서 계속하여 큰 관심을 만나 모든 일들이 어려움을 당하니 태후는 성궁聖躬을 보호하여 정무에 유의하게 했으며 자애스럽고 인자하게 양육하여 만물이 봄을 만난 것처럼 하니 수년 동안 조야朝野가 편안하였다. 성상께서는 천성이 지극히 효성스러워 매일 세 번 시선視膳하고 문안하였으며 봉양하는 데에 정성을 다하였다. 임인년 봄에 태후가 경복궁으로 이어移御 하여 살면서 조섭調攝하였으나 정신이 혼미하니 성상께서는 조심하고 두려워하여 더욱 공경하며 효성으로 봉양하였다. 계묘년 봄에 태후가 온양을 행행行幸한 뒤로 병세가 점점 더하여졌다. 3월 임술壬戌에 승하하니 춘추가 66세였다. 부음이 들리자 전하께서는 울부짖으면서 슬퍼하였다. 안으로 육궁六宮과 밖으로는 여러 신료와 아래로는 복례僕隸에 이르기까지 비통하지 않는 자가 없었다.

시호를 올려 정희왕후貞熹王后라 하고 6월 12일 계유癸酉에 광릉의 동쪽 축좌丑坐 미향의 좌판에 안장하였으니 이것이 예禮라 했다. 사관은 붓을 들어 이렇게 적었다.

정희대비의 부음 소식을 들은 정순왕후는 긴 한숨을 토해냈다. 낮은 품계여도 양자인 미수가 승정원에 출사出仕를 하여 입, 퇴궐을 할 수 있는 것도 순전히 정희대비의 온정이었다. 가옥을 마련해주고 아들 미수에게 벼슬길을 열어주고 그 아들로부터 극진한 보살핌을 받으며 지낸다는 것은 차마 여전히 믿기지 않는 호사가 아닐 수 없었다. 지아비 단종이 영월 땅으로 유배를 떠나면서 궁궐을 나와 동대문 밖 동망봉 기슭의 초막에서 따라 나온 시녀들과 옷감에 물을 들이는 염색 일을 하며 끼니를 해결하고 비를 피해야 했던 실로 혹독했던 시절과는 비교할 수도 없을 만큼 평안했다. 하지만 진정으로 행복하게 여겼던 것은 단 하루도 없었다. 자신과 미수에게 베푼 보살핌은 결국 죄책감을 덜고자 하는 자기 위로에 불과한 것임을 모르지 않아서였다. 설령 진심의 인정이 짙게 배어 있는 처사였다 해도 감읍感泣해할 수는 없었다.

정희대비 윤씨 부인이야 말로 시숙부인 수양대군 세조와 한 치도 다를 것이 없는 부창부수夫唱婦隨 공모자일 뿐이었다. 임금인 어린 조카를 도무지 견딜 수 없도록 겁박을 가하여 양위를 이끌어내어 기어이 용상에 오르고 중전의 자리를 꿰찬 참으로 용서할 수 없는 사람이었다. 끝내 지아비 단종의 목숨마저 빼앗은 그야말로 만세萬世토록 지울 수 없고 망각할 수 없는 천추의 한을 품게 만든 저주스러운 사람일 뿐이었다. 그러했음에도 정희대비의 보살핌을 단박에 뿌리치지는 못했다. 왜냐하면, 앞길이 창창한 젊은 미수의 일생을 한 맺힌 심정만을 좇아 방치할 수는 없었다. 또 오랜 고난의 생활도 더는 지속하기 힘들어서였다. 그러했기 때문에 내색할 수는 없었지만 늘 오욕의 무게에 눌리는 심정은 이루 말할 수가 없었다. 좋은 집에 좋은 옷을 입고 삼시 세끼 따스한 밥을 먹는다 해도 정녕 마음이 편할 리는 없었다.

미묘한 기분에 사로잡힌 정순왕후는 묻고 싶었다. 조카의 왕위를 찬탈한 것을 정녕 후회하지 않느냐고 말이다. 숨이 끊어지는 순간에 이르도록 조카인 단종에게 단 한 번의 죄책감이 들지도 않더냐고 말이다. 이제 저승에서 만날 텐데 그렇다면 무어라 말을 건넬 것이냐고도 묻고 싶었다. 용상이, 중궁전이, 대비전이 그리도 감격스럽도록 행복했던 것이었냐고 그리고 죽음의 그림자가 드리워지고 있음을 자각하였을 때 찬탈 이후의 생애가 심히 허망하고 부질없이 느껴지지는 않았느냐고도 묻고 싶었다. 만약 지난 세월로 되돌아가게 된다면 그때는 어찌할 것 같으냐고 과연 그때와 같은 선택으로 찬탈의 역사를 반복하겠느냐고 말이다. 일그러진 욕망에 사로잡혔던 세조와 정희대비가 숨을 쉬며 세상에 살아 있든 세상을 떠났든 그것은 중요하지 않았다. 정순왕후는 그들을 용서할 수가 없었다. 언젠가 죽어 저세상으로 떠난 후에도 아니 영영토록 용서할 수 없는 대상일 뿐이었다.

**2권 계속**